上海社会科学院文学研究所青年学者研究系列

主编／徐锦江　执行主编／郑崇选

晚清白话报章与现代女性意识的萌芽

（1898—1911）

曹晓华／著

上海社会科学院出版社
SHANGHAI ACADEMY OF SOCIAL SCIENCES PRESS

总　序

《诗经·鄘风·定之方中》毛诗序中最早出现"城市"二字："文公徙居楚丘，始建城市而营宫室。得其时制，百姓说之，国家殷富焉。"《共产党宣言》说："资产阶级使农村屈服于城市的统治。它创立了巨大的城市，使城市人口比农村人口大大增加起来，因而使很大一部分居民脱离了农村生活的愚昧状态。"城市社会学家亨利·列斐伏尔说："离开了城市生活和城市社会的实现，人类社会的进步，将不可想象。"著名的城市规划理论家刘易斯·芒福德说："这城市，象征地看，就是整个世界；这个世界，从许多实际内容来看，已变为一座城市。"

今天，全世界已有超过一半人口生活在城市，在中国，城镇化率也已在 2020 年达到了 60% 左右。尽管作为城市起源焦点的加泰土丘仍然众说纷纭，尽管中国诸多已被探明的原始城邑遗址仍被含混地称为"文化城"，但这并不妨碍我们进行深入的城市研究。作为解开这个世界和我们自身之谜的一个途径，为了让城市更美好，为了实现人的全面发展，城市文化研究已然成为人类智慧必须承担的使命。

创建于 1979 年的上海社会科学院文学研究所一直以文学研究为己任，但随着社会发展和学科发展，以及所属之上海社会科学院在2015年成为首批国家高端智库试点单位,文化研究也逐渐成为文学研究所的重要科研方向,并形成了学者辈出的研究团队;而身处全球超大城市——上海的区位优势,城市文化研究也自然而然地成为历任文学研究所所务班子的心之所属,成为文化研究的一个重要方向。2005年,文学研究所确认"城市文化研究"为重点学科,以此为基础,将城市文化理论研究、城市文化应用研究、文化产业研究、国际文化比较研究互相结合,互通有无,互相促进,使其既具有基础学科的厚实,又具有现实关怀的敏锐,学科建设得以较全面地发展。2006年,在上海社会科学院新一轮重点学科建设中,文学研究所的"城市文化研究"名列其中,并确立了城市文化理论研究、城市文化现实问题研究、城市文化史研究、城市文化国际比较研究4个研究方向。为了更好地整合研究力量,在文学研究所中国文学、科技人文、公共文化、城市文化、文化产业、国际文化交流和比较文学、民俗和非遗保护开发7个研究室科研成果的基础上,在国际文化交流基地、上海文化研究中心等派生机构的先导下,2020年文学研究所自主增设二级学科"城市文化"申报成功。2021年3月,经上海社会科学院党政联席会议批准,以文学研究所作为运行主体,正式成立了院属城市文化创新研究院,旨在将文学所多年来积累的包括城市文学、城市科技人文、城市公共文化、城市文化创意产业、国际城市文化交流、城市民俗等学科领域的研究力量进一步聚焦整合、凝神发力,持之以恒,期有所成。

城市文化研究在世界范围内的展开历史虽然不是很长,但在西方学界已具备了基本的学术规范和学科体系,并出现了格奥尔格·齐美尔、瓦尔特·本雅明、刘易斯·芒福德、亨利·列斐伏尔、曼纽尔·卡斯特尔、大卫·哈维、简·雅各布斯、莎伦·佐金等一批学界领英。时至今日，随着中国城镇化和以超大城市为中心的都市圈的高歌猛进，巨大而生动的中国城市创新实践必然呼唤中国特色的城市文化理论。借2021年世界城市文化论坛（上海）举办之际推出的论著《海派文化新论》，以及"城市软实力研究系列""海外亚洲汉学中的上海文学研究系列""文学研究所青年学者研究系列"，展示出近年来文学研究所和新成立的城市文化创新研究院在城市文化方面的初步研究成果，与历年出版的《上海文化发展蓝皮书》《上海文化》（文化研究版）一起成为所院学术成果的展示平台，在此请教于行家里手，并接受社会各界检验，恳请不吝指教，批评匡正。

衷心祈愿城市让生活更美好。

上海社会科学院文学研究所所长、研究员
上海社会科学院城市文化创新研究院院长
徐锦江
2021年8月1日于砥石斋

目 录

序 ……………………………………………………… 文贵良 1

绪 论 ……………………………………………………………… 1

上编 报章文体新变与性别启蒙

第一章 追根溯源：裘毓芳与《无锡白话报》……………………… 29
  第一节 "演古"与"演今"：裘廷梁的白话报理念………………… 30
  第二节 女教规约：裘毓芳白话实践的两难 …………………… 36
  第三节 "演绎"：语言与身份的调和 …………………………… 41

第二章 想象"痛苦"：晚清白话演说文的女性启蒙策略………… 47
  第一节 "劝诫主义" …………………………………………… 48
  第二节 "感同身受"的"痛楚" ………………………………… 54
  第三节 "传播"与"接收"的错位 ……………………………… 61

第三章 女界新声：晚清白话歌本与女性意识的建构 …………74
第一节 俗曲新唱 时调改良 ……………………74
第二节 破旧立新：从追随者到女豪杰 ……………93
第三节 西乐古意：女学堂乐歌的兴起 …………102

第四章 戏台上下：晚清改良新戏与女学的互动 ………111
第一节 《惠兴女士传》与《女子爱国》：新戏与女学的互动 ……………112
第二节 戏本内外的女学困境 ……………………120
第三节 新戏和女学视角下女性意识的解放与束缚 ……128

下编 "白话世界"中的女性之路

第五章 复权之路：晚清白话报中的"男女平权"言说 ………143
第一节 放足：从学堂到工厂 ……………………144
第二节 "说是女学生说是野叉娘" …………………160
第三节 "男女平权"与"男女有别" …………………166

第六章 "自由""结婚"：晚清白话报章中的婚姻观念 ………174
第一节 自由结婚与人种改良 ……………………175
第二节 女学生的婚恋景观 ………………………192
第三节 "自由结婚"与"文明结婚" …………………205

第七章 "她者"革命：家国变革中的女性角色 …………218
　第一节 "国事"与"婚事" ……………………………219
　第二节 "一张白纸"对国家话语的吸收 ……………227
　第三节 家国革命中的"她者" ………………………238

结　语 ………………………………………………………253
附　录 ………………………………………………………259
参考文献 ……………………………………………………271
后　记 ………………………………………………………288

序
文贵良

2021年6月19日，晓华送来打印稿《晚清白话报章与现代女性意识的萌芽（1898—1911）》，说是入选了"上海社会科学院文学研究所青年学者研究系列"丛书计划，即将出版，请我写一篇序言。我欣然答应。

晓华于2013年考入华东师范大学中文系，跟着我攻读博士学位。我给她开的第一门课是"中国现当代文学史料"，主要读晚清以来报纸杂志等。晓华读书很认真刻苦，能敏锐地捕捉学术信息并发现问题。课堂讨论时她就对《无锡白话报》上裘毓芳其人其作非常感兴趣，我建议她做进一步的挖掘和思考。博士学位论文选题时，她提出研究晚清白话文与现代女性意识。我觉得这个题目可行。首先是在学术上很有价值，研究晚清白话文以及研究现代女性意识的成果不少，但将两者结合起来研究的成果却不多；而且晓华的硕士学位论文研究的是当代文学中的女性问题，现在将女性问题从当代回溯到晚清，能利用已有的学术积累，有利于博士学位论文的顺利完成。确定选题后，晓华成功申请到国家留学基金委的资助项目，赴美国杜克大学访学一年。晓华入校后不久，我就了解到她英语非常好，做过同步翻译。曾介绍她翻译斯坦福大学王斑教授的论文《革命热情与政治：丁玲作品精神分析解读》，译作发表于《文艺理论研究》2015年第5期。我喜欢鼓励学生抓住一切可能机会，到国外或境外访学交流。年轻人在不同文化语境中的学习，能打开新的视域，能获取新的思路。我提醒晓华若等回到国内再开始写博士学位论文，估计是很难顺利毕业的。于是，她在杜克大学访学期间便着手论文事宜，这一年，她非常忙碌，要听课，要收集学位论文资料，还要有计划地撰写学位论文。她安排有序，多方齐头并进，于2017年按期毕业，毕业后进入上海社会科学院文学研究所工作。有一天，我收到一个快递，打开一看，原来是一本红色烫金的荣誉证书：

文贵良同志：

您的学生曹晓华荣获中国妇女研究会第七届妇女/性别研究优秀博士学位论文三等奖，为感谢您对学生的悉心指导，特发此证，以资鼓励。

中国妇女研究会

2018年12月

晓华的博士学位论文得到业内同行的高度认可，我为她感到十分高兴。论文经过修改后，即将以《晚清白话报章与现代女性意识的萌芽（1898—1911）》（简称《晚清白话报章》）出版，书分上下两编，上编"报章文体新变与性别启蒙"，以裘毓芳与《无锡白话报》作为起点，从"演古""演今""演绎"等白话文类入手，揭开白话报章与女性意识之间神秘面纱。接着分白话演说文、白话歌本、改良新戏三类文体展开论述。这三类文体的共同特点，正如晓华指出的，具有"说""讲""唱"的口头性，适合于当时女性读者的接受,因为当时大多数女性不识字或者识字非常有限。下编"'白话世界'中的女性之路"侧重探讨现代女性意识的内涵,抓住男女平权、自由结婚、家国革命中的女性想象这三个突出的问题集中论述。上下两编,各有侧重,但又互相呼应。

"晚清白话报章"一语,简单说,包括晚清白话报刊和白话文,因为有许多白话文并不出自白话报刊,而是出自文言报刊。围绕"晚清白话报章"需要处理三层对象:第一层,晚清白话报、晚清白话栏目、晚清白话文等所构造的话语空间(此处不包括白话书籍,比如白话教科书;但如果在报刊连载后再结集出版的白话书籍则应包括在内);第二层,晚清白话文书写的话语表达;第三层,晚清的女性白话文书写。但《晚清白话报章》侧重处理的是前两层对象与现代女性意识的萌芽之间的关系,而不着意于女性白话文书写与现代女性意识萌芽之间的探讨。这样处理有其现实合理性。首先,晚清白话文作者的性别有时难以确定。比如周作人发表在《女子世界》上的文章或译作署名"会稽萍云女史"或"吴萍云",包天笑以"妙舨女士"发表劝告女性的白话文,这种"拟女性写作"估计不少。其次,晚清白话报章上的白话文的作者大部分是男性,因为当时能写作白话文的女性数量肯定远远少于能写作白话文的男性。裘毓芳、秋瑾等人是代表,但整体上不成规模。最后,与"女性白话文书写"相对照的至少有两个参照对象,即女性文言书写与男性白话文书写,而厘清这中间的关系绝非易事。因此,《晚清白话报章》看似模糊化地处理反而具有合理性。

围绕女性启蒙问题的白话文,不论其作者是男性还是女性,因为有意识地将读者预设为女性或者妇孺,在话语表达上就带有一定的女性特质。这种女性气质,并非专指女性独有的元素,而是指关于女性启蒙问题的表达气质。《晚清白话报章》没有安排独立章节分析话语表达上的女性特质，而是将其分布在各个章节中。据作者自己总结，主要有三个方面的内容。第一，女性启蒙视野下的清末新语汇。"女权""女性""女学生"，这类词语明确地冠以"女"字，突出女性的意识；"男女平权""自由结婚"等晚清的时代强音中至少包含着女性一半的声音。第二，晚清白话文表达中的女性指称。"妇人""女子"等词明确女性身份，"姊妹"一词形容白话文书写者与预设女性读者之间的亲密关系，"英雌"一词仿"英雄"而造，突出女性作为豪杰的想象，"国民之母"一词将女性置于国家主义视野中的繁殖/进化链条上。第三，以方言和口头语为主的女性表达语体。这种表达语体造成了一种女性的"语录体"，高度口语化。

《晚清白话报章》将语言构造、文章体式和意识建构作为一个整体论述，以此探讨晚清时期现代女性意识的萌芽，不仅揭示了这个时期男女平权、自由结婚、家国革命中的女性想象等意识建构在转型起步阶段的复杂性，而且有意地将白话文书写纳入现代女性意识建构的系统中，这就为探讨现代女性意识给出了一条合理而接地气的途径，因为现代女性意识的建构最终必须要有女性自己的声音。裘毓芳、秋瑾、杜清持等女性的白话文书写是中国转型过程中发出的最初的声音。从提倡五四新文学开始，冰心、庐隐、丁玲、林徽因、萧红、张爱玲、苏青等女性作家的女性书写张扬了现代女性的意识。从民国时期到中华人民共和国成立后的识字扫盲运动，则注重提升普通女性的自我书写能力，这是作为"有声"的中国民众所具备的一项素质。

晓华在学术道路上有了好的起点，相信她在未来的治学路上会越走越宽阔！

2021 年 8 月 20 日于上海

绪　论

一、选题缘起

　　清末民初的女性主体通过女性的文本表达逐渐迫近"历史地表",而女性表达作为文学汉语实践的一部分,和近代文学汉语的转型一起经历着起伏变化。一方面,词汇、语法和作文观念的变迁为女性观念的更迭和文本表达提供了关键线索;另一方面,作为启蒙对象的女性在汉语转型中的文学实践和话语方式,不仅呼应了文学汉语的变迁,也反映了性别主体在国族和语言中自我调适的过程。所谓"文学汉语",即一种文学与语言的连接,将古代汉语和现代汉语、文言和白话、文言文和白话文之间的互动和嬗变,纳入清末民初文学的解读中。① 与传统的闺阁唱和以及五四运动之后的白话写作相比,这一时期的女性书写传递出的除了激进决绝,更多的还是进退维谷。而白话报章,就是一扇考察过渡时代中国女性意识和性别书写的窗口。

　　1898年是一个"多事之秋",除了震动清廷的"戊戌变法",报

---

① "文学汉语"的概念,沿用了文贵良在《回归与开拓:语言——文学汉语作为中国现代文学史书写的关键词》一文中的定义。参见文贵良. 回归与开拓:语言——文学汉语作为中国现代文学史书写的关键词[J]. 华东师范大学学报(哲学社会科学版),2008(2).

界和文坛波澜起伏的文论风潮，无一不随"百年未有之大变局"而动。无数知识分子投入到"启蒙愚下，开通民智"的办报事业中，在清末民初浩如烟海的报纸杂志之中，白话报刊成为引人注目的一部分。由于时局动荡，加上晚清女学发轫期遇到重重阻力，各种新旧思潮的发酵和萌芽极不稳定，充满了偶然性。为了启蒙愚下而创办的各类白话报刊以及刊登在各大报刊上的白话篇章在这个过程中起到了催化作用，催醒现代女性意识，塑造"新女性"形象。作为五四白话文运动的干将，胡适虽然竭力将五四白话文运动和晚清白话文运动分割开，但也不止一次地回忆起自己编辑晚清白话报刊《竞业旬报》的经历，"1906年，我在中国公学同学中，有几位办了一个定期刊物，名《竞业旬报》——达尔文学说通行的又一例子——其主旨在以新思想灌输于未受教育的民众，系以白话刊行"[①]"我做白话文字，起于民国纪元前六年（丙午），那时我替上海《竞业旬报》做了半部章回小说，和一些论文，都是用白话做的"[②]。胡适提到的"半部章回小说"，就是白话写就的《真如岛》，其中已包含了批判早婚的内容。而这仅仅是晚清白话报和女性意识关联的一个例子而已。据陈万雄统计，清末最后十年出现的白话报有149种，还不包括浅说画报和一些文白兼采的报纸[③]；而根据蔡乐苏的考证，清末民初的白话报刊多达170余种[④]；胡全章则在前人考证的基础上，得出清末最后十年创办的白话报有257种[⑤]。在这些数量庞大

[①] 胡适.我的信仰[A]//欧阳哲生编.胡适文集（1）[M].北京：北京大学出版社，1998：12—13.
[②] 胡适.自序[A]//胡适.尝试集[M].合肥：安徽教育出版社，2006：1.
[③] 陈万雄.五四新文化的源流[M].北京：生活·读书·新知三联书店，1997：135—159.
[④] 蔡乐苏.清末民初的一百七十余种白话报刊[A]//丁守和主编.辛亥革命时期期刊介绍（第五集）[M].北京：人民出版社，1987：493.
[⑤] 胡全章.清末民初白话报刊研究[M].北京：中国社会科学出版社，2011：443.

的晚清报刊中，胡适提到的例子只是沧海一粟罢了。

这些报纸联结起各地的学人，试图为救亡图存的事业贡献自己的一点力量，随之形成声势浩大的晚清白话文运动。启蒙愚下、共赴救国大业几乎是每一份晚清白话报的办报宗旨。同时，大量晚清白话报以地域为名创刊，《无锡白话报》《宁波白话报》《杭州白话报》《芜湖白话报》《湖南白话报》《湖北白话报》《江西白话报》《山西白话报》《广州白话报》《福建白话报》《滇话》《京话日报》《天津白话报》《河北白话报》《河南白话演说报》《山东白话报》《吉林白话报》《西藏白话报》《伊犁白话报》，等等，此类白话报在当时几乎遍布整个中国。其中一些白话报虽然在国外创刊，如《滇话》在日本东京创办，但是从主办者籍贯、栏目设置和报章用语来看，都有着浓重的地域色彩。这些以不同地方命名的白话报，希望从创办人熟悉的某地风土民情着手，用白话宣传新知，有针对性地移风易俗。比如陈独秀曾针对安徽陋俗在《安徽俗话报》上连发《恶俗篇》，《天津白话报》连载《对于奉天咨议局议决改良风俗案缀言》，《福建白话报》发《福建风俗改良论》等。

除了革除旧俗，晚清白话报人也通过社评、时论等形式宣传自己的政治主张或治学理念，其中涉及社会议题众多，女性问题也是白话报刊关注的焦点之一。除了以演说文、政论文的形式参与讨论社会热点外，各种不同体裁的文学作品在晚清白话报上也随处可见。仅以与女性相关的作品为例，就有譬如《中国白话报》登载的小说《玫瑰花》和《娘子军》、《天津白话报》连载的小说《天足引》和《断肠花》、《安徽俗话报》倡导的"时调改良"以及登载的时事新歌、《京话日报》登载的新戏剧本《女子爱国》，等等。这些文学作品因为同样遇到语言形式改革的问题，经历着从创作形式到创作内容的急剧变化。

目前已知最早的白话报是1897年11月7日创刊于上海的《演义白话报》，章伯初、章仲和（宗祥）为主笔。同年又有陈荣衮创办的《俗话报》和陈唯俭、蔡伯华等人创办的《平湖白话报》。[①] 最具有标志性的女学与白话报章的历史融合，就是1898年两份报纸的创办，分别是5月11日在无锡创刊的《无锡白话报》（从第5期开始改名为《中国官音白话报》）和7月24日在上海创办的《女学报》。两份报纸直接与女性白话实践和女学相关。《无锡白话报》的主编虽然是裘廷梁，但实际上最重要的主笔是其侄女裘毓芳。作为晚清具有较大影响力的白话报，《无锡白话报》的报章内容呈现出文白转型间的纷繁景象，裘毓芳在女教规约中欲言又止，其白话实践成为晚清女性意识萌芽的一个缩影。而《女学报》作为上海中国女学会的会刊，其办报宗旨即是兴女学、复女权，主要的供稿人包括康同薇、薛绍徽、沈和卿、裘毓芳、李慧仙、潘璇、蒋畹芳等人，仅创刊号所列主笔就多达18人[②]。女性在报刊上的白话实践成为晚清白话报章的有机组成部分。至此，晚清白话报章的兴起和女学的命运交织在了一起。

辛亥革命前影响最大的女性刊物《女子世界》（1904）设有白话专栏，并在专栏中提及《杭州白话报》（1901）、《苏州白话报》（1901）、《智群白话报》（1904）等6种白话报刊和栏目。白话报章对各类事关女性的报道不计其数，其中包括——第一，对女子学堂的开办、招生、授课的报道，《安徽白话报》《国民白话日报》《杭州

[①] 胡全章.清末民初白话报刊简目[A]//胡全章.清末民初白话报刊研究[M].北京：中国社会科学出版社，2011：408.

[②] 女学报[N].1898-7-24.

白话报》《绍兴白话报》《吉林白话报》《直隶白话报》等数量可观的白话报都屡次给予报道,其中有的是"本省(本埠)新闻",有的是"国内新闻",登载女校章程,还有的用白话演绎日本或者欧美的女学事迹,宣扬自己对女学的主张,比如《直隶白话报》的《日日新室杂录》。第二,关于女学和晚清社会复杂关联的论述,论争的内容从学堂、课本、学生生发开去,对女学生的讨论往往兼及对晚清社会女性的一般化讨论,也就是整个社会女性观的重新改造。比如《天津白话报》所登的妓女冒充女学生的社会新闻①、张丹斧在《竞业旬报》上刊登的讽刺小曲,等等;也有围绕女性的一系列社会现象的讨论,比如女性品德修为、放足、自由结婚,等等,如《中国白话报》连载的《国民意见书》专设一期讨论"女子社会"②、《安徽俗话报》连载的社论《恶俗篇》和《再论婚姻》、《杭州白话报》连载的社论《议婚新约》,等等。第三,号召女性争取自身权益、积极入学、自力更生的倡议,更偏向政治权力话语,比如《国民白话报》连载的长篇社论《论女子宜恢复女权》、《广东白话报》刊登的演说文《叫醒女同胞》,等等。这些白话报章或以社论时评、新闻报道的方式聚焦女学,或以诗歌、戏曲、小说等文学形式宣传新女性,同时与晚清其他与女性相关的白话作品形成呼应。总之,相关的晚清白话报章以女性意识萌芽为中心形成了一张密集的传播网络。晚清白话报章的大本营固然是大大小小的白话报,但与此同时许多文言为主的报刊也会开设诸如"讲坛""演坛""演说"这样的栏目,专门登载用白话文或者浅近文言撰写的文章。这类文章多为白话演说文,即以白话文的形式撰写的演讲稿,可以说是用一

---

① 剑颖. 满庭芳的丑态[N]. 天津白话报,1910-7-5.
② 白话道人. 国民意见书[J]. 中国白话报,1904(12).

种模拟口语的通俗书面语记录,供人阅览或是供讲报人发挥。作者行文时想象自己就是虚拟的讲报人,比如《女子世界》《中国女报》《中国新女界杂志》上的"演坛"类栏目。还有一些登载在文言报纸上宣传女学、反对缠足的白话歌谣,具有一定的艺术感染力,比如《中西教会报》上的放脚歌、《复报》上登载的劝学歌,等等,当然还包括《女子世界》上的唱歌集。这部分登载在文言报刊上的白话报章虽然分散各处,但数量十分可观。晚清白话报章不仅存在于白话报刊中,还频频出现在文白夹杂的各大报纸中。晚清白话报刊固然是笔者的重点研究材料,但只拘泥于此,难免会将许多文言报纸上的白话文字排除在外。因此,笔者采用"白话报章"一说,将所有报载白话文都统摄在内。笔者论及的晚清白话报章包括各大白话报刊的论说、登载在文言报纸上的白话文章以及报载的白话小说、白话歌本、白话戏文等。为了对晚清白话报章中的女性意识进行更全面的解读,还会穿插一些白话小说和白话教材作为辅助材料。

早在五四白话文运动之前,黄遵宪的"我手写我口,古岂能拘牵"(《杂感》)、陈荣衮的"讲话无所谓雅俗也"(《俗话说》)、裘廷梁的"崇白话而废文言"(《论白话为维新之本》)等先后提出了言文一致的主张。诚然,正如周作人指出的那样,当时的白话和文言,分别为"听差"和"老爷"所用,许多白话带着浓重的八股气息。[①]即便是黄遵宪等白话文的先驱,其宣扬白话之作也多用古诗和文言文写就。但从客观效果来看,晚清白话文运动的白话实践在某种程度上成为五四白话文运动的先声,不仅催生了白话文的作者和读

---

① 周作人.中国新文学的源流[M].上海:华东师范大学出版社,1999:55—56.

者，推广了白话教学，影响了中国文学的转型进程，也为西风东渐之时中国人性别意识的嬗变提供了土壤。值得注意的是，清末民初的中国女性知识分子，不仅是白话写作的积极实践者，在理论倡导方面，也不是一味地亦步亦趋。根据夏晓虹的考证，1898年7月24日的上海《女学报》创刊号上，潘璇所作的《上海〈女学报〉缘起》一文中，已经对文言二分有所辨析，并提出了用白话揣摩实学的观点，这比裘廷梁提出"白话为维新之本"早了一个多月，而后者的侄女裘毓芳也参与了《女学报》的撰稿，潘璇的观点很有可能影响了裘廷梁。① 晚清白话文运动和现代女性意识的觉醒合为一脉，虽在字里行间与五四女性意识的鲜明和决绝不同，但这一时段的女性表达自有其韧劲和耐力。而笔者关注的，正是这过渡时代，文白错杂、家国纷争之间的女性声音。

二、国内外研究现状

在五四新文学运动中，白话文从最初的应者寥寥到以摧枯拉朽之势占有话语主动权，五四新文学的先觉者们固然功不可没，但如果不对晚清白话文运动倡导者们已做的铺垫进行必要的梳理，五四白话文运动就成了"无源之水"，这已成了学界共识。晚清白话文运动通过白话报章及白话文学作品的大量刊行，不仅为五四白话文运动培养了第一批作者群，也培养了白话文的读者群。由于白话文特殊的"工具性"，晚清报章的白话实践过程与现代女性意识的生成紧密结合。当时的晚清白话报章通过新闻、论说、歌本、戏曲、

---

① 夏晓虹.作为书面语的晚清报刊白话文[J].天津社会科学，2011（6）.

小说等不同文体形式，聚焦事关女性的社会议题，并以女性为想象读者进行创作。在这些数量可观的史料背后，晚清白话文借助现代媒体进行的传播与现代女性意识的萌芽形成两条并行交错的历史轨迹，其间蕴藏着丰富的阐释空间。

有学者认为"女性意识"包含"社会层面""自然层面"和"文化层面"，即通过社会阶层结构观察女性的生存样态，从女性特有的生理体验发掘女性意识，从精神层面探究女性面临的困境，"从女性角度探讨以男性为中心的主流文化之外的女性所创造的'边缘文化'"[①]。这三层界说将女性意识的基本内容都囊括在内。虽然通常意义上的现代女性意识指五四时期的女性意识觉醒，但所谓的"现代"女性意识肇始于"废缠足""兴女学"的晚清社会运动。现代女性意识在晚清报章启蒙过程中呈现出不同面向，先是在男性先驱的引导和鼓吹下萌芽，又在"国民之母"的国家话语干涉下成长，与昔日依附性的"三从四德"规范渐行渐远，却还没有到"背道而驰"的地步，其间充满着复杂性和多样性。从整体上看，晚清女性的一言一行、一举一动离"自主自发"尚有一定距离，对于女性意识的宣扬也大多出自男性之手，这是现代女性意识起步阶段的特殊之处。清末报刊宣扬的女性意识并非只是针对女性的启蒙，而是一次自上而下的全民观念重塑，不仅关涉女性如何重新认识自身的生存处境，也关涉中国近代知识分子经历的观念革命。在国运堪忧、西学东渐的年代，想象中国未来新女性的不只是女性自己。笔者讨论的"女性意识"主要围绕"男女平权"的基本诉求和程度有限的女性言说，清末女性尝试以一种新型国民的姿态积极投身救国

---

① 乐黛云.中国女性意识的觉醒[J].文学自由谈，1991（01）.

运动。本书的论述将大致从两条线索展开——一条线索聚焦清末女子教育，如女子学校、与女子学校相关的政策规定、与女学相关的课程设置和关注女学的报纸舆论宣传，等等；另一条线索围绕这一时期建构起的女学知识谱系和性别话语结构，比如女学生和传统伦理体系中妻子、母亲的身份差异，又比如围绕女性的婚恋、生育展开的社会议题和文学作品等。

晚清白话报章和女性意识的关联，涉及如下几个层面：

第一，中国传统女学自身的历史脉络以及女学在演进过程中与晚清白话报章的融合。首先，中国的女学自古有之，最早可以追溯到先秦。郑玄对《礼记》的《内则》篇这样解释："名曰内则者，以其记男女居室事父母舅姑之法，闺门之内，轨仪可则，故曰内则。"① 可见此时所谓的"女学"只是一个教育模式的雏形，更注重培养女性礼仪规范。到了两汉时期，有刘向所著的《列女传》和班昭的《女诫》，成为后世女学书籍频频引用的经典。刘向著《列女传》本是针对汉成帝之后赵飞燕所作，赵飞燕受宠后荒淫无度，"向睹俗弥奢淫，而赵、卫之属起微贱，逾礼制。向以为王教由内及外，自近者始。故采取诗书所载贤妃贞妇，兴国显家可法则，及孽嬖乱亡者，序次为《列女传》，凡八篇，以戒天子"② 。虽然汉成帝看了《列女传》颇有触动，但并未做出相应的实际行动，即便如此，该书还是一直流传下来。后人在此基础上不断进行增改，不仅出现了校注，还涌现出了大量借鉴《列女传》并另成一书的作品。有明代汪宪编写的《列女传》、解缙等人撰写的《古今列女传》以

---

① ［汉］郑玄注，［唐］孔颖达疏.礼记正义·内则［M］.十三经注疏整理委员会整理.北京：北京大学出版社，2000：965.
② ［汉］班固.汉书［M］.曾宪礼标点.长沙：岳麓书社，2008：762.

及清代刘开所辑的《广列女传》，等等，2007年北京图书馆出版的十册《列女传汇编》就较为详尽地保留了这一系列书籍[①]。如果说《列女传》是用女性事迹从正反两方面劝诫后世的女子，那么《女诫》则是系统概括了女性一生应该遵从的所有行为准则。《女诫》共七篇，分别是《卑弱》《夫妇》《敬慎》《妇行》《专心》《曲从》《和叔妹》，从中可以发现该书的内容仅限于传统人伦体系中女性的行为规范和道德修养。到了明代，班昭的《女诫》、明成祖徐皇后的《内训》、唐代宋若莘和宋若昭姐妹的《女论语》和明代王相之母刘氏的《女范捷录》并称为"女四书"，以对应一般意义上的"四书五经"。"女四书"的作者都是女性，女性为女性所写的行为规范似乎更有说服力，但事实上这些书籍的作者还包括指定并强化这些准则的男性。除了上述列举的这些具有代表性的传统女学读本，还有西晋张华所著的《女史箴》、南朝宋刘义庆的《世说新语·贤媛篇》，等等，可以说女学的线索从先秦开始一直未断，贯穿了整个中国历史。这些女学材料都以培养"妇德"为基本内容，晚清女学同样注重道德修身，但逐渐受到西方知识范型的影响。19世纪，西方传教士在华开办教会学校，率先开启了中国女性由家庭走向学堂的大门。1844年，阿尔德赛女士（Miss Aldersey）在宁波开办了一所女子学堂，是西方传教士在中国本土建立的第一个女子学校。直到1898年中国女学堂在上海开办，才有了国人对女学的直接改造。在19世纪末20世纪初，教会学校和国人自办女学堂的频繁涌现，适逢晚清白话文运动的兴起。根据谭彼岸的论述，晚清白话文运动兴起于戊戌变法时期，"文言和旧词汇装不下新的物质内容和新的

[①] 郑晓霞、林佳郁编.列女传丛编（全十册）[M].北京：北京图书馆出版社，2007.

意识形态,必须用新的名词和新的文体,因而非用白话不可"①,而报刊无疑是这种"非用不可"的白话最为合适的试验场。在时间节点上,如果将中国女学自身的传统和教会女校的历史一起统摄进来,晚清白话报章的面世自然晚了许多,比近代女学堂的开办还要晚,但如果以近代国人自办女学为起点进行考察,那么晚清白话报几乎也是同一时间兴起。其次,白话报章直接或间接促进了现代女性意识的觉醒,推动了女性从闺阁、家庭走向学堂,同时还加速了女学制从课程设置到授课宗旨的新陈代谢。梁启超曾说"今日之中国,过渡时代之中国也"②,晚清女性衔接着传统和现代,而晚清白话报章同样也带有汉语文白转型期间的过渡性质。以一种过渡阶段的语言文字表达过渡阶段的教育内容,产生了丰富多元的表述。

第二,无论白话报章还是文言报章,对女性议题都有所关注,也都试图从不同的立场和角度推动女性意识的成熟。但比起文言报章,从开通民智的角度来看,至少从白话报创办者和白话报章撰写人想象的传播和启蒙路径来看,白话报章更具优势。首先是妇女被定格为"妇孺孩童"等亟待启蒙的"下等阶层"后,一部分旨在兴女学、复女权的女子报刊纷纷自觉地用白话作为报纸用语,仅陈撷芬一人创办的女子白话报刊就有《女学报》(1902)、《白话报》和《女子白话报》,而秋瑾也在1904年于东京创办了白话刊物《白话》。这是白话报的营运环节就有女性直接参与的证明。其次,除了专门的白话报对女性问题屡有涉及以外,各大报刊也会不定期刊登一些白话写就的文章,希望能够扩大消息传播的覆盖面,让更多国人了解并参与救国图存的事业。需要注意的是,这样文白交错的共生关

---

① 谭彼岸.晚清的白话文运动[M].武汉:湖北人民出版社,1956:1.
② 任公.过渡时代论[J].清议报,1901(83).

系虽然给相关材料的搜集和引用带来了难度，但也充分描绘出了晚清白话与文言之间生动复杂的图景，这也正是晚清报刊聚集各家之言、充满种种可能的魅力所在。仔细分析上述两种情况的成因，都离不开晚清知识界对女性启蒙的重视。但同样是用白话启蒙女性群体，各类白话报章使用的策略十分多样。以白话演说文为例，从拉近与想象中女性听众的距离、以"姐妹"相称（尽管这类报章的作者有时是男性），到居高临下式的说教式风格，再到苦口婆心的邻里"拉家常"式劝说，还有对"后进姐妹""哀其不幸，怒其不争"的疏导，等等，不同演说策略的背后是作者对当时女性的不同态度。这些态度直接关联作者的生平主张，其背后是影响晚清学人的各种思潮。

近年来，学界对清末民初文学汉语转型的研究，一是在"言文一致"的大背景下讨论文白转型，以此证明晚清到五四白话文学实践的合法性；二是从启蒙的视角关注文学汉语转型的社会影响，特别是清末民初各个社会阶层对不同阶段文学汉语的接受程度；三则从文章学、修辞学的角度切入，讨论近代文学观念的嬗变。跨学科的方法和视角越来越受到重视，文学、语言和性别的研究横跨性别研究、历史学、语言学、伦理学等多个学科，总体来看这些研究成果虽多涉及文学文本，但落脚点多数不在"文学汉语"实践上，而是更侧重于语言与民族的历史互动和政治参与，延续了自德国语言学家洪堡特以降的民族精神与语言相互关系的研究视野。而性别启蒙作为近代中国国民启蒙运动的分支，基于西方理论的阐释固然带来了文化比较视野和部分学理支撑，但若要系统解释汉语流变中的女性意识萌芽，还需要更贴合文本和历史语境的探讨。对于清末民初女性书写的文学研究，若是延续谭正璧先生提出的三个方面：一是女性所写的文学,二是描写女性的文学,三是为女性而写的文学[1],将其与近代妇女史交织在一起,共同组成几个主要的研究方向:第一,近代女子教育,包括女学章程、学制、教材以及身份转型等;第二,近代女性文学创作和文学史研究;第三,女性话语与家国同构;第四,近代中国社会转型与女性观念变迁。无论从文学汉语研究的角度还是从近代女性研究的角度来看,文学汉语实践和中国近代女性主体的两个研究维度还需要更多的互动融合研究。

需要明确的是,讨论女性的写作,尤其是在写作语言从文言向白话转变的过程中,性别身份的对立不能简单地和文言白话的对立进行联系。如果不能结合文学生产的现场进行语境还原,便不能解释部分女性发声者在白话创作中如何延续了文言的"话语权威",也不能解释男性用女性笔名、模仿女性的口吻进行白话创作、号召女性团结的现象。但是,既然有模仿女性口吻写作的尝试,就意味着至少存在女性行文风格的范式,这种范式不是需要打破的性别偏见,而是一种在当时的历史语境下女性用语的特质。关于语言和性别差异之间的关联,语言学界的诸多探讨颇具启发性。早在1922年,奥托·杰斯珀森(Otto Jespersen)在其语言学论著《语言的本质、发展及起源》(*Language: its nature, development and origin*)中就已专章论述女性语言的特质[2],从语言禁忌、词汇选择、语法和句式等方面对两性的语言习惯做了简单的比较。但由于时代的局限,作者未能提供较为系统的数据支撑,而是更多从人类学角度分析差异产生的原因。杰斯珀森的观点属于典型的"缺陷论",即认为女

---

[1] 谭正璧.中国女性文学史[M].上海:上海科学技术文献出版社,2015.
[2] Otto Jespersen. Language: its nature, development and origin [M]. London: George Allen & Unwin Ltd., 1922: 237.

性因为接受教育的程度有限,且大部分没有走出家门,也没有从事家庭之外的劳动生产,她们的语言较之男性的,是一种有缺陷的低层次版本。随着语言学的发展,加上西方女性运动的影响,1960年代开始,学界对于语言和性别差异的论述又先后产生两个观点,即"支配论"和"差异论"①,前者如罗宾·雷考夫(Robin Lakoff)的著作《语言与妇女地位》(Language and Women's Place, 1975)认为男女语言差异是社会中性别不平等的映射,后者则从20世纪90年代开始崭露头角,以艾莉丝·弗里德(Alice R. Freed)为代表的学者开始修正"缺陷论"和"支配论"中对于男女两性的不恰当论述。不同于以往研究中将女性视为被动的角色,"差异论"者认为两性语言各有特质,没有孰高孰低之分,都是平等的个体。② 不难发现,西方对于性别和语言相互关系的研究随着西方女性自我认知的不断深化而更新。其中涉及的观点虽然根植于西方文明的历史土壤中,但是其中对女性教育、阶层、口头语和书面语以及话语权力的讨论,对于回顾、分析近代中国女性创作语言的转型,有着十分重要的借鉴意义。

对于晚清白话报章和近代女性意识的萌芽,国内现有的研究成果大致可分为两类:

第一类从语言变革的角度讨论晚清白话文运动,只在具体论述时提及兴办女学、男女平权、自由结婚等议题。谭彼岸1956年出版的《晚清的白话文运动》可以说是晚清白话文运动研究的先声,只是因为出版年代的局限,该书论述带有明显的阶级论色彩。作者

---

① 施栋琴. 语言与性别差异研究综述 [J]. 外语研究, 2007 (5).
② Freed, A. F. Epilogue: reflections on language and gender research [A] //J. Holmes & M. Meyerhoff, ed. The Handbook of Language and Gender [M]. Oxford: Blackwell, 2003: 699—721.

甚至设立专章，大力抨击胡适拒绝承认从晚清白话文运动中借鉴经验，由此质疑胡适等人倡导的五四白话文学的欧化倾向。复旦大学中文系1956级中国近代文学史编写小组编著的1960年出版的《中国近代文学史稿》，从"新民主主义"和"旧民主主义"的角度对五四白话文运动和晚清白话文运动的贡献分别做出评价，也可视为对谭彼岸论述的纠正。陈万雄的《五四新文化的源流》（1997）则将晚清白话文运动放在五四白话文先声的历史脉络中加以解读。而李孝悌的《清末的下层社会启蒙运动：1901—1911》（2001）立足于晚清"启蒙愚下"的社会运动，试图重现当时白话报刊的传播图景。袁进的《新文学的先驱——欧化白话文在近代的发生、演变和影响》（2014）从晚清文字改革的角度论述晚清白话文运动的意义。王风则在《世运推移与文章兴替》（2015）中，从晚清汉语拼音化运动和晚清白话文运动两条线索出发，讨论了国语热潮的由来。除上述著作外，还有一部分数量可观的单篇论文，比如夏晓虹的《晚清白话文运动的官方资源》从古汉语的发展史入手进行梳理，王平的《论晚清白话文运动的"认同意识"困境》、杨早的《启蒙的新形态——晚清启蒙运动中的〈京话日报〉》和赵林的《晚清启蒙运动的媒介镜像与认同困境——从〈杭州白话报〉到〈中国白话报〉》则从个案研究切入。还有一部分博士论文也涉及晚清白话文运动，如南开大学靳志鹏的《文体、国体与国民：近代白话书写研究》（2014），暨南大学刘茉琳的《论晚清至"五四"的白话文运作》（2010）等。这些论述的侧重点都在汉语由文言向白话、由雅向俗的转型上，晚清白话报章中对女性意识的讨论和宣扬只构成了论述的一部分。

第二类研究成果则是对晚清女性的研究。夏晓虹的《晚清文人妇女观》(1995)、《晚清女性与近代中国》(2004)和《晚清女子国民常识的建构》(2016),通过扎实的史料分析,实现历史片段的现场还原,呈现出生动的晚清女性景观。而杨联芬的《浪漫的中国:性别视角下激进主义思潮与文学(1890—1940)》(2016)对晚清女性的婚恋、社交、革命角色等方面逐一展现,反思女性作为"贤妻良母"的现代命运。同样展现女性与国家话语关系的还有刘慧英的《女权、启蒙与民族国家话语》(2013)和孙桂燕的《清末民初女权思想研究》(2013),但这两部著作没有专门讨论晚清白话报章对女性意识生成的意义。对于晚清女子的(准)白话创作,王绯的《空前之迹——1851—1930:中国妇女思想与文学发展史论》(2004)中特别提到近代妇女的白话诗文,但并未详细展开。胡晓真的《才女彻夜未眠——近代中国女性叙事文学的兴起》(2008)集中讨论了晚清女子弹词小说的发展,但并未涉及创作语体的变化。从社会史角度论及晚清女性的著作有陈东原的《中国妇女生活史》(1937)、刘巨才的《中国近代妇女运动史》(1989)、罗苏文的《女性与中国近代社会》(1996)等,这些著作为本论文提供了更加广阔的历史视角,但对文学运动和性别意识的关系完全没有涉及。

对于国外研究者来说,由于语言和材料的限制,关注晚清白话文运动的著作并不多。白莎(Elisabeth Kaske)的《中国教育的语言政治(1895—1919)》(*The Politics of Language in Chinese Education, 1895—1919*, 2007)将晚清至民国初年的汉语转型放置在社会政治革命浪潮中加以考察,并且专门论述了晚清带有革命倾向的白话报纸。虽然这本著作着重于史料梳理,却是为数不多的、对晚清白话文运动论述较为全面的海外汉学著作。相比较来说,晚清女性一直是海外汉学的研究重点。刘禾在分析何震及其创办的《天义》报时，利用其一贯擅长的话语实践分析，将关注的焦点放在民族国家和女性的互动中，讨论在宏大的国家进程中女性话语所占的一席之地。[①] 高彦颐的《闺塾师——明末清初江南的才女文化》(2005)聚焦明末清初江南的才女文化，试图描绘出当时的江南女子社交图景，她的另一部著作《缠足："金莲崇拜"盛极而衰的演变》(2009)则从金莲崇拜观念的盛衰重新定义了女子在这个象征仪式中扮演的角色，她们不一定是消极的"受难者"，很有可能是积极的"迎合者"。胡缨的《翻译的传说——中国新女性的形成(1898—1918)》(2009)在中西文化互相碰撞的背景下分析清末民初对中国"新女性"的想象和建构。美国学者曼素恩的《张门才女》(2015)通过别具一格的历史还原方式，讲述了清末常州张氏家族的兴衰，借以探讨女性命运与国家命运的联系，以及"母教"在特定环境中的重要地位，并且反思20世纪初"新女性"对传统"闺秀"以偏概全的批判。曼素恩学生李国彤的著作《女子之不朽》(2014)用大量史料梳理了明清女教观念的流变，进一步佐证了导师提出的"母教"观点。纵观海外汉学家的晚清女性研究，几乎都具有强烈的文化比较意识，虽然还未见以晚清白话报为主要研究对象的专门论著，但这些研究的切入角度和论证过程可以构成本研究的参照体系。

除了上述研究成果以外，还有一部分史料文集同样为本研究提供了丰富的研究资料。如丁守和主编的《辛亥革命时期期刊介绍》，李又宁、张玉法主编的《近代中国女权运动史料(1842—1911)》，璩鑫圭、唐良炎主编的《中国近代教育史资料汇编》，全国妇联妇女运动研究室编写的《中国妇女运动历史资料(1840—1918)》，

[①] 刘禾、瑞贝卡·卡尔、高彦颐等.一个现代思想的先声：论何殷震对跨国女权主义理论的贡献[J].中国现代文学研究丛刊，2014(05).

等等。而白瑞华的《中国近代报刊史》、戈公振的《中国报学史》、黄天鹏的《新闻文学概论》等则从新闻学的视角观照了晚清白话报刊。

可以发现，目前相关研究成果中，将晚清白话报章和女性意识研究结合起来的著作还不多。刘人锋曾从"为何兴女学""兴何女学""兴女学何为"以及"如何兴女学"四个方面围绕《女学报》的内容一一做出说明[①]。胡全章的《清末民初白话报刊研究》(2011)是近年来对白话报刊的生成、传播和影响分析较为全面的一部著作，作者根据白话报章包含的不同文类，一一做了详细介绍。该书中亦有涉及女性意识的部分，但并未做出系统性的分析。可以说，晚清白话报章的研究潜力巨大，关于晚清女性的论著也十分丰富，两者有机结合后会产生许多阐释空间，等待学界的发掘。

三、研究思路和研究方法

如果要明确晚清白话报章和晚清文言报章论述女性意识究竟有何不同，关键在于辨清白话与文言各自的特点。张中行曾对"文言"和"白话"下了定义，并做了简单的区分——"文言，意思是只见于文而不口说的语言。白话，白是说，话是所说，总的意思是口说的语言"[②]，而"文言和白话有分别，概括地说，文言是以秦汉书面语为标本，脱离口语而写成的文字，白话是参照当时口语而写成的文字"[③]。这样的分析虽然看似简单，却已包含了许多复杂

---

① 刘人锋.晚清女性关于女学的探讨——以第一份妇女报纸《女学报》为例[J].中华女子学院学报, 2008 (03).
② 张中行.文言和白话[M].北京：中华书局，2007：1.
③ 同上书，第219页。

的关联。文言以书面语呈现出来，但白话未必只是口头语。文言和白话都有自身的发展脉络，而白话除了表现为口语的形态外，也可以是记录在案的书面语形态，只不过这种书面语和文言不是同一种风貌。文言和白话自身历史的流变和相互交融共同构成了汉语的发展变迁。吕叔湘为刘坚编著的《近代汉语读本》作序时提出，将五四以前的"古代汉语"细分为"古代汉语"和"近代汉语"，并将五四以后的"现代汉语"视为近代汉语的一个阶段[1]。书中选取的文本大致体现出汉语从文言到白话的过渡，可以发现文白掺杂的情况时有发生。正如张中行所说，除去现代白话，文白的界限问题只存在于"古白话"和"文言"之间[2]。袁进同样也对"文言"和"白话"的界限详加辨析，提出"白话""浅近文言"和"文言"的三分法，试图用"浅近文言"分析文白过渡时的汉语特征[3]。无论是"近代汉语"还是"浅近文言"，不同的学者都关注到了文白过渡时的复杂情况。而笔者关注的晚清白话报章，其兴起之时恰好处于社会新旧过渡、文白掺杂的特殊时期。为何这段时期的许多报人不约而同地使用白话作为启蒙工具宣传女学，就牵涉到了白话使用的场景，以及表现心理活动、引发读者（听众）共鸣的优势。胡适在《白话文学史》中提到自己所说的"白话"有三层含义，"一是戏台上说白的'白'，就是说得出、听得懂的话；二是清白的'白'，就是不加粉饰的话；三是明白的'白'，就是明白晓畅的话'"[4]。虽然胡适为了给"五四新文学"造势，其《白话文学史》将中国文学

---

[1] 刘坚编著. 近代汉语读本[M]. 上海：上海教育出版社，1985：3.
[2] 张中行. 文言和白话[M]. 北京：中华书局，2007：235.
[3] 袁进. 新文学的先驱——欧化白话文在近代的发生、演变和影响[M]. 上海：复旦大学出版社，2014：23.
[4] 胡适. 白话文学史[M]. 上海：上海古籍出版社，1999：7.

史简单地分成"古文文学的末路史"和"白话文学的发达史",将其中的过渡变化简化为此消彼长的二元对立势态,但就这段给"白话"的定义来看,胡适十分清楚地解释了白话的基本特点,甚至还提及了使用白话的一个具体场所——"戏台"。这也明确指出白话较之文言又多了一重传播路径——就是从口头语的书面记载再次转化成口语的过程,无论是从戏文转换成戏台上的表演曲目,还是小说、歌谣、报章演坛通过第三方宣讲成为各个白话报章撰稿人心目中的理想传播场景,都是文言报章难以实现的,或者需要借助白话演绎才能完成。这其中的"讲报"活动(包括各类阅报社、讲习所)、改良新戏的舞台演出、学堂乐歌的编排传唱,都为晚清白话报章脱离文字载体、进行二次传播提供了平台。

清末民初文学汉语转型中的女性表达,不仅体现在语体、词汇、语法结构等文本实践的变化上,还体现在作文立意和行文观念的革新上,是性别主体建构的重要环节。近距离考察白话报章语料只言片语中的文学修辞,教科书和学制法规对话语实践的"规训",以及女性在文学表达中的"延宕"与"突围",都可以丰富、细化现代性别主体研究。同时,晚清至五四的文学语言与现代性的追求内在相关,语言与救亡、启蒙、富强形成了一个不可分割的关系链。而这个过程中女性意识苏醒和成熟与语言变革和民族危机紧密相关,现代性别主体的凸显始终与语言主体、民族主体的诞生相伴相随。从晚清白话文运动到五四白话文运动的近20年间,随着汉语拼音运动的深入,各种"言文一致""统一语言"的尝试体现在文白转型的历史起伏中。一批晚清学人试图通过语言文字改革推行大众启蒙。清末民初文学汉语的转型,伴随着近代民族主义的兴起,在现代化的道路上,中西文化的"差异"大部分情况下被归为"差距"，中国语言文字的"弱点"成为国人"知耻而后勇"中的"耻感"所在。汉字笔画繁难，学习记诵都不及拼音文字省便；汉字读音未统一，加上各地方言的阻碍，汉语的传播只能依靠文言；作为成熟的书面语系统，文言文传播能力有限，对于新学理的吸收又存在障碍。言文二分的情况下，民众的教育启蒙处处受限，人心一盘散沙，便无法培养"新国民"，更无法抵御外侮。在这样的推演下，语言文字的问题最终成为强国保种的问题。白话地位的崛起，不仅是一个文化事件，也是现代化进程中，国人几经取舍后的政治行为。在白话文运动和汉语拼音化运动的两条线索中，对于白话的推崇和锤炼，对于口头语的二次加工，对于方言词汇的创造性运用，成为连接文学语言和女性的关节点。对当时的女性而言，一方面清政府直到1907年才将女学纳入官方学制，另一方面包含女子教育、女性启蒙等诸多社会议题在内的女性话语实践早已屡屡见诸报端，而教会女学更是在19世纪40年代就已开始。在语言文化和性别意识的双重视野中，新语汇与新文体、倾向口头语的表达策略和学制规约下的性别指称三者互相交织，将宏观的家国论述细化到具体而微的字里行间：

第一，女性启蒙视野下的清末新语汇与新文体。"女权""女性""女学生"等新名词在西学东渐的过程中成为时人热议的关键词，其含义随着小说、歌谣、时调等不同文学形式的演绎而实现了本土化，成为女性启蒙不可或缺的部分。引入与女性相关的新名词的过程，是一个译介和学理化的过程；而各类文学样式转型过程中对这些新名词的借用，是一种启蒙和通俗化的过程。两种过程中各类新词意义的耦合和错位，反映出不同群体对于"新女性"的期待。

第二，方言、口头语、白话与女性表达策略。无论是面向女性的政论文和演说文，还是学堂乐歌、小说等，通过方言和口头语的书面直录，以增加语义间隔，软化语气，以拉近和想象读者的距离。口头语和方言的直接书面记录，如吴语的"笃""个"等，粤语的"唎""唔""係"等，使初期白话文学的形式更为生动活泼。但女性叙述者的口语化对白在不同的作品中各不相同，有时书面语甚至文言成分显著增加，此时的女性尚不能舍弃"文言"及其背后的话语权威。

第三，女学学制和女教规约影响下的女性文本指称。以女性为叙述者的作品和以女性议题为叙述对象的文本，对"我"和"她"使用不同的指代词，如"妇（人）""女子""姊妹"等，折射了近代以来传统女教和西化女学之间的冲突、过渡与融合，并在指称转换的过程中逐步确立性别主体。清末民初女学涉及的教材内容和写作范式，与女性文本实践中"妇孺""姊妹"与"我（们）"等单复数形式的指称互有关联。在"集体／个人""国／家"宣传中觉醒的中国女性，在作文过程中亦经历了词句、体裁、观念的变化。

白话报章使用的语词有几个十分显著的特点。首先是新词语的发明，旧有的文章词汇显然已经不够表达转型时代喷涌而出的各类新兴事物，这其中就包含着与女性意识有关的词语，如"英雌""女国民""国民之母"等。其次是对现有词汇的改造。这改造不仅包括对现有义项的增删，还包括对一些词语背后所代表的价值倾向的取舍。比如"小脚"在一些白话报章中已经彻底失去了原来的审美意义，转而成为各种评论、歌谣、小说批判的对象。仅凭这两点还不足以区分文言报章和白话报章，两者的最大不同在于文章句式。词汇的更新带动句式的转换，白话报章不仅少了"之乎者也"这些标志性的文言用词，还在句式上有了变化。但是这种句式的变化和五四白话文相比是极为有限的，通常受传统章回小说的影响极大，在演说文中还经常出现说书人的口吻。与现代女性意识相关的白话报章句式有一种特别的"语录体"，也就是不加修饰直接将女性互聊家常的口语记录下来，甚至原封不动保留了其中的语气助词。这种白话句式虽然琐碎、粗糙、枝蔓芜杂，但对文化水平不高的女性而言却有着文言报章不能企及的心理影响力。句式的转变背后已经不只是晚清男性的女性观或者女性对自我意识的挖掘和流露，而是整个晚清知识界对女性意识的一种探索。在探索过程中，白话报章渐渐占据了一席之地，这也和白话自身的优势有关。除了通俗易懂以外，白话文还能惟妙惟肖地传达说话者的心理，并且拉近与读者的距离，表达形式无拘无束，使读者（听者）在不知不觉中就和作者（说者）产生共鸣。这就是张中行所说的"绘影绘声""亲切"和"放任"[①]。胡适也认为白话是文言的一种"进化"形态，"从不自然的文法进而为自然的文法"，又云："文言的文字可读而听不懂，白话的文字既可读，又听得懂。凡演说，讲学，笔记，文言决不能应用。今日所需，乃是一种可读，可听，可歌，可讲，可记的言语。要读书不须口译，演说不须笔译，要施诸讲坛舞台而皆可，诵之村妪妇孺而皆懂。"[②]虽然无论从文言白话的功用地位还是从实际的传播受众来看，胡适这番话还有不少值得推敲的地方，但是创办晚清白话报的学人，无不抱有"诵之村妪妇孺而皆懂"的理想。白话与女性意识觉醒之间的联系，可见一斑。

---

① 张中行.文言和白话[M].北京：中华书局，2007：184—186.
② 胡适.白话文言之优劣比较[A]//胡适.胡适留学日记[M].合肥：安徽教育出版社，2006：243.

据此，本书共分上、下两编，共七章。第一章通过分析晚清女报人裘毓芳在《无锡白话报》上的白话实践，将晚清白话文运动的纲领性文件和女性意识初兴时的白话创作勾连起来，同时引出晚清女性在觉醒之际，徘徊在传统女教规约和"新女性"召唤之间的两难处境。这样进退维谷的晚清女性心理线索也将贯穿后续各章的论述。第二章、第三章和第四章将依照晚清白话报章中的三种文本类型逐一论述。第二章涉及晚清白话演说文对女性的启蒙策略，将采用文本细读的方法，分析具体篇章中的词汇和句式应用，比较不同文本中"感同身受"式和"隔靴搔痒"式的劝导方式，从而进一步探究各类"敬告"文字背后对女性的期待和想象。第三章以晚清时调新歌为切入点，分析晚清白话歌本中的女性意识建构。从劝学歌、放脚歌到学堂乐歌，不仅"破旧"，试图帮助女性摆脱传统"女诫"的约束；也在"立新"，建构全新"国民之母"的同时也悄然生产出新的女子规范。第四章讨论清末改良新戏和女学的互动关系，晚清学人对"戏教"的自信和他们对兴女学的热衷交织在一起，从而产生了诸如《惠兴女士传》和《女子爱国》的新戏。晚清白话报对改良新戏不遗余力的宣传既推动了戏剧改良，也促进了女学的发展。第五章和第六章将结合白话作品，论述晚清"男女平权"和"自由结婚"对女性争取自身权利的意义。第五章阐述晚清"男女平权"背后"男女分权"和"男女有别"的观念来源，试图证明在晚清传统女教和女德规范依然影响巨大的情况下，"男女平权"的口号对女性意识的崛起既有帮助，也有限制。男女"平分权力"与"阃内阃外"的传统女教有着千丝万缕的联系。第六章论及晚清的"自由结婚"宣传，在实际传播的过程中，分割成了"自由""结婚"两个词。晚清学人对西方"自由"思想的借鉴已然本土化，在国家救亡运动中产生了"不自由"的"自由结婚"。第七章将从家国同构的视角解读国家话语对"国民之母"的改造，结合白话文本可以发现，始终扮演"贤妻良母"角色的晚清女性在具体的革命活动中处于"她者"的边缘地位。而这也反映出了现代女性意识在晚清国族救亡运动中"裹挟而生"的基本情况。

研究将通过宏观史料分析（包括白话报刊、日记书信、近代女权运动资料等）和微观文本细读相结合的方法，围绕语言与性别的关系，分析汉语转型背后性别权力话语的调整和重构。除去绪论部分的历史语境引入，第一编依照晚清白话报章具有代表性的文类展开论述。无论是白话演说、白话歌本还是改良新戏，都适合讲解、传唱，鉴于晚清女性大多认读困难，女性是这三大听说形式的文类最主要的想象读者（听众）。第二编则从女性意识内涵的角度加以讨论，其部分内容与前四章有所关联。前四章着重从文体形式变革以及修辞技巧等角度讨论女性意识觉醒，留下大量无法深入展开的内容安排在后三章逐一论述。因此，前四章与后三章围绕晚清白话报章与现代女性意识的萌生，内容互有呼应，侧重点各不相同。在第二编中，依然以晚清白话报章的相关材料为主，包括晚清白话报上连载的白话小说和登载在其他小说刊物如《新小说》上的白话作品，以及单行本的白话小说。笔者希望借助晚清白话文运动更多的综合性辅助材料，以更全面的视角审视夹杂在各种晚清白话材料中的女性问题，继而深化性别层面的讨论。

西风东渐的过程中，中国女性不可能置身事外，但她们的"发声"先要经过与女教规约的相互"撕扯"，而女教规约又因为西方教育体系对中国女子教育的影响而发生变化，过渡时代关涉性别的要素，都不再是"常量"。因此，需要充分考虑中西女性文本实践、性别主体生成和女权运动进程的差异性,在传统与现代、东方与西方的碰撞交织中牢牢把握近代中国语言文字观念沿革的主要线索,这样才可以通过纵横向的比较建立起文学汉语、女性表达、国家民族的三维立体结构,如同在文学生产场域无处不在的"变量"角力场中找到一条准绳。

上编　报章文体新变与性别启蒙

第一章　追根溯源：裘毓芳与《无锡白话报》

1898年，一份特殊的白话报纸在无锡城内沙巷诞生了——《无锡白话报》，创刊于光绪二十四年闰三月廿一日（1898年5月11日），以五日刊的形式发行了四期后，改为每十日一出的双期合刊，并更名为《中国官音白话报》。从主要内容和存续期来看，该报和其他应时局而生又受时局牵连而停刊的报刊相比并无太大不同。《无锡白话报》主张实学兴国，宣传新政，戊戌政变后旋即停刊，前后共出二十八期，历时不到半年，其中最后一期即第二七、二八期合刊为特刊，出于光绪二十四年八月廿一日（1898年9月26日）。这份报纸的特殊性在于它的主笔。名义上，一直倡导以白话开通民智的裘廷梁[①]担任该报主编，但是作为晚清白话文运动的鼓手，他在这份白话报上主笔的文章却并不多，报纸上大部分的内容出自他的侄女裘毓芳[②]。作为当时少见的女报人，裘毓芳一人担当该报多个栏目的主笔，包括《孟子年谱》《〈女诫〉注释》《海国妙喻》《海国丛谈》《海外拾遗》《俄皇彼得变法记》《日本变法记》《印度记》以及

[①] 裘廷梁（1854—1943），字葆良，别字可桴，1912年之后以别字可桴行，"原名废不用，亦不追改"（见《可桴文存自序》），江苏无锡人，晚清白话文运动的主要倡导者之一。
[②] 裘毓芳（1871—？），字梅侣，在《无锡白话报》上发文常署名"梅侣女史"，江苏无锡人。多认为其卒于1904年，张天星在《中国最早女报人裘毓芳卒年考证》（载《江苏地方志》，2008年第1期）一文中认为其卒于1902年。

《化学启蒙》。她主笔的这些栏目视野开阔，展现出过人的白话行文能力。由于裘毓芳同时还与康同薇等人合力主持《女学报》，学界对她的讨论无不兼及晚清萌芽的女性意识。但裘毓芳在《女学报》上发文不多，让她大放异彩的仍是《无锡白话报》。

事实上，中国近代女报人的行踪还可以追溯到1897年康同薇在澳门《知新报》上的文字，当时她大声疾呼女学的重要性，只不过仍旧使用的是文言。而1898年女性主笔的白话报除了《无锡白话报》以外，还有7月24日在上海创刊的白话报刊《女学报》。《女学报》的主笔均为女性，包括康同薇、李蕙仙、薛绍徽等十几人，针对的读者、刊登的内容都与女学相关，是讨论白话报章与女性意识建构的重要材料，笔者将在其余章节涉及该报内容。但也正因为其论说取向明显，并没有产生类似于裘廷梁和裘毓芳在共同办报、各自行文时出现的"缝隙"，所以在探讨女性自主意识初步觉醒和白话报章之间的关系时，《女学报》与《无锡白话报》相比少了一种张力、缺了一重阐释维度。由此，笔者将裘毓芳和《无锡白话报》的关联作为研究晚清白话报章与女性意识互生关系的研究起点。本章将做一个典型案例研究，从分析裘廷梁的白话文主张和《无锡白话报》的创办初衷入手，进而分析裘毓芳白话演绎的突破性及其背后的传统女教制约，以此为后续章节的讨论提供必要的历史背景和铺垫材料。

第一节 "演古"与"演今"：裘廷梁的白话报理念

作为白话报，白话演绎自然是办报根本，在讨论具体的演绎方式之前，必须要先明确白话演绎的对象。从裘廷梁的《〈无锡白话报〉序》来看，他所设想的演绎对象共分三类：

> 一演古，曰经曰子曰史，取其足以扶翼孔教者，取其与西事相发明者。二演今，取中外名人撰述之已译已刻者，取泰西小说之有隽理者。三演报，取中外近事，取西政西艺，取外人论说之足以药石我者。①

其中"演报"还涉及白话报如何协调脱胎于话本小说的早期白话文与报纸时效性的关系，留待下文讨论。且先看对于"演古"与"演今"的界定，在这篇序言中可以初步推断"演古"之文来自中国古时圣人之言，而"演今"之文则是以白话译西书，并且这些西书已有文言译本。至于哪些才是裘廷梁所说的"扶翼孔教"之书、"有隽理"之书、"足以药石我者"之书，"演古"和"演今"又如何互补，序言并未进一步加以说明。但如果分析《无锡白话报》的登载内容，也不难判别"演古"和"演今"的具体指向。在第九、第十期合刊的"无锡新闻"中，列举数家白话报馆以证白话报刊"同声相应"之实，接着提到本报馆欲创设白话学会、开办白话书局，"把中国三代以前'经部书''史部书''子部书'和泰西各国'格致书''工艺书''农学书''商务书''公理公法书'一齐演成白话"②。这里把"演古"具体到了三代以前，结合序言中所谓"扶翼孔教者"，儒家又有称美三代的传统，所指已经很明确；而"演今"的指向也具体到了各种西方实学之书，带有明显的工具性。前者直接完成从文言到白话的汉语内部转换，后者则借助文言译本

---

① 裘廷梁.无锡白话报序[J].时务报，1898（61）.
② 无锡新闻[N].中国官音白话报，1898-6-20.

实现"西语—文言—白话"的两重翻译。纵观《无锡白话报》的二十八期，所出栏目基本围绕这两大类，裘毓芳主笔的栏目《孟子年谱》《〈女诫〉注释》显然契合"演古"的设想，而《俄皇彼得变法记》《日本变法记》《印度记》以及《化学启蒙》则更偏重实用的"演今"，另外例如《史氏新学记》（上海颜永京译，金匮裘昌龄演）、《地理初桄》（金匮祝简汉青甫演）、根据李提摩太（Timothy Richard）的译本翻译的小说《百年一觉》（金匮裘维锷演）等也可归于"实学之书"。

多年以后，已是耄耋老人的裘廷梁回忆起四十多年前自己的白话主张，依旧心潮激荡，"既怀大厦将顷（倾）之惧，思竭千虑一得之愚，老益不自量，妄欲转移汉后二千年崇文字而轻工程之风尚……"①其中的"汉后二千年崇文字而轻工程"也与"演古"与"演今"相呼应，裘廷梁毕生执着于汉前经典和西学工程实用之书。在《论白话为维新之本》中，裘廷梁认为言文分离以汉代为分水岭，对于经典，"汉时山东诸大师去古未远，犹各以方音读之，转相授受"②，到了汉代以后，人们不再像孔子那样用"土话"译书，也就无法求得"辞达"，于是言文"判然为二"。显然在裘廷梁看来，用白话翻译经典的文脉由孔子开创，白话在汉前因其通俗易懂便于流传，广泛用于帝王文告和传习圣贤之书，但这一文脉到了汉代以后逐渐湮没，致使文言二分。裘廷梁特别强调白话翻译汉前之书本带有强烈的孔教情结，在《论白话为维新之本》中他同样强调白话可以"保圣教"。该文亦论及文言八股束缚士子才情乃至"实学不兴"，而《无锡白话报》的"演今"主张与之紧密相关。到了

---

① 裘廷梁. 可桴文存［M］. 无锡裘翼经堂藏，1943（铅印）.
② 裘廷梁. 论白话为维新之本［N］. 中国官音白话报，1898-8-8.

民国年间，他洋洋洒洒万余言的《国粹论》提出秦前旧学本有两派，"修己治人之学"与"格物致知之学"①，但后者湮灭无闻于后世。而今人误以为格致之学本为西方所创，遂将其归为所谓"西学"，与绵延至今的"修己治人之学"相对，中西学对立由此而来。回顾裘廷梁当初创办《无锡白话报》时指定的办报理念，正是为了还原"修己治人"与"格物致知"本为一体的中学。

为中学正本清源的热情和"国之大厦将倾"的危机感驱使着裘廷梁投身于晚清白话文运动。对于裘廷梁的白话主张还需要进一步的澄清，因为一方面他还原中学二派的尝试似乎可以视作清代曾经盛极一时的"西学中源"说的余波，另一方面他的孔教情结也饱受诟病，如谭彼岸指责其"一方面要行白话，兴实学，一方面利用白话'保圣教'，叫他的侄女裘梅侣编'圣训'式的白话丛书，这是自相矛盾的"②。"西学中源"说认为西学都是中学的衍生产物，面对西学东渐，国人"华夷之辨"的心理防线步步退缩，"西学中源"说起到了调和中西冲突的作用。鸦片战争后"西学中源"又逐步演变为"中体西用"，用"道器二分"的方法减轻引进西学的抵触情绪和耻辱感。裘廷梁对于中学原有二派的分析确有重拾"西学中源"说之嫌，但对"中体西用"的二分法他却不以为然。裘廷梁在与严复的通信中写到"夫用于体，犹果之于因，因果相逢，宁能并峙，以故，有牛之体，然后有负重之用，有马之体，然后有致远之用。未闻以牛为体，以马为用也"③，这段话后来也为严复所引用。可见裘廷梁认为"中体西用"最大的缺陷在于将"体

---

① 裘廷梁. 国粹论 [A] // 裘廷梁. 可桴文存 [M]. 无锡裘翼经堂藏，1943（铅印）.
② 谭彼岸. 晚清的白话文运动 [M]. 武汉：湖北人民出版社，1956：17.
③ 裘廷梁. 复严几道书 [A] // 裘廷梁. 可桴文存 [M]. 无锡裘翼经堂藏，1943（铅印）；严复. 与《外交报》主人书 [A] // 王栻主编. 严复集（第三册）[M]. 北京：中华书局，1986：558—559.

用"机械地分开，这既不利于对西学的吸收，也不利于对中学的发扬。对与"中体西用"紧密相连的"道器之辨"，他指出"道与器皆人造，非天设，故上下为对待之辞，与常语所称上下绝异，故道器宜并重"①。从质疑"中体西用"到澄清"道器之辨"，还有《无锡白话报》"演古"与"演今"的初衷，裘廷梁总是希望能打破中西学间的壁垒。他对中学的正本清源是否可以视为类似于康有为"托古改制"的策略，我们还不得而知，但是鉴于他与梁启超曾经有过的交游往来，并不排除这种可能②。虽然对孔子学说有着极大的热情，但落实到白话演绎层面，他将文白雅俗之争搁置。换言之，裘廷梁并未将古典与文言、新学与白话两两对应，也避免将文言白话一分高下，文言与白话的区别"只有迟速，更无精粗"③，前者是供个别"赏玩"的"鼎彝"，"不能人人到手"，后者则是"磁类壶碗"，"人人可得而用之"④，所以裘廷梁的"行白话，兴实学"与"保圣教"得以并行不悖。无独有偶，在陈荣衮1899年发表的《论报章宜改用浅说》中，同样使用了"古玩店"来比喻供人品鉴的文言文，只不过在陈氏的文章里与"古玩店"相对的不是寻常人家使用的"磁类壶碗"，而是"卖米店"。陈氏不仅和裘廷梁一样用比喻把文言文和白话文（陈文还包括浅近文言在内）的优缺点做了分析，还更进一步生发开去，可以说把裘廷梁未说尽的话都说明白了——

　　　　文言譬如古玩店，浅说譬如卖米店。一国之中，可以人人

---

① 裘廷梁.形上形下解［A］//裘廷梁.可桴文存［M］.无锡裘翼经堂藏，1943（铅印）.
② 参见张天星.裘廷梁与梁启超交游考述［J］.沈阳师范大学学报（社会科学版），2008（03）.
③ 裘廷梁.论白话为维新之本［N］.中国官音白话报，1898-8-8.
④ 裘廷梁.致钱子泉信［A］//裘廷梁.可桴文存［M］.无锡裘翼经堂藏，1943（铅印）.

不买古玩，不可以一人不买米。彼古玩者，不过米谷丰熟之时，出其余钱以买之耳，而实则无甚通用处也。况且当此危局，有如凶年。若闭了古玩店，以开米店，不独贫儿沾恩，即向来开古玩店之家亦有平米食也。①

从这段话中可以看出陈荣衮的态度比裘廷梁的更为激进，文言和白话（浅说）的区别已经不再只限于所谓的地位高低，而是在特殊时局中哪种应用更广的问题。在陈荣衮看来，因为时局所限，文言甚至可以被摒弃，如同关门的古玩店掌柜一家还得去米店买米一样，白话（浅说）才是像米店一样无论如何必须一直开张（使用）的。虽然在语言改革方面，裘廷梁和陈荣衮的态度似乎同样坚决，但是如果仔细比较两人对文言和白话两种语言形式的地位评价，可以发现陈荣衮果断舍弃一切、快刀斩乱麻，争取实现白话（浅说）在最短时间内普及全国，即便以牺牲文言为代价也在所不惜，一切只因时局使然；但是相较而言，裘廷梁的态度隐约有些暧昧，虽然他坚决支持白话维新，但是他对精致如同古玩的文言文依然有所不舍，如果可以的话还是想给文言找到一席容身之地。细究裘廷梁对文言的态度为何不像陈荣衮那般决绝，一个切入点就是文言背后所代表的传统价值取向在裘廷梁乃至裘毓芳的心中依然占有重要的地位。对语言形式取舍的通达并不等同于行文内容对传统逻辑的舍弃，圣教情结对裘氏叔侄依然有所束缚，这在裘毓芳欲言又止的白话演绎中可见一斑。

---

① 陈子褒.论报章宜改用浅说［A］∥沈云龙主编.近代中国史料丛刊（第九十一辑）[M].台北：文海出版社有限公司，1966：30.

第二节　女教规约：裘毓芳白话实践的两难

谭彼岸提及的《白话丛书》出于1901年，裘廷梁辑，收有白话演绎作品共六部，《〈女诫〉注释》《农学新法》《俄皇彼得事略》《日本志略》《印度记》以及《海外拾遗》[①]，对照《无锡白话报》的内容，这些作品均与该报几大栏目内容相一致。除《农学新法》为无锡侯鸿鉴所演之外，其余五部均为裘毓芳演绎。若将裘毓芳在《无锡白话报》上所有署名的白话演绎作品进行分类，可归为四类：一是作为文言经典演绎的《孟子年谱》和《〈女诫〉注释》；二是根据《伊索寓言》等文言译本转译的各色海外见闻，包括《海国妙喻》《海国丛谈》和《海外拾遗》；三是根据李提摩太的《列国变通兴盛记》（光绪二十四年　上海广学会印）转译的《俄皇彼得变法记》《日本变法记》和《印度记》；第四类即是格物致知类的《化学启蒙》，介绍简单的自然科学知识。

裘毓芳的白话实践证实了女学是晚清白话文运动的有机组成部分，以妇孺为假想读者的白话报刊和白话栏目在当时也并不少见，例如广学会出版的《中西教会报》（后易名为《教会公报》）从1895年至1896年连载劝谕性的文白杂糅小故事专栏《妇孺要说》，将妇女儿童作为同属一类的无差别对象。更不用说别号"妇孺之仆"的陈荣衮在19世纪末20世纪初编写的一系列以"妇孺"为对象的启蒙课本，比如《妇孺须知》（1895）、《改良妇孺须知》（1896）、《妇孺浅解》（1896）、《妇孺八劝》（1896）、《妇孺三字书》（1900）、《妇孺

[①] 施廷镛编.中国丛书题识·上册[M].北京：北京图书出版社，2003：1188；夏晓虹.作为书面语的晚清报刊白话文[J].天津社会科学，2011（06）.

四字书》(1900)、《妇孺五字书》(1900),等等。① 将"妇孺"并称,看成一个共同的待启蒙的对象,其实也是当时中国的国情所致。正如陈荣衮所说,如果用文言,"一国中若农、若工、若商、若妇人、若孺子,徒任其废聪塞明,哑口瞪目,遂养成不痛不痒之世界"②。此时"妇孺"只是和"农工商"一样有别于"士"的群体,因为教育体系的不完备导致知识体系残缺不堪。而因为女性与生育后代的天然关系,"妇孺"连称也十分自然。只是这样将拥有成人智识的女性和尚且幼小的孺子视为一个整体进行教育,终究只是权宜之计。事实上,陈荣衮自己在编写了一系列以"妇孺"为启蒙对象的教材后,也开始为男女同学奔走呼吁,并且于1903年在自己主办的学校里小规模地实现了男女同校,也初步实现了女性能够和男性一样在同样的年纪接受同样的课程教育。但是"妇孺"并称的现象在裘毓芳执笔白话报的时候依然是司空见惯的场景,即便在裘毓芳去世后,这种现象也并没有消失。虽然晚清时期一些教会学校已经开始男女同学,但毕竟不是主流。直到1912年在蔡元培的主持下,初等小学校的男女同校才算是正式合法化。由此反观十多年前裘毓芳对"妇孺"认知的些许突破,即便只是一星半点的尝试,也着实可贵。

　　来看裘毓芳的文字,她已开始摆脱将妇女与幼儿视为同一阶段启蒙客体的模式,在她一系列白话作品中最受瞩目的无疑是《〈女诫〉注释》,因为其中不仅有文言白话一一对应的翻译,还有作者本人的点评。《〈女诫〉注释》既超越了文言与白话的雅俗之辨,又

---

① 石鸥、廖魏."通俗是贵"——陈子褒课本之研究[J].湖南师范大学教育科学学报,2013(05).
② 陈子褒.论报章宜改用浅说[A]//沈云龙主编.近代中国史料丛刊(第九十一辑)[M].台北:文海出版社有限公司,1966:28.

试图通过掌握更生动的语言形式进行性别主体的身份确认，即女性从被白话启蒙的客体翻转为有意识使用白话确认自身性别意识的主体。这个过程并未在裘毓芳手中得以完成，虽然其中不乏裘毓芳本人有意识的话语实践，但裘廷梁设想的白话文蓝图底色犹在，即从孔孟之道衍生出的传统女教还是在不停左右着裘毓芳的文字。

在解读《〈女诫〉注释》时，裘毓芳采用白话逐句翻译后接一段"裘毓芳说道"的形式，可视为她自己的引申发挥。夏晓虹认为这样"六经注我"式的演绎，是一种无奈"以经典为护符"[①]的做法。诚然，裘毓芳对《女诫》七篇的点评的确有迂回曲折之处，但与其说她在挣扎，不如说她的困惑导致了在用白话演绎女教经典时的犹疑不决，她对"知书"的强调总会接上一个"达礼"的尾巴，她对女学的提倡总是沿着女教规范的边缘小心翼翼地"滑行"。尽管和吴芙只是一味否定普通女子庸常人生的序言相比，裘毓芳的演绎立场更为明显，但裘氏倡导女学的同时，固守礼教的阴影也挥之不去。"曹大家也是个女子，他竟这样有学问、有道理，做到名声赫赫，万世流传"[②]，这轻描淡写的一句话，起首是"有学问"，紧跟的是"有道理"，前者对应"知书"，后者对应"达礼"，虽然裘毓芳不止一次批判"女子无才便是德"，但最后的落足点仍是知书达理，饱读诗书后女性还需"治家"以实现人生价值，能够精巧地掌握大家庭中各种人际关系的女子才不枉读了诗书。在阐发《曲从》篇时，面对原文强调的儿媳对公婆的千依百顺，裘毓芳先是表明对于蛮横的公婆，媳妇也不能一味顺从，但接着话锋一转将婆媳矛盾归结为女子未受教育，"若一字不识，一些道理不明白的人，待公婆

[①] 夏晓虹. 晚清女性与近代中国[M]. 北京：北京大学出版社，2014：193.
[②] 裘毓芳.《女诫》注释（六）[N]. 中国官音白话报，1898-6-10.

会千依百顺的，一千个当中，不知可以寻出几个来"①。自然裘毓芳的这番话也可以理解为将经典作为护盾，言外之意无非是鼓励女子多读书。但如果继续分析，这其中还有一个晚清女学蹒跚起步时十分常见的论述逻辑，即女子读书是为了治家，女子的治家能力和她接受教育的程度直接相关，如果一名女性治家无方，那么问题还是出在她自己的惰性使然、毫无作为——

  那些女子，被男人看轻惯了，非但不觉着是被男人看轻，反以为应该如此，就有人要教他学问道理，他反说这都是男人的事，怎么来教起我们女人呢？这是自轻自贱，并不是曹大家说的卑弱。②

"自轻自贱"将矛头指向女性自身，"哀其不幸，怒其不争"的同时也为培植这种畸形心态的文化环境——"女子无才便是德"——找到了一个承担恶果的同伴，这个同伴竟然是被剥夺接受正常教育的女性自身。这种受到传统女教影响的论述在晚清宣扬女学的白话文章中屡见不鲜——

  这总是我们女子自己放弃责任，样样事体一见男子做了，自己就乐得偷懒，图安乐……③

  怎么叫做自尊？就是能够保全了自己的自由权……一个人

---

① 裘毓芳.《女诫》注释（十六）[N]. 中国官音白话报，1898-7-29.
② 裘毓芳.《女诫》注释（八）[N]. 中国官音白话报，1898-6-20.
③ 秋瑾. 敬告中国二万万女同胞 [A] // 李又宁、张玉法主编. 近代中国女权运动史料（1842—1911）(上册) [M]. 台北：龙文出版社股份有限公司，1995：424.

能够保全他的自由权就是自尊,能够自尊,自然就是高贵人。什么叫做自轻?就是不能够保全了自己的自由权,凡百事情自己作不了一点点主,样样要听人家的指挥调度……自轻的人,自然就是下贱人。①

虽然第二段引文多少套用了西方天赋人权的理论,但仍将矛头对准"自轻自贱"的那部分女性,认为其深陷不自由的泥潭归根结底是因为自己不愿做出改变。这种对沉默的"自轻自贱"女性的指责,出自接受过传统女学教育自认为"达礼"的知识女性,但是其"高贵"与"下贱"的层级观念被囊括在这些女性文字的"我们"统称之下。这种对于女教规范的遵循并非只是迫于外界压力而有意为之的无奈之举,也可以视为无意间对已经内化于心的女教规范的遵守。"治家如治国"的古训有了专供女性的版本,女子通过"治家",包括教育下一代男嗣,帮助男性继承者打好将来发展治国才能的礼教基础,来间接实现"治国"的"理想"。裘毓芳在白话翻译《孟子年谱》的开篇,将孟母三迁和断机教子的故事最先讲完,然后才开始记录孟子的年谱生平,这也体现了裘毓芳心中"母教"的典范。刘向的《列女传》和班昭的《孟母颂》均提及了孟母教子的故事,而《列女传》开启了中国传统女教书中传记体的先河,至于告诫体的鼻祖则是班昭的《女诫》。由于材料所限,这些传统女教的线索自然不可一一落实还原到女性的个人生平上,但是作为晚清女性先觉所受传统教育的大背景,也可以用来理解裘毓芳等人在文本中表现出的犹疑态度。需要说明的是,这样的理解并不存在孰

---

① 金匮许玉成女士对于女界第一次演说稿[N].中国新女界杂志,1907-6-5.

是孰非之分，诚如有学者所论"在考察明清女子教育时面临一个评价标准问题，即是以现代的女子发展为中心，还是以传统的女教观念演变为线索去梳理女子教育的不同层面的关系？"①裘毓芳的欲言又止迂回保守，自有其历史原因，她对兴女学毫无保留地支持也是一部分晚清女性对"多事之秋"的回应。

值得一提的是，女学渐兴后，将妇孺作为无差别整体的教育观在裘毓芳逝世后仍有力地延续着，金一曾以"六宜"论女子任教职，"性格与小儿为近，一也"②，女子善于与孩童互动，因其二者本性相同，换言之，女子未受科举思想的毒害，无知无识懵懂如孩童。传统女教的缺陷造成的负面影响，此时却变成了女性作为"一张白纸"无障碍接受教育的优势。遗憾的是，曾经在传统"女诫"和萌动的女性意识间难以取舍的裘毓芳染疾早逝，也无法再回应这样的历史逻辑了。

第三节 "演绎"：语言与身份的调和

裘廷梁对于《无锡白话报》还是充满期待的，至少对于他自己的白话构想充满了期待。在他留存下来为数不多的白话文章中，有一篇《广告文考》，其中引用《易经》中"君子居其室，出其言善，则千里之外应之，出其言不善，则千里之外远之"和"一定是说话的人，把他所说的话写出来公布，才会有人响应他，反对他"③，将这两句话结合起来看，可以发现裘廷梁对白话报刊所有的期望——

---

① 李国彤. 女子之不朽——明清时的女教观念[M]. 桂林：广西师范大学出版社，2014：132.
② 金一. 女界钟[M]. 上海：大同书局，1903：29.
③ 裘廷梁. 广告文考[A]//裘廷梁. 可桴文存[M]. 无锡裘翼经堂藏，1943（铅印）.

将"所说的话"写出来,依稀可以感受到"信口信腕"的余声;写出来后"公布",这是知识分子借助近代兴起的报刊业发出自己的声音;而"千里之外"有人响应,不管是支持与否,都说明自己的报纸将立场"广而告之"后有人关注;但我们还应该关注《易经》那句引文的前提——裘廷梁的白话报发出的是"君子"之言。以"君子"自比,忧国忧民的士大夫遗风同样可以在裘廷梁身上找到,这本不成问题,但一涉及白话报纸的特殊性便成了问题。这个问题周作人在比较五四白话文运动和晚清白话文运动时已做了两点分析:

> 第一,现在白话文,是"话怎样说便怎样写",那时候却是由八股翻白话……
> 第二,是态度的不同——……在那时候,古文是为"老爷"用的,白话是为"听差"用的。①

按照周作人的观点,裘廷梁这样经历过由文言到白话艰难转型的文人是无法真正做到"把所说的话写出来"的。事实上裘廷梁在搁置文白雅俗争议的同时也回避了白话报发行时可能会遇到错位,"君子"之言通过语言的转换传至理想受众时,不知已经经过多少变形,而引车卖浆之流对君子之言又有多少兴趣呢?裘毓芳的《〈女诫〉注释》最后劝告成功的可能只是已经粗通文墨并且有条件多读书的女子。然而,裘氏叔侄这样的白话报人又该如何直接跳过用古文思考,然后转译成白话的过渡阶段呢?这显然是不可能

---

① 周作人.中国新文学的源流[M].上海:华东师范大学出版社,1999:55—56.

的。周作人站在五四新文学的立场上，原本只想客观地分析晚清白话文的特征，但是"老爷"与"听差"二元论一出便不可收拾。不可否认裘廷梁的办报理念有一定的缺憾，但也不能忽视《无锡白话报》在让更多文化程度不高的受众了解时事和知识方面做出的不懈努力。

在《无锡白话报》的创刊号上，关于时事新闻的栏目共有两个，分别是"锡麓莱佣"演绎的《中外纪闻》和未具署名的《无锡新闻》，虽然只是早期的白话报，但是前者完全可以对应现代报刊的"国际新闻"及"国内新闻"，后者对应"地方新闻"。而正是在第一期的《无锡新闻》中提到了"女学大兴"，精通算学的华老先生愿意收女学生并且上门授课，这则新闻似乎是晚清女学发轫时期裹挟在白话文运动中的缩影。《中外纪闻》采用的是一个标题加一小段白话新闻的形式①，但内容缺少精准的时间，只有人物和"故事情节"，从话本小说脱胎的痕迹十分明显，毕竟这还只是"演"而不是报道。从报纸第二期开始添加的时事新栏目《五大洲邮电杂录》，篇首附有一段说明，表明当时报人对于新闻报道和文学小说的理解仍不明晰——

> 中外纪闻说的事，都是从各种报上采来的。但这书的体例，要等一件事首尾完结，才演出来。不知道的，以为也只一件事情，没什么稀奇，不知这一段内，已把各种报上说的，一起演在里头。若把正经书比起来，就是一种小小的纪事本末。

---

① 有强学会机关报《中外纪闻》，1895年12月16日刊行，次年元月20日被封禁。其主体内容选取中外各报时事新闻，以文言写就，但其报道每篇均标有出处和时间，对照《无锡白话报》所演"中外纪闻"，内容和体式完全不同。故《无锡白话报》之"中外纪闻"，或只因袭其名而已。

还恐怕看报的嫌信息太慢，所以又添这一种，叫大家早知道近来要紧的信息，也是从各种报上采来的。①

首先，"中外纪闻"中类似于"纪事本末"这样的史家笔法，在白话演绎的过程中与话本小说的口头元素相结合，有人物、有情节却没有新闻报道最基本的时间点，强调的是事件的完整性而非时效性。所以，"五大洲邮电杂录"与"中外纪闻"在形式上最大的差别就是每条新闻内容更为精简，不再从头开始交代故事的来龙去脉，而且每条新闻之前有非常明确的时间标志。其次，两个栏目的同时出现也显示出受到传统话本小说影响的叙事习惯和现代报纸时效性之间的紧张关系。这也是裘廷梁在《〈无锡白话报〉序》中提及的"演报"思路与出版实践碰撞后做出的调整变化。回看清末报纸在试图向大众发声时新闻、小说话本、史家笔法的混杂状态，民国学人已有总结：

> 新闻文学与史学之别，其最著者有四焉：史之所记，不嫌其旧，而新闻唯求其新，此材料去取之异一也；史记事结论于末，新闻记事撅纲于端；此体裁先后之别二也；史之作穷年以成，而新闻记事一挥而就，此著述时间之殊三也；史乃史家之专业，新闻则具营业性，此性质上之差四也。②

这种混杂文体，由于裘廷梁文学与新闻界限不明的白话演绎理念而在《无锡白话报》中随处可见。裘毓芳演绎的几个栏目，《俄

---

① 五大洲邮电杂录（一）[N].无锡白话报,1898-5-16.
② 黄天鹏.新闻文学概论[M].上海：光华书局,1930：3—4.

皇彼得变法记》《日本变法记》和《印度记》，都兼具此节论述的"演报"和前文涉及的"演今"两种性质，既是"近事"（"演报"）也是"已译已刻者"（"演今"）。可见当初裘廷梁的办报设想虽分三种，但三类演绎几乎都可以统摄在"足以药石我者"之下，而在演绎过程中既要确保能够"对症下药"，又要确保能够有足够的趣味性吸引读者，这些读者大多只能听人读报却不能自己看报，那么模仿说书人口吻又具有完整情节的内容自然是知识分子办报人的首选。

对于裘毓芳而言，我们无法得知她演绎的那些书是否是由裘廷梁指定，可是裘廷梁的白话主张和白话报构想显然主导了她的具体行文。作为女报人，其白话实践性别层面的意义更多经过后人追加才得以凸显，她所提倡的女学只是其诸多演绎文本中的一部分，正如晚清女学在一开始也只是众多运动的一部分。戈公振之论"我国报界之有女子，当以裘女士为第一人矣"[①]为人所熟知，但是他在做如此评价前提到的是"注意通俗教育"的《无锡白话报》。而主要参考戈公振著作的美国汉学家白瑞华（Roswell Sessoms Britton，1897—1951），在他的《中国近代报刊史》（The Chinese Periodical Press，1800—1912）中对裘毓芳和《无锡白话报》作如是论述——

> （《无锡白话报》）由于一位女士的贡献和会话的写作风格而特别引人注目……这份无锡刊物虽然是有一位女士主笔，但似乎并不是专为女性读者开办的，而是一份普通教育刊物。[②]

应该说戈公振和白瑞华的评价颇为中肯，这也可以反映出清末

---

① 戈公振.中国报学史[M].长沙：岳麓书社，2010：111.
② [美]白瑞华.中国近代报刊史[M].苏世军译.北京：中央编译出版社，2013：119.

白话报章和女学之间的相互支持。当然随着报业的蓬兴和女学的发展乃至女性意识的复苏，两者的关系逐渐不能用包含与被包含概括，更多具有女性意识的白话女子刊物、白话栏目以及白话女子教科书开始流行起来。英人麦肯齐（Robert Mackenzie）尝作《十九世纪史》(History of the Nineteenth Century)，李提摩太和蔡尔康合作将其译成文言本，广学会出单行本名为《泰西新史揽要》。梁溪顾学子将其演为白话，连载于《无锡白话报》。书中有论"法儒议政"，法国王室独断，农商小民受苦尤甚，于是"诸士子则逐月撰著讥刺时政之书，印成专本按户散售，又使人宣读于街市，使不识字者亦有所闻。于是旅店、市井间贫民所讲论者，无非国家之事……"① 顾学子所演白话段落诸字落实，文意丝毫无差，而此种情景也是裘廷梁办白话报所期冀的理想状态。白话作为连接各个阶层的有力工具，借助出版物打造出"共同体"，形成舆论，推行新政，只不过还未做"覆舟"之想。女性也是这个想象场景中的一部分，而此时"她"还淹没在"不识字"者之中。

可以说，裘毓芳和《无锡白话报》的命运不仅表明晚清女性和白话报章的联系，也预示着在白话被刻意强调为启蒙工具的时代，女性无论是有意识地加入到白话报章的撰写队伍中，还是作为被启蒙的无声大众中的一员，都和启蒙自己的工具一起被纳入民族救亡的运动中。在"救国保种"大潮中裹挟而生的女性自主意识尚具雏形，还远不能"自力更生"。

---

① ［英］麦肯齐.泰西新史揽要［M］.李提摩太、蔡尔康译.上海：上海书店，2002：8.

第二章　想象"痛苦"：晚清白话演说文的女性启蒙策略

　　近代中国，国运颓危，无数热血青年振臂高呼力图扭转国运。当时的晚清思想界新陈错杂，外来思潮和本土思想杂糅一处，起伏兴灭，孰是孰非众说纷纭。这一切都在数量庞大的晚清报刊中留下痕迹，现实和假想中的唇枪舌剑移至方寸报章之间，成为不计其数的"演坛"或"论说"之文。该类文章一般有明确的想象读者（听者），感情丰沛，论点鲜明。其中晚清白话报由于专门登载白话文章，其论说栏目尤求通俗易懂。与此同时，对于一部分晚清女性先驱而言，"敬告"女性同胞自尊自爱，革除旧习，追求平等，白话文更具优势，因此除了专门的白话报，在一些文白兼采的女子报刊中白话演说类栏目永远是重头戏。加之女性结合对自身命运的反思，面对国家命运的衰微感触尤深，晚清的白话报章在女性意识的建构过程中起到了重要作用。本章从晚清白话报章中的"演说"类文章入手，分析论说者与假想听众的互动关联以及敬告者在论说时的微妙差异，梳理出白话演说文与初生的现代女性意识交缠错杂的历史脉络。

第一节 "劝诫主义"

晚清学人对西方演说和雄辩术十分推崇，认为演讲者的演说技巧对启蒙大众至关重要。梁启超曾借日本友人之语将演说列为"传播文明三利器"之一——"犬养木堂语余曰，日本维新以来文明普及之法有三，一曰学校，二曰报纸，三曰演说"[1]。犬养木堂即犬养毅，日本著名政治家，与康有为、梁启超、孙中山等人皆有来往。演说技巧是政治家的必备技能，而对当时颇有政治抱负、立志开通民智又有报业经历的梁启超而言，犬养木堂的话自然极具吸引力。接着梁启超又提及福泽谕吉在其所办庆应义塾中开设演说课，有开风气之功，却不为时人所理解。虽然言语之间充满了对福泽谕吉开办演讲课的赞赏之情，但梁氏也并非人云亦云之人，他十分清楚演说的利弊。梁启超虽时常自责"以笔舌浪窃虚名"[2]，可又在《舆论之母与舆论之仆》中引他人评价英国前首相格兰斯顿之言，"格公每欲建一策行一事，必先造舆论，其事事假借舆论之力，固不诬也，但其所假之舆论，即其所创造者而已"[3]，可见其对"舆论之力"深以为然。梁氏虽然知道借兴学、办报、演说引发的舆论有消极作用，但可与引发舆论之人的赤诚之心相互抵消。梁氏所言亦可用于清末女性意识初起时，各方舆论翻转不定，演讲者所用的新名词还

---

[1] 梁启超.传播文明三利器·饮冰室自由书［A］//梁启超.饮冰室合集·专集之二［M］.北京：中华书局，1936：41.
[2] 梁启超.舌下无英雄笔底无奇士·饮冰室自由书［A］//梁启超.饮冰室合集·专集之二［M］.北京：中华书局，1936：53.
[3] 梁启超.舆论之母与舆论之仆·饮冰室自由书［A］//梁启超.饮冰室合集·专集之二［M］.北京：中华书局，1936：84.

来不及被民众甚至演讲者自己消化吸收，全凭爱国热血引发舆论。囫囵吞枣导致的"消化不良"难免会留下隐患，不但给一些浮躁的"新党"制造口号提供了机会，也使新兴的女学一度成为旧学人士质疑的对象。

除了直接演说、登文阐明自己的观点外，借小说人物之口向读者灌输自己的想法，也是当时颇为流行的做法。梁启超的《新中国未来记》就是典型的例子，其中既有小说主人公的长篇独白，也有你来我往针锋相对的辩论，相当于把演说移植到了小说里。借笔下人物进行演说，观念先行，在现在看来可能犯了创作大忌，但是晚清的小说、诗歌、戏曲变革，无一不受到当时演说风潮的影响。一方面这些作品的取材立意会参考由演说带动起的社会热点，另一方面演说的语言形式在不同程度上推动了这些文体内部的改良。晚清的演说风潮本就因社会时局而生，自然也与各种社会变革息息相关，其中既包括救国保种、政体改革、妇女解放这样的重大问题，还涉及求学、保健、宗教信仰等日常话题，至于学界论争成为演说内容的例子更是举不胜举。其中一大部分的演说内容成为"演坛""谈薮"之类的报刊固定栏目，作用类似于现在的社论，而每逢重大节日各大报刊登载的祝词其实也是一种变相的演说文章。对晚清女性而言，入新式学堂求学的女学生演讲已经渐成风气，虽然免不了旁人的指摘，但是走上街头已成为一种叛逆的抗争姿态。这其中当然也不排除出于各种目的利用女学之人，但是这样的阻力也没能拦住女学日益加快的脚步。还有一部分女性选择撰写演说文作为表明立场的武器，借助媒体使自己的观点得到更有效的传播，这在一定程度上规避了上街演说可能带来的未知因素。也有一部分热切关注女学、缠足等一系列女性问题的男性文人，用女性化的假名加入到了包括演说文在内的"女性创作"中。①

在这些面向女性的、数量庞大的演说文里,"家常"风格的白话文尤其受到编者和作者的青睐。清末女性与白话的联系可从秋瑾的一番话中看出。秋瑾感叹足以开化知识思想、适合女性阅读的书报很少,于是她将《中国女报》定位成面向广大妇女的报纸——

> 有个《女学报》,只出了三四期,就因事停止了。如今虽然有个《女子世界》,然而文法又太深了,我姊妹不懂文字又十居八九。若是粗浅的报,尚可同白话的念念,若太深了,简直不能明白呢。所以我办这个《中国女报》,就是有鉴于此。内中文字都是文俗并用的,以便姊妹的浏览。②

《广东白话报》在1907年第7期上将秋瑾的这番演说一字不差地收录到其连载的白话小说《女侠血》中。小说使用的语言是粤语,将方言口语直接记录下来,翻成书面语,只是在秋瑾的演说部分,所有的语言仍然保留为不带方言色彩的白话文。事实上,秋瑾所说的《女学报》和《女子世界》也有许多文章以白话写就。在晚清的各种白话演坛中,无论针对女性问题提出倡议的敬告者是谁,都不会否认白话与女性的紧密联系。这也就涉及白话演坛、白话敬告文章所担负的职能。有署名乙仁的作者曾撰文讨论"劝诫主义",

---

① 清末民初男子"唱闺音"的现象并不少见,如罗普以"岭南羽衣女士"为名作小说《东欧女豪杰》,柳亚子以"松陵女子潘小璜"为名作小说《中国女剑侠红线、聂隐娘传》,张肇桐以"震旦女士自由花"为名作小说《自由结婚》,顾明道化名"梅倩女史"为《眉语》供稿,周作人化名"萍云女士"为《女子世界》供稿。此外,茅盾、巴金、刘半农、巴人、赵景深等人都有冠以"女士"二字的笔名。
② 秋瑾.敬告姐妹们[J].中国女报,1907(01).

比如像《中国女报》这样"把各界应有的道理，聚拢起来，劝大家做，求大家行"[①]，其实就是一种"劝说的艺术"。该文提到人生几大要事，第一是讲究学问，第二是讲究文学。仅此两点，可用四字蔽之，"文以载道"。作者虽然也认为白话文不是写给学问高深的人看的，但是并不能因此而忽视白话文的文学性，只强调白话文的教谕功能，此处与胡适若干年后提出的"国语的文学，文学的国语"颇有相通之处。

对于如何打动包括女性在内的不同背景的读者，晚清学人在使用白话写演说文时还是颇费了一番心思。乙仁在论"劝诫主义"时，将这种办报策略又细分为两类，一类是以"绝顶的笔墨"将读者深深吸引，但是这样的办法"大约通行在上等学问好的一班人里面"[②]，而自己遵循的是另一类方法，即用浅近的文理、用白话将这些道理说出来，使读者如同看小说一样，由此起到潜移默化的影响，最重要的是"平常人也都可以懂得"[③]。在此，根据读者的不同层次，作者已然将他们区分为上下两等，当然这样的区分并不带强烈的褒贬色彩。根据乙仁的划分，加之该文又发表在《中国女报》上，可以确定女性读者被划分到了"平常人"的群体中。类似的划分在一署名"铁秋"的晚清识者笔下也可以找到。他认为演说是"救愚"的一剂良药，然而如何打动智识如"小孩"的普通大众，成为一个合格的演说者，绝非易事——

> 非通各种学问，于人情物理上，有了一番阅历又能触会贯通，万万不会演说。既能演说，或只能演说上流社会的人，不

[①②③] 乙仁.劝诫主义[J].中国女报，1907（07）.

能演说下流社会的人。下流社会如小孩子一般,对他无学可讲,又不能不讲学;对他无理可讲,又不能不讲理。①

作者在这里辩证讨论了合格的演讲者为何需要"深入浅出"。在被当做"小孩子"的下层社会中,妇女因为"妇孺"的连称,常常是大人身形小孩智识的典型代表,所以才有诸如《妇孺易知白话报》《妇孺日报》②这样的白话报刊出现。这也可以从另一个方面解释女性与白话演说的关系,是一种类似于蒙学的教谕手段,然而这其中包含的不平等的"师生"地位,最终还是会影响演说者(作者)的演说效果。回望晚清白话报遍地开花的时代,一部分晚清知识者"似乎转嫁了文言话语的权力意识,他们以开通民智为己任,对'民'采取了俯视姿态"③。当这些晚清学人启蒙女性时,虽然使用的是白话,可他们依然沿用了文言话语给他们带来的权威,这种潜在的"俯视"姿态造成了演说者与读者(听者)的隔膜。

白话敬告文要打动听众还是需要步步为营,循循善诱。显然,这也是一项艰巨的任务。《京话日报》登载过一篇劝人爱国的演说文,题目是《爱圀》,其中的"圀"字是一个生造的字,由当时东安市场讲报处的李子光为了鼓励国民捐而造。随后被基督教徒、热心国民捐的王子贞加上字音,同"我",彭翼仲继而根据"国""家""我"的三重关系给这个字添上字义。这本是一篇普通的爱国演说,但其中又特别提到了女子爱国的例子,只不过是一个反

---

① 铁秋.论地方宜设演说研究会[N].国民白话日报,1908-9-19.
② 据胡全章整理的《清末民初白话报刊简目》,《妇孺易知白话报》1905 年由袁书鼎创办于江苏阜宁,《妇孺日报》1908 年由陈诚创办于广东番禺。参见胡全章.清末民初白话报刊研究[M].北京:中国社会科学出版社,2011:408.
③ 文贵良.文学话语与现代汉语[M].上海:华东师范大学出版社,2009:13—14.

面事例。王子贞在文中叙述了自己向素昧平生的车夫宣讲爱国的必要性——

> 就拿妇女说罢，平素不讲女教，不懂爱国，他得懂的爱簪环首饰罢？庚子秋间，他有点不大遂心，首饰都被洋兵抢了，忘了没忘呀？①

之所以会举出这个例子，是因为车夫表示自己是平民百姓，爱国这样的宏大议题和自己的生活日常相去甚远。而王子贞在这里举例妇女遇国乱丢失簪子，其实是为了引出车夫丢失的洋车。虽然妇女与簪子的例子在这里只是一个引子，却显示出作者对妇女日常生活的不屑和对妇女不闻天下事的谴责。问题在于庚子年间丢失个人财物的肯定不只有妇女，但是此处特别描绘出妇女对自己簪子的痛惜。其中自有作者假想的因果关系，即女教缺失导致女性对国事漠不关心，只是关注穿着打扮，而庚子年间的动乱倒是给了这样的女性一个教训。在演说人看来，女性痛惜丢失的簪子，足以说明接受的教训有多么深重。只是，这种痛楚的程度是否可以和国家遭受的屈辱直接关联，个人的得失是否会激发爱国情感，又会在多大程度上激发这样的正面情感，都是演说者想当然的论说避免探讨的问题。毕竟直面演说者和听众之间隔膜，会让两方人都无所适从。

---

① 王子贞. 爱國[N]. 京话日报，1906-6-1.

第二节 "感同身受"的"痛楚"

对于假设听众是女性的敬告者来说，放弃说教的语气，以平等的姿态和女性对话是一回事，最后的结果是醍醐灌顶还是隔靴搔痒是另外一回事。比起丢失心爱的物件，缠足给女性带来的痛苦不仅有目共睹，且是实实在在加诸肉身的疼痛，可随之而来的分析并不因为女性"显而易见"的痛楚而显得简单。涉及劝诫女子放足的论说，论说者和想象听者对于缠足带来的疼痛，是否有可能取得共鸣，比想象丢失簪子的痛苦更富有挑战性。

维特根斯坦曾经将个人的痛楚比作每个人不同盒子中的甲虫——

> 如果说到我自己，我说我只是从我自身的情况知道"痛"这个词指什么——那么，在说到别人时，我就一定不能也这么说吗？我怎么能如此不负责任地把一种情况加以普遍化呢？
>
> 现在有个人告诉我，他仅仅是从他自己的情况知道了痛是怎么回事！——假定每个人都有一个装着某种东西的盒子：我们把这种东西称之为"甲虫"，谁也不能窥视其他任何一个人的盒子，而且每个人都说他只是通过看到他的甲虫才知道甲虫是什么。——此时完全可能每个人盒子里都装着一些不同的东西。甚至还可以想象装着不断变化着的东西。①

---

① [奥]维特根斯坦.哲学研究[M].李步楼译.北京：商务印书馆，1996：149—150.

每个人都知道别人的盒子中有一只甲虫,但是别人的甲虫和自己的究竟有什么异同,只有看到了对方的甲虫才能够确定。问题是,痛楚作为一种感觉,是无法做物质性的展示的。于是这种感觉成了永远不能揭开盖子观看的甲虫,虽然互相都知道对方确实有痛楚,但是不知道对方的痛楚有几何,是否轻于自己又是否比自己更甚。"当我们说某人给痛起了一个名称时我们所准备的就是'痛'这个词的语法;该语法指示了那个新词所应处的位置。"[①]在行文中描述疼痛,基于读者和作者双方都对"痛"这个事实有共鸣,才会认可"痛"作为一个词语,一个将感官抽象化的符号,发展出在文字系统中的使用规则。然而,维特根斯坦也指出,"只有我能知道我是否真的痛;其他人对之只能加以推测"[②]。也就是说,这种共鸣归根结底是经不起推敲的。更进一步说,那个装甲虫的盒子"甚至可能是空的。——盒子里的东西可以被完全'约简';它被消去了,无论它是什么"[③]。假设办报者理想的传播网络能够正常运行,女性读者直接或者间接地接收到敬告者的信息,有一种可能是,当一部分敬告者试图说服女性听众自己能够理解她们的痛楚,理解她们在生活中的各种不便,并且用易懂的白话拉近自己与她们的距离时,可能这一切都是徒劳无功的。因为痛苦在某种程度上无法用语言表述,痛苦的存在与否可以勉强证实,而痛苦的程度却无法与他人分享。换言之,敬告者描述的、自以为理解的缠足之痛在缠足女子听来要么过于轻描淡写,要么对于这种麻木的痛楚过于危言耸听。更重要的是,根据维特根斯坦的描述,敬告者有意无意地置换了"盒

---

① [奥]维特根斯坦.哲学研究[M].李步楼译.北京:商务印书馆,1996:138.
② 同上书,第134页.
③ 同上书,第150页.

子"中的"甲虫",也就是女性缠足的痛楚。不同的敬告者根据自己演说的主旨赋予"痛楚"各种社会、文化、政治层面的附加意义,使得"痛楚"不再是女性读者的"痛楚",而是敬告者对于她者"痛楚"的展示和解释。先来看晚清白话报的敬告者对于女子缠足最常见的阐释——

> 身体如果软弱,一身就有本领,也是处处颠倒,难以收拾。上不能侍奉公婆,下不能助夫治家,那就更不用说了。有子女的,一定不能教养;无子女的,以后纵然怀胎生出子女,一定也是昏弱不堪。……细考太弱的缘故,多半误在缠脚上。①

缠足的不便在引文中被展示得淋漓尽致。放足的好处在于女性可以使出"一身本领",侍奉长辈,助夫持家,养儿育女。而缠足带来的负面影响则通过女性社会功能的丧失体现出来。女性作为家庭组织中的重要一员,承担着维系家庭内部运转的责任,这是毋庸置疑的。引文几个短句将这些功能逐一列出,换言之,女性不缠足就像是给机器的零件除锈,除去了阻碍零件更好发挥功能的陈旧锈渍,也就是缠足的陋习,零件便会焕然一新,机器也能更好地运转。该文虽然也有一小部分对于女性缠足时"敲筋动骨"的文字展示,但并未让读者体会到切实的痛楚,或者也无意描摹这种痛楚,因为对女性功能的期许才是劝说的关键,放足类似于增加劳动力。这种功能化的劝说方式在晚清的劝诫缠足的文章中十分盛行,论说者并不真正关心女性作为个体的痛楚,而是着意于女性作为家国建

---

① 亚东瘦侠. 敬告直隶女子[N]. 直隶白话报,1905-2-18.

构中的一个功能象征。也就是说,维特根斯坦的甲虫被置换成了家国体系中尚待解放的劳动力。① 与真正的机器零部件稍有不同的是,女性作为生育链条上的关键一环,可将良好的体魄继承给下一代。再来看《吉林白话报》上的一篇演说文,同样劝说女性放弃缠足,该文不仅对缠足的痛苦过程详加描写,而且还适时引申:

> 骨头既是裹的折回去了,皮肉也是溃烂的很难受了,女孩疼的忍不住,呼天叫地。那狠心的娘,偏要使着劲的往紧了缠,把好好的两只脚,定要裹出个尖儿来,这算是怎么一回子事情?真是叫人莫名其妙!有人说把脚裹出个尖儿来,便显着好看,并且那个尖儿,越细越小越好看。我想这个说儿很不对,这真是糟害人的说儿。我们中国衰弱到这样,大半是这个话弄出来的。把这二百兆有用的女子,全都成了废物一般,那脚尖越细越小的,那女子越是成摆设的物件了。走步道儿,要是手不扶着墙,没有人给他当拐棍,他便东躺西歪,来阵风儿,便把他吹倒下了。整天里净会在床上头坐着,一点辛苦活儿也不能做,净直到擎吃擎穿。女子一缠足,便把他真是害苦了,一点不得自由,简直是受刖足的刑罚。这么一想,女子没罪受刑,真是叫人可怜。女子受刖足的刑罚还不要紧,我们中国二百兆的男子,可就叫这二百兆女子把他累赘住了。中国衰

---

① 忽视历代女性参与社会生产的历史是晚清常见的论述倾向。事实上,早在两汉时期,由于当时"男主外女主内"的分工尚不清晰,女性的社会劳动延伸到农业、纺织业、畜牧业、酿酒、手工制造、商业等多个领域。值得注意的是,虽然女性从事社会劳动的例子不胜枚举,但真正进入行政管理等"权力场"中的女性实属凤毛麟角,女性能够参与社会生产并不意味着完全的"男女平等"。参见彭卫、杨振红. 中国妇女通史·秦汉卷 [M]. 杭州:杭州出版社,2010.

弱的根子，也便由这个生出来了。[①]

如同之前讨论的天醉生将提倡女权的有效性建立在与国权的联系上，此处反对缠足最重要的原因出现在引文的后半段，也就是中国衰弱的根子由缠足而来。仔细分析作者是如何一步步推导出这个结论的。首先，是对母亲与女儿在缠足过程中的一些简单描述。让人"莫名其妙"的是"狠心的娘"不顾女儿的哭喊，一定要将女儿的脚缠尖。值得玩味的是，作者在这里悄然拉开了与女性读者的距离。骨头的变形折裂，皮肉的腐坏，本是可以引发疼痛代入感的场景，哭喊的幼女使人心生怜悯，"狠心的娘"的出现，填补了"施虐者"的空白。这个场景似乎是完整的，却也是浮于表象的。作者似乎想借助这个母亲形象，提醒正在给女儿缠足或者打算给女儿缠足的妇女，她们自己也曾经遭受过这样的痛苦。然而这样潜在的指向性被"莫名其妙"一词化解了，比起唤起广大母亲自己曾经历的痛楚，作者更在乎的是如何将缠足这个陋习和妇女不可理喻的蒙昧联系在一起。女性一手导致了下一代的悲剧，这样的痛苦是经过女性之手传递的，换言之，"狠心"而不可理喻的母亲是痛苦的根源。接着，作者举例证明缠足妇女行动不便如受肉刑一般，但是消除缠足的苦痛还在其次，最主要的是卸除男子的累赘，剪断国家衰弱的根源。这样一次从个体痛楚到恢复国权的论述便完成了。无疑，作者选择站在"狠心的娘"背后，冷眼旁观这缠足的一幕，所有的疼痛和国家的衰弱相比都变成了略显次要的抽象图景。

比起上述两位论者，来自常州的张罗兰女士规劝姐妹们放足，

[①] 改变三样毛病中国便可盼望强盛了[N].吉林白话报，1907-12-23.

用的是家长里短的口吻。"我们年纪大的,说起放脚,包的不小的,脚背骨未断,还可以,若是包得小的,脚骨已断,放起来是很难,不过稍微大一点,走路稍快一点就好了,这是我试过来的"①。放足的过程复杂而痛苦,张罗兰深深体会到这一点,感同身受的语气加上拉家常式的口吻,一个亲切的过来人对放足的姐妹给予支持和理解,对仍旧不愿放足的妇女也进行了劝导。究竟是什么能够让母亲狠下心来为女儿缠足,母亲们又是出于何种考虑将这种痛苦延续下去呢?对此,张罗兰巧妙地将不缠足和兴女学联系在一起,举了爱国女学校一个学生的例子,学业有成又适逢女学大兴,这名学生被各处聘去做女教习,自食其力,"难道我们女儿念了书,有了本事,还怕没有人要吗?"②张罗兰没有正面回答缠足是否会影响女儿们的婚嫁,因为她也知道在当时的情况下缠足对女性婚配不利。各地天足会曾定会规,入会者不得缠足,也不得为自己的女儿缠足,至于婚娶,可在会员之间相互介绍解决,以此打消入会者的后顾之忧③。此类规定足以从侧面证明缠足与婚姻的紧密联系。而女儿辈的婚姻大事是大部分"狠心的娘"为其缠足、延续痛苦的原因,张罗兰把重点转移到女儿们是否能够自食其力,且不论这种美好的期许是否会成真,至少张罗兰让女性读者认为自己的"痛楚"和她们是相似的,她是她们中间真正的一分子,她没有将"痛苦"置换为他物。高彦颐在分析白话小说《黄绣球》时,指出黄绣球放足后,因为"缠足"只是作为一个象征符号,所以她单凭"意

---

①② 张罗兰.图书馆演说 [J].女子世界,1904(03).
③ 如《直隶天足会创办章程》上明文规定,入会者必须如实上报儿女数量、年龄、缠足与否,相关材料由会中主婚者需备份。主婚者有查验上报材料虚实之责,并挑选合适人家商议其儿女亲事。参见《直隶白话报》,1905年3月20日。

志"就可以克服变形双脚的疼痛和不便。面对一个没有痛感的抽象符号，意念克服轻而易举，这恰恰暴露了这部小说的男性视角，"女性声音被封装在此一男性改革者的视点之中，它是一种变调的声音，并非出自她体内的深层呼喊，只是其意志的灵光乍现"[①]。同样，张罗兰的文字和之前两位敬告者劝诫妇女放弃缠足相比，最大的不同点在于，那一双小脚不是愚弱的象征符号，也不是敬告者自己的理念载体，而是真正牵动着每一个缠足妇女筋肉的疼痛触发点。

另一位活跃在晚清女界的先驱杜清持同样提到了不缠足对于妇女的种种益处——

> 第一件是复回他天赋的权力。因为天生出他来，原是想他不裹脚的，不是一生出来，就带他一双小脚来的呀。第二件的好处，是保全他的卫生。不裹脚，周身的血气才能够运动，身体自然由此强壮，就是寿命也会长些。第三件，遇着水火刀兵的事，走也走得快些。第四件，可以随意出外游历，自然那见识就会一天多比一天。[②]

杜清持从正面进行论证，不是强调缠足带来的种种不便，而是强调不缠足为女性带来的各种便利。对比将女子缠足与民族衰弱联系在一起的文章，这篇论说的着眼点在于女性自己的福利，天赋的权力，延年益寿，躲避灾荒，游学以增加见识。比起以"国民之

[①] [美]高彦颐. 缠足："金莲崇拜"盛极而衰的演变[M]. 苗延威译. 南京：江苏人民出版社，2009：32.
[②] 杜清持. 男女都是一样[J]. 女子世界，1904（06）.

母"的标准要求女子放弃缠足,以免殃及后代,杜清持虽然也将眼光放得长远,却以完善女性自身为目标。事实上,在晚清报刊中,类似论点屡见不鲜。但如果从论说的语气和行文方式的细微之处着眼观察,就能够体会到不同论说者对论说内容和想象读者的把握存在着微妙的差距。究竟是对女性缠足的痛楚感同身受,还是醉翁之意不在酒式的借题发挥,都可以从上述几篇演说文的比较中得出结论。这种"敬告者"和"被敬告者"之间借助"痛楚"展开的联系,并不局限于缠足和放足的话题。

第三节 "传播"与"接收"的错位

在数不胜数的"敬告体"白话报章中,以"敬告某某"和"告某某"等类似格式为标题的演说文字是"敬告体"文章的标志之一。这些"敬告"文的内容均是针对社会现象提出自己的观点,号召被敬告者加入行动者的队伍。在晚清白话报章中,以"姊妹同胞"为题的"敬告体"文章,针对的无外乎妇女与社会的相关议题。虽然有相当数量的文章作者选择使用笔名而不是真名在白话报刊上发表论说,但并不影响我们通过文章中的只言片语对作者的观点倾向做出判断。

作为颇具影响力的女子刊物,《女子世界》每期都刊登用白话演绎的各类"敬告体"文字,论题涉及妇女生活的方方面面。其中有署名"九思"的《敬告同胞姐妹》在1904年的第4期、第5期、第6期上连载,用苏州土白演绎,是非常典型的面向妇女的"敬告"演说文。夏晓虹认为,该文作者"九思"是《女子世界》聘用的七位调查员之一[1]，依据的是该刊 1904 年第 6 期刊登的《担任调查员姓氏》。确实，"常熟　俞九思君"[2]的名字赫然在列，再看其他几位调查员的称呼，"某某女士"和"某某君"清晰地标明了调查员的性别。而除了上述三期连载的《敬告同胞姐妹》外，《女子世界》中再无署名"九思"的文章，也没有署名"俞九思"的文章。经笔者考证，俞九思实为常熟教育界人士。[3]而让笔者更感兴趣的是，《敬告同胞姐妹》纯属一篇按照口头语进行记录（写作）的"敬告文"，文中大量使用方言词汇，且作者完全自居为中国姐妹们中的一分子，在循循善诱时多使用"我们中国女人"之类的自代指称，增强与女性的认同感。也就在 1904 年，在《江苏白话报》上有数篇署名"九思"或"奋翮、九思"的新闻纪事。同是白话演绎，"九思"在《江苏白话报》上的报道文字干净简练，冷静客观，与敬告同胞姐妹时的"九思"判若两人。如果这两位"九思"都是"俞九思君"，那么他在敬告同胞姊妹时就是有意识地使用方言土白，并且不时地暗示"被敬告者"（听者）自己在她们的阵营中，使用的是她们熟悉的词汇、句式、语气——

但是想我所说帮助男人，教训儿子，还是约略。然而苟其做到，责任已经弗轻哉。吚笃想上头要帮，下头要教，凡系男子有个责任，女人全要帮，全要教，个个责任，哪哼弗重。不过我中国女人，看弗出第个两句说话个意思，所以变之女人无

---

[1] 夏晓虹. 晚清女性与近代中国 [M]. 北京：北京大学出版社，2004：75.
[2] 担任调查员姓氏 [J]. 女子世界，1904（06）.
[3] 俞九思有回忆文章《辛亥革命常熟光复的前后》，被收录在《文史资料辑存》第 1 辑，中国人民政治协商会议常熟市委员会文史资料研究委员会编，1984 年，第 112—130 页。

没责任。①

九思在用书面语记录苏州土白的发音和句式上下足了功夫，"弗""哉""哪哼"等方言助词也一并依照发音记录下来，可以说是"原汁原味"的苏州土白演说。论说的方式也从承认女子责任之重入手，用一种同胞姐妹话家常式的口气将相夫教子的辛苦娓娓道来。此处敬告者将自己视为女同胞中的一员，以一种理解者的姿态展开劝说。更加难能可贵的是，除了正视女性相夫教子的辛苦，论说者进而论述了男女"共同"的责任。对比以下两组不同的引文，同样是说女子的责任，敬告者的语气差异可见一斑——

若论起做人的道理，无论怎么样，这书总是要读的。你想女子的职分，总不外治家教子两件。治家若没有学问，把好好的儿子教坏将来倚靠谁呢？况且如今国家这样危急需材，女子就是国民的母，没有好女子，安得产出好男儿？②

在下现在有一句话，要说与列位姐妹们听听。我说"女学的兴衰关系种族的强弱、国家的存亡"这句话，却是上下古今不易的道理。③

第一段引文出自白话道人林獬之笔，第二段的演说者则署名"铁仁"，因为文中有"别要说我兄弟爱说激烈话"④的字样，所以两

---

① 九思. 敬告同胞姐妹其二·论女人责任（苏州土白）[J]. 女子世界，1904（05）.
② 白话道人. 国民意见书·女子社会 [J]. 中国白话报，1904（12）.
③④ 铁仁. 女子教育 [J]. 安徽俗话报，1905（20）.

段文字的作者均为倡导女学的男性先驱。对照九思的苏州土白敬告文，这两段话的语气很不相同。"若论起做人的道理"或"在下现在有一句话"，这样起首发论的语气和说教者无异，和九思的劝告相比，这两段话虽然也是为女性着想，但更多站在了"国民/国家"的角度。国民是一个庞大的群体，其中却没有多少合格的国民，晚清知识分子几乎都在呼吁培养具有现代公民意识的国民，承担生育"义务"的女性首先成为亟须开蒙的群体。但是经过开蒙的女子，其价值在于相夫教子，只是能够教育出合格的国民罢了。林獬所谓女子无学将儿子教坏没有倚靠，有三重未直接说明的意思，第一，女子无学害人害己，害人尤甚，因为会殃及下一代；第二，有希望的下一代以儿子为主，当然林獬也并未明确否认下一代是女子的价值，只是她们的价值和她们的母亲一样，体现在相夫教子上，这是一个颠扑不破的"死循环"；第三，女子入学教育好后代，利国利己，利国在于培养出了合格的新国民，利己在于培养出了可以"防老"的儿子。在包括林獬在内的晚清学人中，这样的性别取舍太过常见，不能以现在的眼光过于苛求，问题在于既然女子已经可以培养出合格的国民，而合格国民的特质之一就是独立自主，那么为什么培养者本人却不具备独立的品质，反而还要依靠被培养者？在铁仁的论述中，女学与国家兴衰息息相关，女子入学利国利民，但他却偏偏未能说明"利己"这一层。九思的论述虽不是滴水不漏，他一字不差地用书面语写苏州土白的演说文，由于各种语气词的强行插入，导致这分三期连载的白话文并不流畅，和林獬、铁仁简洁干脆的文字比起来，显得枝蔓芜杂。可正是这种发散性的文字，显示出作者正试图想象并理解女性当时的处境。

一般来说，敬告女子的文章有两种论说的出发点，一种由内而外,一种由外向内。还是九思的《敬告同胞姐妹》,谈及女子重拾自尊时,一针见血地指出当时女界对自重的误解——"俚自家看重自家,个句话也有晓得个,但是俚个自家看重自家,不过要别人看重俚,第个自家看重自家,原要自家看重个呀,哪哼好但叫别人看重俚?"[①]九思敏锐地觉察到,虽然有一部分女性知道要自重,但是判断自己是否自重的标准并非由自己掌握,还是需要通过他者的眼睛进行评判。穿金戴银,互相攀比,这种"虚假"的自重不但无益,还会混淆视听,使女性在成为真正国民的道路上再遇障碍。在这里九思没有一味指责女子讲究打扮互相攀比,是因为无知导致的陋习,也没有将其和原始的肉刑联系在一起,再次痛斥女性的蒙昧,更没有引申到家风败坏教子无方拖累丈夫的数重罪名。九思采取的策略是从女性的生活习惯出发,从最细微的生活细节入手,在指责前先了解女性这些生活方式产生的原因,那就是女性同样渴望被尊重。然而,因为历史文化原因的限制,女性无法获得自信的本源,对于一心想获取他人尊重却没有机会受到良好教育的女性来说,能够紧紧把握住的只有自己的容颜和嫁入夫家后的物质财富,这些外在的条件成为他者眼中权衡评判女性的关键参照物,也是内心缺乏自信的女性自觉或不自觉依赖的事实。这种通过剖析女性心理状态来分析女性群体行为的"敬告"方式,无疑更加客观,在呼吁女性重拾自尊的同时,没有再次伤害女性的尊严。再来看由外向内的另一种"敬告"方式。同样是登载在《女子世界》上一篇署名天醉生的"敬告文"《敬告一般女子》,同样是唇焦舌敝地呼吁女子觉醒复权,这位文中自称男性的敬告者并未花费太多的笔墨揣摩女

---

① 九思.敬告同胞姐妹其三·论女人责任(苏州土白)[J].女子世界,1904(06).

性的心理活动,而是着重强调导致"女界昏昏"的外部社会文化因素。文中详细地描绘出一位"庸中佼佼"的普通中国妇女如何度过一生。作者先将女界浑浑噩噩的现状略微勾勒——

> 你看现在那些女子,依旧是熙熙攘攘,在衣食堆中打盹,不知国亡家破为何事。那稍通文墨的,还是厮守着五言八句的秘诀,吟风弄月,自名风雅,随他风横雨狂,也动不了他丝毫的概念。那勤俭持家的,还数米量柴,节衣缩食,守牢了三亩半的薄田,也就算是莫大的天职了。那些豪家妇女,还是穿珠带翠,锦衣玉食,一些世事都不管,整日的叉麻雀,吃大菜,梦梦【懵懵】懂懂的过了一生,及至死期到了,博得个宜人安人的封诰,娇儿幼女,哭奠一番,也就心满意足了。①

接着,作者对女性每一个人生阶段详加叙述。先是长期男尊女卑的文化影响加上每个时代"道学先生"对于"三从四德"的宣扬,导致女子在丈夫面前唯唯诺诺,完全放弃了自己的权利,这成为每一位女性展开人生的女教基础。而包括《女诫》在内的各种教科书随即又为女性的思想加上了层层枷锁,使女子即便处境凄凉,比如丧夫守寡,也不会有丝毫"非分之想"。守寡的女子将希望完全寄托在儿子能够入仕途,自己也能跟着享受荣华,女权的衰落和政治的腐败结合在一起。儿子通过买官才觅得一官半职,地方名流见寡妇培养子嗣"成材",便也上报官府申请到了节烈称号,寡妇家人闻讯自然也喜不自禁,颇有"一人得道,鸡犬升天"之意,争

---

① 天醉生.敬告一般女子[J].女子世界,1904(01).

抢着为寡妇做谀墓文章，丑态百出。这样的描述充分展示了女性是如何被禁锢在社会文化的囚笼之中，从生至死、从思想到身体都不得解脱。与九思不同，天醉生将矛头指向了社会外部的守旧势力，从文化压制的角度分析女性复权之难。只是这样的分析由于偏重宏观把握，无意考察细节。女性面对这样的强势话语成为无处不在却没有一句台词的社会闹剧"主角"，这个哑巴主角更像是一个悲惨的道具，无知无识又不自知的悲惨面具封住了她们的口舌。天醉生一直将这种宏观把握的思路延伸到了女权与国权的联系。在解释自己身为男子却为女性发声的原因时，他说，"不知道一国的女子，占国民的半部，女子无权，国力已减去了一半"①。言下之意，提倡女权的意义在于其与国权的联系，天醉生的逻辑同样也是许多敬告者的逻辑，如果女权与国权并无联系，那么倡导女权似乎就失去了意义。性别与国族的共生关系虽然为近代女权的复兴提供了便利，但也埋下了隐患。郭冰茹就曾经指出，"历史"和"知识界"对于女性解放而言都是"他者"，这对女性而言虽有积极意义，但同时也将她们带入了"宿命般的困境"②。换言之，女权的合法性和合理性都依附于"国权"，女权的独立价值还没有完全呈现出来。

值得注意的是，后一种敬告的策略之所以没有对妇女的遭遇感同身受，不一定是因为敬告者的性别。《中国白话报》在众多白话报中地位特殊，不仅因为其鲜明的革命立场，更因为作为一份白话报纸，它仍然保留着诸如学派简介、历史通论之类层次较高的栏目。这些文章虽然也是以白话写成，但显然其理想的读者并不是平民百

---

① 天醉生. 敬告一般女子 [J]. 女子世界，1904（01）.
② 郭冰茹. 女性解放话语建构中的悖论——关于现代女性写作的一种考察 [J]. 文艺理论研究，2010（05）.

姓。所以，当有读者致信报馆，称一些栏目内容过于高深，林獬亲自回应道——

> 报馆本有监督国民的责任。这国民的范围大得很，孩童妇女固然在国民之内，那党派学生何尝不是国民？而且现在识字的人太少，我这报并不是一直做给那般粗识字的妇女孩子们看的，我还是做给那种比妇女孩子知识稍高的人看，教他看了开通之后，转说把妇女孩子们看。这叫做间接的教育，所以说话不免高些。①

这段文字可以分成几个层面逐一剖析。

第一，是国民的范围。虽然文中申明的国民范围很广，学生党人妇孺皆是国民，同是国民却不意味着地位相同，智识高低决定了社会地位的高低，同样也决定了在办报者的想象中谁的地位更加重要、谁的需求更值得满足。从这段话来看，显然"知识稍高"的读者群在想象的传播网络中占据更为重要的地位。不难发现，林獬此处对妇女儿童和智识稍高者的描述都有所修饰，妇女在当时大部分是一字不识的，能够接受蒙学的儿童也只是少数，因此"粗识字"已经是妇孺较为理想的状态了。至于"智识稍高者"，且看《中国白话报》上任意几个"稍高深"的栏目内容，第二期有历史栏目的"万国通俗史"，有科学栏目的"物质"，报纸的另一位主要撰稿人刘师培在学说栏目撰写过诸如《黄黎州先生的学说》《王船山先生的学说》《刘练江先生的学说》等综述文。由此可见，这不是给智识

---

① 白话道人. 答常州恨无实学者来函 [J]. 中国白话报，1904（11）.

稍高的人准备的，而是给颇有学识的人准备的。陈平原曾对这类学术性的晚清白话演说文加以分析，认为刘师培的白话实践和章太炎在1910年创办《教育今语杂志》等尝试，都旨在挑战当时的流行观点，即白话文被视为不适合做学术文章的"规矩"。他们为白话文"成为有效的述学工具，作出了独特的贡献"[1]。然而不能否认的是，无论办报者的初衷如何，用面向大众的白话文演绎高深的学术文章，对于一字不识或仅仅粗通文墨的妇孺来说几乎没有吸引力，只能寄希望于精通文言的读者群做转述者，但是谁又会去听人口头说一遍王船山先生的学说呢？不会是文盲和半文盲，也不会是本就有学识的人，那么那些理想化的"中间读者"又有多少？办报人估计也心知肚明，不然也不会在小说、戏剧和各种演说敬告文章上大费笔墨了。

第二，是粗通文字的妇女孩童和所谓智识稍高的读者之间的关系。第一点说过，这两者是被敬告者和转述者的关系。有趣的是，转述者转述的内容就是出自"知识稍高者"之手。也就是说，办报者和"知识稍高者"是同一个阵营的，这其中暗含了阵营的划分。"我们"与"他们"，"他们"是需要被启蒙的，"我们"是启蒙者。启蒙愚下的文章不可能介绍王船山、刘练江诸位先生的学说，那样不会有听众，幸好还有戏剧、小说、演说等通俗的栏目作为合适的讲演之处。那么介绍"物质""历史大势"和"学说"的白话文究竟给谁看？笔者认为，这些"高深"文章在白话报上存在的价值，更多在其形式，也就是这类文章的存在自身。有了这些文章，可以凸显办报者对国粹、对科学的执着，是一种理念的宣扬，究竟刘师培

---

[1] 陈平原.有声的中国——"演说"与近现代中国文章变革[J].文学评论，2007(03).

等人心目中希望出现的、赞同他们使用白话撰写述学文章的读者有多少，在此并不是重点。

第三，"转说把妇女孩子们看"，其中两个动词，"说"和"看"，充分还原了包括林獬在内的一部分白话报人理想中的报纸传播场景。本应是"转说把妇女孩子们听"，但是在实际的传播场景中"看"即是"听"，妇孺识字不多，更加依赖"听"。同时，妇孺成了间接读者，直接读者永远是"知识稍高"者。这样"间接转述"的办报理念对妇女的"敬告"方式无疑产生了重要影响，可以充分解释上文所论第二种敬告思路的由来，继而理解敬告者论述过程中自觉或不自觉的疏离感和隔膜感究竟由何而来。

直接读者和白话报中的敬告者是同一阵营的，是抽象层面上的同一人，那么转述的职能谁来担当？转述不仅需要传达文意，也需要揣摩听者的心理。在白话报的敬告文中，文章的起承转合就成了唯一的转述功能的展示，如果没有现实中阅报社的讲解员，文章写作者的心理和间接读者的心理之间总是互有参差，无法共鸣。《福建白话报》在介绍各栏目设立初衷时，曾说诗歌这一栏目可以给"妇女孩子们闲时唱唱，又可以当作玩意，又可以当作劝世文"[①]。正如梁启超在讨论小说与群治之关系时说，小说有"不可思议之力"，文学作品可以打动人，不妨用它做开通民智的工具。虽然此处讨论的是诗歌，但同样可以引申到白话演坛和敬告文章。在办报者的想象中，口耳相传是架构起整个知识观念传播网络的关节点，也是白话演坛和白话敬告文诞生的原因之一。通过将书面语口语化，缩短宣传内容和妇孺这些"粗识字"者的距离，通过口耳传送将信息传

---

① 章程[J]. 福建白话报，1904（01）.

递下去。问题是，一部分说教气浓重的白话演说文抵消了白话之于粗识字者的优势。信息的成功传递并不能单靠书面语口语化来完成，文章的语势口气和展开说理的逻辑线索都会影响读（听）者的体验。①

虽然面向妇女的白话演坛在各大晚清报刊中随处可见，但由于不同的敬告者在论说态度、论说方式和对读者的预判等方面均有所不同，展现在报章上的论说文风格不一。虽然涉及妇女问题的演说最主要的无外乎兴女学和废缠足，和女性生活日常以及女性意识构建息息相关，但有很大一部分论说无法摆脱教谕者的姿态，妇女不仅被视为愚下，更是智识和孩童一般的人。如杜清持这样的近代女性先驱力求以更为平等的姿态讨论女性问题，但是国族话语的强势影响也渗透进了女性先驱们的觉醒之路，面对姊妹同胞，"哀其不幸，怒其不争"，悲从中来。一些白话演坛讨论妇女问题时因为女性总体受教育程度的客观原因，将她们设定为需要人转述的间接读者，而在具体行文过程中，又无法真正做到想象读者感同身受。有白话报撰文指出，"懂得深文的老爷们，出门就坐车，又不去看告示，你说说那张告示，有用无用，如今巡警部厅，所出的白话告示，可就很有功效，不拘照例的体裁，便民利用，真才是真正的变

---

① 其中最为典型的传播渠道，便是各地的"讲报""阅报"活动。据李孝悌考察，阅报社约在1905、1906年开始大量涌现，成为开启下层社会明智的重要场所，北京一地在1906年6月时已有26所阅报社。王鸿莉则在综合《京话日报》及其他京内外报刊的基础上，发现清末北京高峰时期一年创办阅报社近40家，并进一步认为贴报和讲报活动体现了四民社会松动后新型社会重组的力量。参见李孝悌. 清末的下层社会启蒙运动：1901—1911 [M]. 石家庄：河北教育出版社，2001：50. 王鸿莉. 清末京师阅报社考察——基于空间和族群的视角 [J]. 近代史研究，2020（5）.

法，这才是真正的维新"①。有学者认为晚清白话演说文口语化的文风"假定了声音的优先性"，然而却忽视了"白话又是作为一种印刷语言来使用的，印刷术作为一种传播媒介有其偏向性，即偏向于视觉而非听觉"②，可以说一针见血地指出了白话演说文想象受众和实际受众因为信息传播方式的错位而产生偏差。这使本来旨在移风革俗、启蒙下愚、特地以通俗易懂的白话写就的演说文，多少失去了语言工具上的优势，还将演说者和听众的不平等地位凸显了出来。从某种程度上来看，这甚至可以成为汉语发展过程中"音本位"压倒"字本位"的一个例证——"作家主要趋赴语言的声音层面而忽略语言的文字层面"③。大多数晚清白话报章的作品，用语简单直白，近乎粗糙，原因是作者进行白话创作时一般不考虑文字的美感，只是考虑通俗易懂，是否方便"讲述"。晚清白话小说《自由结婚》中就有女主人公被自己的乳母用白话报教育幡然醒悟的情节，不知为何乳母能够识文断字，出身富贵之家的女主人公却需要听乳母口头转述白话报报义，这样的想象显然是作者对白话报功用的一种幻想。但不可否认的是，白话演说文在女性意识建构的起步阶段起到了重要作用。与其说白话演说文的作者沉浸在声音中心主义的"幻觉"里，不如说他们热衷于宣扬自己的学术和政治主张以及关于种种社会问题的见解。包天笑曾用"妙皈女士"为笔名谈妇女缠足之害，假想出自己白话论说的传播路线，"我今演说这一篇白话文出来，刻在这白话报里，大家买本白话报，回去细细的解说解说，使他们晓得缠脚的坏处。这般利害，不枉我苦口奉劝，现身

---

① 文字与国家的关系 [N]. 京话日报, 1906-5-29.
② 倪伟. 清末语言文字改革运动中的"言文一致"论 [J]. 杭州师范大学学报（社会科学版），2016（05）.
③ 郜元宝. 汉语别史——现代中国的语言体验 [M]. 济南：山东教育出版社, 2010: 101.

说法"①。包天笑在文中模仿女性的口吻，其用心良苦自不必说，而在引文中，他并未严格区分白话演说和白话演说文。虽然他非常清楚自己用笔"演说"出的白话演说文最后只会成为白话报刊上的铅字，但是他觉得只有将铅字转化成"解说"，才能真正使女性了解缠足的弊端。我们需要仔细甄别的，是这些见诸报端的演说文章有几分是作者自己政治理想的宣扬，有几分是在思考女性的个体意识、女性的现实处境和可能的出路。换言之，我们正在探讨是近代女性意识一个混沌的起点，观察她们的声音如何一步步变得清晰、敏锐、独立起来，而白话演说文是那个复杂密集的文字网络中的一部分。只有先开始传播，才可能在之后论及传播的有效性。

---

① 妙皈女士.论妇女缠足的大害［J］.苏州白话报，1901（06）.

第三章 女界新声：晚清白话歌本与女性意识的建构

清末梁启超提出"诗界革命"和"小说界革命"，试图以文界变革应和政治变局，中国传统文学的旧有格局被打破，雅俗分界日趋模糊。在民智亟待开通的风潮之下，"我手写我口"的新型诗歌和原本"不登大雅之堂"的民间小调相结合，形成结构整齐，朗朗上口便于传诵的白话歌本，内容也与时俱进，或针砭时事，或批判旧俗，以期革除旧习，重振民风。与此同时，西方教育理念的输入使国人开始从另一个角度理解音乐与德育的关系，尝试用西洋乐谱谱曲作词，加之兴办学校风气日盛，由此各式校歌、学歌层出不穷。本章围绕登载于晚清报刊的白话歌谣，选取代表性的晚清白话歌本，以发掘当时中国"新女性"的雏形。正如白话歌本自身新旧错杂的特性，诞生其中的新女性形象也是过渡性的产物，从"花木兰"到"女军人"，尽管还留有传统的印记，但终究和文人骚客吟咏千年的窈窕淑女大不相同。

第一节 俗曲新唱 时调改良

晚清白话报多有"歌谣"这一栏目，登载其中的作品除了标明题目外，也会明确其所用的"曲牌名"。《安徽俗话报》是白话歌谣颇具代表性的试验场，但其登载歌谣的栏目并非"歌谣"，而是"诗词"。从第二期开始，该报"诗词"栏登载的几乎都是"时事新歌"，套用旧式词牌或曲牌，但创作内容和创作方式都与旧式词曲不同。在由雅向俗的趋势下，晚清各类文体之间的界限常常被打破。对于报纸编辑来说，如何将各种过渡阶段的"杂"文体分别归入具有同一名称的栏目下，并非易事。"歌谣"与"诗词"，"小说"与"戏曲"、特别是改良新戏，都常同处一"栏"，如《安徽俗话报》中"诗词"和"时事新歌"、《江苏白话报》中的"小说"和"时调唱歌"等。这当然和各种文体的演变历史有关，自古以来，"歌"与"诗"密不可分。有郑玄注《尚书·尧典》："诗，所以言人之志意也。永，长也。歌，又所以长言。诗之意，声之曲折，又依长言而为之"①，即诗的意思通过婉转的歌曲传达。《礼记·乐记》又言："故歌之为言也，长言之也。说之，故言之；言之不足，故长言之；长言之不足，故嗟叹之；嗟叹之不足，故不知手之舞之，足之蹈之也"②。朱自清在为中国歌谣释名时，也提到中国的"民间歌谣与个人诗歌不分"③。足可见"诗""歌"互动的历史源远流长。除此之外，晚清白话报的"歌谣"和"诗词"同处一栏还有一重关键因素，那就是晚清的国势民情。在1904年创刊于东京的《白话》中，有署名"强汉"者发表爱国白话歌谣三首，自加按语道："我们中国现在所唱的歌，都是像文章一般，必须要文墨精通的人，方始能够解释，唱得来津津有味。倘若仅不过能识几个字，同这些一

---

① 王云五主编. 丛书集成初编：尚书郑注 [M].上海：商务印书馆，1937：12.
② 杨天宇撰. 礼记译注（上）[M].上海：上海古籍出版社，2004：508.
③ 朱自清. 中国歌谣 [M].长春：吉林人民出版社，2013：4.

字不识的人，就不能懂得了。于是又造出一种俗极的山歌出来……歌里头，所讲的话，尽是些龌龊不堪的，引诱人心，败坏风俗。"① 作者此处提到了俗曲改造。值得注意的是，诚如作者所论，昔日雅俗界限分明时，不同阶层的人有不同的审美趣味，普通大众造出的山歌俗陋粗鄙，精通文墨者的歌又太过书面化（此处应包含诗歌），而作者理想中的歌谣应是保留了民谣的通俗形态但精神层次仍倾向雅正诗歌的杂糅体，追求的依然是"礼乐皆得，谓之有德"的"乐教"最高境界。包括《安徽俗话报》"时事新歌"在内的各种白话歌本，就属于这种杂糅体。这些歌谣与传统诗词虽有渊源，却是要唱出与之不同的"新歌"，其中许多"歌者"与"听众"是女性，大量的"时事新歌"也给出了理想中晚清"新女性"的多个侧影。

首先，是各种戒缠足歌。其中最典型的是借用传统工尺谱，使反缠足的歌谣更易为普通民众接受。恰如《竞业旬报》上的一位借梳妆台调唱《十二月放足乐》的"素心女士"所言："切勿嫌我辞句鄙俚，自古道，大声不入于内耳，偏生这些小曲儿，倒是人人爱听。"② 又如《安徽俗话报》上登载的《步步娇·怜缠足之恶习也》《十恨小脚歌》等，前者的曲牌名和"步步生莲"的三寸小脚有关，但此处新歌所叹的是缠足之痛以及兵荒马乱时小脚妇的哭诉；后者虽然没有写明借自哪个曲调，但是民间曲调中多有"十送郎调""十杯酒调""十盏灯调"等类似的调名，所以桐城潘女士所作的《十恨小脚歌》显然也是借用了民间曲调中常用的铺陈重复，将缠足和国弱层层联系。又比如这首来自《安徽白话报》的《小女儿哀求放

---

① 强汉. 歌谣[J]. 白话（东京），1904（01）. 据陈大康所考，"强汉"为江苏无锡人沈翀，曾协助秋瑾创办《白话》杂志。见陈大康. 中国近代小说编年[M]. 上海：华东师范大学出版社，2002：218.
② 素心女士. 十二月放足乐·梳妆台调[J]. 竞业旬报，1908（17）.

足》,仿下盘棋调——

小女儿裹足泪泡泡,低声娇气叫了一声妈。妈儿啥,你活将儿害杀,你活将儿害杀。

不是打来便是骂,你儿到底犯了什么法。妈儿啥,你强盗看待他,你强盗看待他。

人人都是娘身上肉,为什么男不裹足女儿裹足。妈儿啥,好肉裹成烂肉,好肉裹成烂肉。

解开脚来脓血流,你越缠越紧越不丢手。妈儿啥,你的心好毒,你的心好毒。

人似树来脚似根,脚儿一裹断了根。妈儿啥,叫儿怎营生,叫儿怎营生。

女子行动贵端正,人身百斤足只三寸。妈儿啥,站也站不稳,站也站不稳。

听罢我儿这番话,不由为娘泪纷纷。女儿啥,莫怪你娘狠心,莫怪你娘狠心。

世间男子把孽作,不好细腰便好细脚。女儿啥,风俗实在的恶,风俗实在的恶。

人好岂在这双脚,多少皇娘未曾裹脚。女儿啥,他把正宫作,他把正宫作。

天足会里去签名,大家同盟换着结亲。女儿啥,我拿稳了定盘星,我拿稳了定盘星。

听得母亲这句话,喜得女儿连叫几声妈。妈儿啥,你是个女菩萨,你是个女菩萨。

　　文明足儿顶呱呱,细能绣花粗能打杂。妈儿啥,女娃儿赛过男娃,女娃儿赛过男娃。①

　　原文没有用任何记号将三段文字分开,为了便于分析,笔者加上西式标点。第一部分的哭诉者显然是一个刚缠足的幼女,也就是题目中的"小女儿",第一句歌词转换视角后变成女儿直接向母亲诉苦,可以看出她并不理解母亲为何狠心给自己缠足。但是第一部分的最后几句话涉及自己将来的生计,也就是缠足对今后的日常生活带来的不便。裹足如同树断根和"女子行动贵端正"这样的看法已经超出了先前幼女的认知范畴,显然这里说话的已经不是幼女,而是反对缠足的作者了。第二部分母亲的回应颇有意味,一方面承认自己被迫才为女儿缠足,对"取悦"男性的恶风俗也是义愤填膺,另一方面提及大脚皇后时又流露出自然的艳羡之情。母亲对于"皇娘"的期待其实是对女儿婚嫁期盼的一种无意识反应,母亲希望女儿能有美满的婚姻,但囿于风俗为了实现这样的愿望又不得不给女儿缠足,不敢奢望自己的女儿能有"大脚皇娘"的好运。但无论如何,对自己和女儿这样的普通女性来说,遥远的"大脚皇娘"并不能给缠足恶习带来多少实际约束力,更无法给实际婚姻带来保障。所以母亲才提到了约定会中成员相互介绍结亲的天足会,这才是能够切实影响缠足风气的办法。显然,这首歌谣中的母亲更加贴近实际生活中那些考虑是否要给女儿缠足的妇女。歌谣的重点不在于哀求放足的小女儿,而在于哀求的对象,也就是她的母亲,歌谣

---

① 睡狮. 小女儿哀求放足・安徽仿下盘棋调［N］. 安徽白话报, 1908-10-5.

中的母亲和作者的理想读者,也就是现实中的母亲们重合了。

比起天足会切实具有号召力的结亲策略,教会宣传反缠足的歌谣中更注重的是"天性",此处的"天性"和"神谕"相关,遵循上天的旨意是教会反缠足的基本点。因此除了在晚清白话报上可以找到放足白话歌谣外,不少教会报纸的歌谣中也常常可以看到劝放足的内容,这些歌谣声称放足是遵循天意的行为。比如,"循天良完天足,动天心回天步,进天国行天路作天民享天福"[①]中,"天良""天足""天心""天步""天国""天路""天明""天福",八个词连用串成一条放足教民的天国之路。早在1897年的《中西教会报》上,就有节奏明快的白话歌谣,分作两首分别劝说教外和教内的缠足妇女,节录如下——

> 听我歌,听我歌,听我唱个缠足歌。
> 人家生女都缠足,四肢百体软弱多。
> 总教皮肤遭腐烂,总教筋骨受折磨。
> 或是嫁与军家汉,未能助夫执干戈。
> 或是嫁与民家子,未能助夫收麦禾。
> 可叹世间恶风俗,娶妻专问脚小么。
> 不向深闺求淑女,只从月老访嫦娥。
> 若是脚大便不要,狃于积习没奈何。
> 因此世上愚蠢辈,忍将儿女情待苛。
> 任他时肿时痛,泪痕满面。
> 任他流脓流血,痛在心窝。也不管啼哭呼妈妈,也不问哀

---

① 袁日显述.天足行[J].通问报,1907(274).

叫唤哥哥。
　　一心要缠金莲小,横担膝上用力搓。
　　为的讨他公姑喜,为的教他夫妇和。
　　岂知世上有福者,多少貌丑脚大婆。
　　这种恶俗怎得了,急速改变莫蹉跎。
　　恳乞皇上降谕旨,九州四海沐恩波。
　　大小官员一齐禁,违逆居然作犯科。
　　果能革除恶风俗,天足会人笑呵呵,笑呵呵,笑呵呵,听我唱个放脚歌。①

——《教外妇女缠足歌》

　　听我歌,听我歌,听我唱个放脚歌。
　　若非相信耶稣道,怎能得到大恩波?
　　双膝跪在宝座下,祝谢感激泪滂沱。
　　粉身碎骨难报答,救赎罪人享太和。
　　将此多年缠足病,一朝解放起沉疴。
　　眠时脱袜真轻便,睡起穿鞋快若何。
　　随意奔家看父母,随意回舍事公婆。
　　不必坐车还坐轿,无烦乘马又乘骡。
　　想起当初缠足苦,忍把儿女受折磨。
　　可怜求饶呼妈妈,可怜负痛唤哥哥。
　　放松怕耻因风俗,缠紧好观被鬼魔。
　　说到今日放足乐,姐妹聚首笑呵呵。

---

① 玉山传道李郁.教外妇女缠足歌[J].中西教会报,1897(36).

不是耶稣恩典大，恶俗怎能革除多。
任尔寻山登高岭，任尔涉水泛大河。
任尔无边撒好种，任尔到处收嘉禾。
呼醒吃斋拜偶像，拯救礼佛念弥陀。
总由双足无碍步，行动自如安乐窝。
天足会，多快乐，听我唱个放足歌。①

——《教会妇女放脚感恩歌》

同上文提及的"天路历程"一样，此处两首歌谣最大的不同在于感激的对象，前者感激的是皇帝大臣，反缠足的阵营是天足会；后者感激的是耶稣，反缠足的阵营在教会。虽然感激对象和反对缠足大本营有所不同，但是这些歌谣中缠足妇人的心态几乎都是一样的，期盼有强有力的"救世主"出现扭转风俗，帮助自己脱离苦海。反缠足的白话歌谣中，急于摆脱缠足厄运的妇人数不胜数，但也有例外。缠足的风俗和对小脚的病态审美密不可分，风俗的压力除了在婚嫁上体现出来以外，也渗透进日常生活中的每一个细节。比起哭诉缠足之痛→历数缠足之恶→恳求风俗之变（借助天足会、教会、圣谕等外力）这样随处可见的三部曲，也有从审美角度入手的，更能体现出废除缠足的艰难。1904年《宁波白话报》曾登载一首"十送郎调"的《缠足叹》——

金莲小，最苦恼，从小那苦起苦到老。未曾开步身先袅，不作孽，不作恶，暗暗里裹一世上脚镣。

---

① 玉山传道李郁. 教会妇女放脚感恩歌 [J]. 中西教会报，1897 (36).

想初起,尔年还小,听见缠脚尔就要逃。多谢旁人来讨好,倒说道,脚大了,尔将来攀亲无人要。

尔怕痛,叫亲娘,叫煞亲娘像聋聱。亲娘手段虽然硬,也肉痛,也心伤,尔看他眼睛也泪汪汪。

眉头皱,眼泪流,咬紧那牙关把鸡眼修。怕他干痛怕他臭,撒矾灰,搨菜油,贴好棉花再紧紧的收。

假小脚,真罪过,装到那高底要缎带多。还怕冷眼来看破,没奈何,只好把,那绣花的裤脚地上拖。

真小脚,爱卖俏,吊起那罗裙格外高。闲来还向门前靠,便没人,赞他好,自己也低头看几遭。①

同年《女子世界》上的一首《缠脚歌》除了个别同义字词改换以外,内容与《宁波白话报》的这首《缠足叹》几乎一模一样②,只不过没有用工尺谱标注,而是改换成了用西洋乐法标注的2/4拍G调简谱,全歌分六小节,也和《宁波白话报》上的分节一致。根据钱仁康的考证,这首歌谣由沈心工所作,名为"缠脚的苦",借用的是"梳妆台调",后来收入1939年出版的《心工唱歌集》③。沈心工的原作用"×"号作为有音无字的记号,这也是传统工尺谱的"板眼"符号。《缠脚的苦》在《宁波白话报》和《女子世界》上的两首"变体",又分别用不同的方式对这种记号加以改良。《缠足叹》用"那"字填补进歌词中,作为一个节拍,而《缠脚歌》用短横线"–"作为音节的提示符号。除了标记上的差异,原作和"变体"

---

① 缠足叹·十送郎调[J]. 宁波白话报,1904(01).
② 缠脚歌[J]. 女子世界,1904(11).
③ 钱仁康. 学堂乐歌考源[M]. 上海:上海音乐出版社,2001:27—29.

在内容上的不同也值得关注。乍一看，原作和"变体"最明显的不同在于后半部分内容的增减。相较于总共十节的原著，六节的删节版虽然更为简练，但在内容的起承转合上就有了欠缺。先看《缠足叹》和《缠脚歌》，两首歌谣内容相差无几，从最细微之处审视真假小脚妇人的不同心态，也间接反映出风俗的力量。假小脚妇人费尽心思遮盖自己的小脚，真小脚的妇人则得意扬扬、自我欣赏。歌谣的作者并未对这两位妇人的行为做任何评判，但是歌谣前四节都在历数缠足之苦，经历那么多"磨难"，真小脚颇有"苦尽甘来"的感觉，而这种心理上的优势无疑是风俗影响的产物。只是如果仔细审视这种歌谣背后创作者情感的变化，会发现原作的情感过渡更加自然，描写也更为细致，限于篇幅，笔者只摘录"变体"中不曾出现的几节文字——

……

5. 紧×又×紧，血×脉×停，冷到那×脚尖××痛惺×惺。冷×罢血热跳×不×定，冷要命，×热要命，×夜里也几次×梦惊×醒。

6. 缠×又×缠，脚×骨×断，骨断了×娘心××可以×安。女×儿柔顺终×情×愿，大几岁，×要好看，×扳起了小脚×自己×缠。

……

9. 千×般×丑，万×般×苦，奉劝你×女子×要早看×破。从×前一误勿×再×误，勿再误，×勿再误，×勿怪吾多言勿掩耳×朵。

10. 听×吾×唱，你×也×想，只恐怕×放脚×倒放两×僵。请×看新式好×鞋×样,好鞋样,×试一双,×你切莫心中再没主张。①

"变体"歌谣未收录的四节中,九、十两节因为语意重复直露而未作保留,但五、六两节为女儿的心理转变做了更多铺垫。特别是第六节,原作因为有了这一节,缠足女性最后对缠足审美的妥协才不会像"变体"中那样略显突兀。因为长大的女儿逐渐"适应"了成人世界对女性小脚的畸形审美,而"缠足"作为一种象征性的顺应行为,最后由女儿自己而不再是自己的母亲完成。可以想象,当原本一听到缠足就要逃跑、日日夜夜因为脚上的痛楚无法正常生活的年轻女孩,自己为了"好看"而扳起脚缠足的时候,作者是何等痛心疾首。在这些白话歌本中,逼迫女儿缠足的母亲都有自己的无奈,而作者无疑希望叫苦不迭的女儿辈能脱离苦海,转变观念,但是女儿辈中也会有人欣赏自己缠成的小脚,而未缠成小脚的姑娘也会羞怯。这些充满矛盾的女性想象使各类和缠足有关的白话歌本不只是借鉴民腔民调或是西洋乐法的宣传实验,更是新旧变革时期民众心态的真实记录。只不过这样的记录和其他说教气息、创作模式相同的反缠足歌谣比起来,数量上并不占优势。

除了反对缠足的歌谣外,兴女学也是这一时期白话歌本的一大主题。解放双脚的女性将走出家门,进校学习。除了大量的女校校歌以外,各种送郎别君的小曲也改头换面,将儿女相思之情不动声色地替换成持家求学两不耽误的贤妻勉学歌——

---

① 钱仁康.学堂乐歌考源[M].上海:上海音乐出版社,2001:28—29.

一杯，酒儿，笑吟吟。亲亲热热叫了一声君，你好好的求学问，阿阿育，你好好的求学问。

堂前，父母，休挂念。奴的学校近在西郊，早晚好照应，阿阿育，早晚好照应。

二杯，酒儿，笑嘻嘻。帮着收拾零碎东西，还帮着打行李，阿阿育，还帮着打行李。

东西，要少，行李不要重。小小皮包一只手儿提，过海真容易，阿阿育，过海真容易。

三杯，酒儿，喜洋洋。好个天气不热又不凉，上个道儿多便当，阿阿育，上个道儿多便当。

风风，雨雨，出门有的事。身子虽好休逞强，卫生学儿要讲讲，阿阿育，卫生学儿要讲讲。

四杯，酒儿，戏问君。东洋西洋处处闹革命，你欢迎不欢迎，阿阿育，你欢迎不欢迎。

欢迎，也好，不欢迎也好。自己的宗旨先要拿定，学问是顶要紧，阿阿育，学问是顶要紧。

五杯，酒儿，酒满斟。结交朋友不可过认真，奸细多得很，阿阿育，奸细多得很。

鱼龙，混杂，不实又不尽。那位公使先就不是人，千万要留他的神，阿阿育，千万要留他的神。

六杯，酒儿，酒正浓。车儿马儿都不用，徒步把夫送，阿阿育，徒步把夫送。

手挽，手儿，出门去。引得许多妇女顽童，啧啧来称颂，阿阿育，啧啧来称颂。

七杯，酒儿，两依依。一里二里三四五里，七八九十里，阿阿育,七八九十里。

远看,杨柳,绿如画。近看鸳鸯交颈栖,万物生欢喜,阿阿育,万物生欢喜。

八杯,酒儿,酒渐酣。迢迢十里送到江干,滔滔波浪翻,阿阿育,滔滔波浪翻。

长江,水儿,流不住。光阴一去不回还,努力加餐饭,阿阿育,努力加餐饭。

九杯,酒儿,酒要醉。夫妻不饮这一杯,从此相分袂,阿阿育,从此相分袂。

呜呜,一声,船开了。各含眼泪不敢垂,但把个手帕挥,阿阿育,但把个手帕挥。

十杯,酒儿,酒已空。准备还家去到学堂中,自己去用功,阿阿育,自己去用功。

三年,毕业,侬也出游学。双双归国事业正无穷,更把高堂奉,阿阿育,更把高堂奉。①

这首歌谣的作者是张丹斧(1868—1937),又名张延礼,近代著名报人。他曾经担任《竞业旬报》的主笔,以"斧"为笔名在该报上发表多篇经过改编的小曲歌谣。这首歌谣都是对丈夫出行的叮咛,此处所用的"十杯酒"小调,和"十二月""五更"等小调一样,是朱自清所谓"起兴的形式",只是"取其数目的限制"②与"杯酒""更"等没有关系。也有学人认为类似于"十杯酒""十二月"这样的小调更适合展开铺陈,从身边事物入手,将歌者的议论串联

---

① 斧.送丈夫出洋留学·十杯酒[J].竞业旬报,1908(32).
② 朱自清.中国歌谣[M].长春:吉林人民出版社,2013:180.

起来①。其实关于这点顾颉刚在讨论民歌时早已提及，他认为民歌中这些内容上没有任何逻辑关系的起兴，只是为了"做韵脚"和"作一个起势"②。朱自清对顾颉刚的观点深以为然，并且补充道："一般民众，思想境阈很小，即事起兴，从眼前事物指点，引起较远的事物的歌咏，许是较易入手的路子"③，这也可以用来解释类似于"十杯酒"这样的小调为何受到白话报编者的青睐。但值得一提的是，朱自清认为"比兴"应分论而不是联用，因为在他看来，民间小调中频繁使用的"兴体"是十分粗疏的，只能证明一般民众思想的贫乏，是尚待改良的初级艺术形式，而"比赋"相对而言是高级成熟的艺术形式，因此兴体应被逐渐淘汰。且不论晚清白话报的编者在登载各类小调时是否已经考虑到只是将这些作品作为将要淘汰的过渡物，本书讨论的新兴民间小调也频繁使用起兴，但已经不只是朱自清和顾颉刚所说的简单排列铺陈，这些作品在内容上已经互相关联。虽然也是从身边事物入手起兴，但是这些歌谣的每个部分环环相扣、层层递进，张丹斧的作品就是一个典型的例子。在这首《十杯酒》中，除了第一杯酒，之后九杯酒的叮咛略显琐碎，但内容也互相关联。张丹斧在一开始就先将理想中的贤妻形象展现出来，丈夫出洋远行，堂前尽孝的责任便落在了妻子身上，这和传统意义上的贤妻标准并无出入，只是此时的贤妻不但能代夫尽孝，还能入校求学。虽然在歌谣的最后，希望妻子在毕业之后也能继续出门游学，但回国后除了和丈夫一起为事业操劳，还能继续侍奉高堂，依然遵从以孝为先的"贤良"标准。而在后一期的《竞业旬报》"歌

---

① 李秋菊.清末民初时调的常用修辞手法［J］.中国韵文学刊，2009（01）.
② 顾颉刚编.吴歌甲集［M］.上海：上海文艺出版社，1990：163.
③ 朱自清.中国歌谣［M］.长春：吉林人民出版社，2013：179—180.

谣"栏中,张丹斧以诙谐的笔调,写了一首讽刺小曲,矛头专指当时上海某些女学生虚荣浮夸的做派,按照"小尼僧调",从一更一点一直铺陈到五更五点,将女学生"利用口号"的种种乱象一一罗列,与前一首歌谣中好学的贤妻形成了鲜明的对比——

一更一点女学生,好不喜洋洋。手提着,革包儿,去到学堂,姐姐十七,妹妹十五。雪白的,衣衫儿,窄窄身量,眼镜戴一副,皮鞋着一双,松松的,辫子根拖到脊梁。来来,往往,多自在,天足的,好娘娘,一尺二寸长。

二更二点女学堂,听见摇铜铃。手拉手,忙忙的,各把讲座临。小教员,本是位,卒业美男子。新编的,交合论,细细讲来听。越讲越得劲,越听越开心,各科学,怎敌他,容易入脑筋。一钻进,脑筋,永不做门外汉,大家们,快预备,自由结婚姻。

三更三点女学生,放课下堂多。前后队,分班走,一丝总不讹,咯噔噔,咯噔噔,十步并一步,到家里,也不坐,街上去婆娑,谁人肯不爱,那个敢不呵,顶呱呱,女豪杰,中国主人婆,恨只恨,主人翁,太不争气,鸦片烟,吃成神,睡在叫花子巢。

四更四点女学生,演说会儿开。纵一纵,小身躯,跳上高台。千人,万人,先喝一声彩。娇滴滴,喉咙儿,渐渐吐出来。父母太腐败,丈夫也无才,他只会,替国家,日夜造婴孩。非是奴,女学生,夸下海样口,奴恐怕,千金担,还要我们担。

五更五点女学生,要出东西洋。也不过,二三年,文凭弄几张。打听得，留学生，不少革命党。那才是，真英雄，正好配鸳鸯。钱儿满袋装，名儿喷鼻香，三十番，小教员，到处当当。不怕那，将来，一旦蹩了脚，便做个，女光棍，也可作收场。①

作者此处的讽刺颇为辛辣，日夜造婴孩的成了无能的丈夫，救国的重任成了女学生们挂在嘴边的口号。至于留洋归国带着几张文凭的女学生，作者也很是不屑，对革命空中楼阁般的幻想最后只会化为泡影。该曲使用的"小尼僧调"，本和俗曲中常用的尼姑思春题材有关。民国时期丝竹研究社所编的《时调工尺谱》中，录有"肖（小）尼僧"调的唱句②，内容是从小被收入尼姑庵的小尼姑思念情郎，唱词俏皮，可见这个曲调一方面适合戏谑，另一方面又极易成为粗鄙的小调。张丹斧充分利用了曲调活泼幽默的特点，结合女界的种种怪象，实现了雅俗相宜的"旧曲新唱"。可能作者意识到这首小曲过于尖酸刻薄，于是最后加上了"告饶"的话，"先要自己打耳光十下"，指出女学生中固然有优秀者，但也有一些女学生的行径着实让人无法忍受，所以登出了这个小曲。张丹斧对女学的支持是毋庸置疑的，《竞业旬报》数期中的改编小曲很多涉及女学和反缠足。就在这一期的讽刺小曲之后，另有一则新闻，上海虹口某女校除了教女学生唱歌跳舞外，居然还教授打麻将和带局，张丹斧极尽嘲讽之能事，强烈反对此类荒谬课程，并且提及有一班妓女摇身一变也成了女学生。由此可见，张丹斧对于"女学生"这个身份有自己的判断标准，而这只能从正话反说的修辞中反推出来。"五更"共说了五件事，上学装束（包括放足）、自由结婚、国民之

---

① 斧.讽刺小曲女学生·小尼僧调[J].竞业旬报，1908（33）.
② 丝竹研究社编.时调工尺谱[M].上海：沈鹤记书局，1939：56.

母、登台演说、留洋归国。嬉笑怒骂之间,几乎将当时社会和女学生有关的议题全部囊括其中。在这首曲中接连展现出的是女学生的几个片段,衣着光鲜迈开两只大脚的女学生,上课只听懂美男子老师教授的最新"交合论",于是活学活用马上加入了自由结婚的队伍;放学后在街上自诩为"女豪杰"和"中国主人婆",然后参加集会演讲,说些无关痛痒的时兴话;几年后女学生留洋,满脑想的是和同样"时兴"的革命党谈恋爱;回国后凭借不知质量几何的文凭谋个教职,也算是女学生修成正果。从这些画面和前一期的送郎君小曲推断,张丹斧认为一名合格的女学生不能过于偏重形式上的革新,"女豪杰"和"中国主人婆"这样的头衔只是虚名,不懂装懂的自由结婚不可取,而生儿育女是女学生不能逃避的责任。张丹斧心目中合格的女学生既能秉持传统伦理操守,又能够接受新式教育。

品行端正的女学生在晚清报刊中自然不少见,经常有女学生组织赈灾活动或是宣传改良新戏的报道。《京话日报》就曾经刊登一则消息,说是有女学生路过某戏会,适逢戏会正准备演出筹集善款,女学生被其善行打动,买票时坚持不收半价减免的优惠券,而是全价购票。① 但是关于女学生的负面新闻也屡见不鲜,在女学盛兴的日本也是如此。曾有日本近代学人佐藤竹藏著书专论日本女学兴盛之后女学生的种种弊病,痛心疾首道"汝等何重于肉体而轻于灵魂也"②,该书中译者保留了这段话,希望刚萌芽的中国女学能够以此

---

① 女学生缴还优待券 [N]. 京话日报,1906-6-8.
② [日] 佐藤竹藏. 女学生 [M]. 中国武陵赵必振节译. 上海:广智书局,1903. 该书第八章即为"女学生之腐败"。书中有译者作《女学生序目》,称原书旨意"不免过于保守,竟甚排斥男女同权之论",自己"删节其太甚者,择而存之,与原书议论,亦稍有出入"。即便如此,译本仍保留了原作者痛斥女学生的原话,可见译者在这点上依然支持原作者。

为鉴。不难看出，张丹斧编的新式歌谣旨在劝讽，希望女学生能够真正学有所得。就在佐藤竹藏著作的中译本发行一年后，丁初我在《女子世界》上痛斥伪新学导致的女界"怪现象"——

> 一般粗知字义略受新学之女流，亦复睥睨人群，昂头天外，抱国民母之资格，负女英雄之徽号，窃窃然摹志士之行径而仿效之，窥志士之手段而利用之。志士亦得借运动女界之美名，互相倚重，互相狼狈，又复互相标榜，互相倾轧，交为奸交为恶之恶风，渐且弥漫于文明区域。①

看到这样的现象，当初力主兴办女学的有识之士，心中难免五味杂陈。所谓"半旧不新"，既可以形容包括张丹斧在内的一批白话歌本作者，也可以形容他们使用的民间小调加时事新闻的文学形式，还可以用来形容他们心目中的理想女性，毕竟他们所处的就是一个半旧不新的时代。也正因为如此，他们对利用女学的假新学者颇为不满，同时对感时忧国新女性的呼唤也尤为强烈。

对于借用民调的白话歌谣而言，有大量的曲调和素材适合用以表达相思之情，但是在感时忧国的呼唤下，各种以女性为抒情主人公的歌谣都不约而同地将对男方的思念转化为对国家命运的担忧，以牺牲个人的儿女情长为代价，只为共渡国难。如同这首署名"汉瞻女士"的《十二月想郎·梳妆台调》所写，"正月里想我郎，郎郎是新年，我的郎留学去已经大半年，少年当存爱国志，切莫要把奴家记挂在心间"②，据李家瑞编的《北平俗曲略》，梳妆台调是五更

---

① 初我.女界之怪现象[J].女子世界，1904（10）.
② 怀宁汉瞻女士.十二月想郎·梳妆台调[J].安徽俗话报，1904（07）.

体的一种①，但这首曲子是按照"十二月"的时序创作的。从一年十二个月每个月对丈夫的点滴思念开始，该曲的作者却并没有沉迷于儿女情长，更没有期盼出外留学的丈夫早些回家团聚，而是千叮咛万嘱咐让他"学一些真本事强国保种"。也有作品借母亲的口吻送儿子上战场，"六月送君行，送啊送君行，打扒郎君去出兵，白白战衫金色钮，娘今看着喜心情，吪了吪喜心情"②，歌谣从六月一直送到十二月，借时序铺陈，母亲为即将上阵杀敌的儿子感到欣慰，这是"祈战死"尚武文化的典型产物。除了将相思和忧国联系在一起，一些署名女性作者的白话歌本直接将当时中国面临的内忧外患展现出来。如署名"方瑛子女士"的《闺中叹·悯国难也》，重提沙俄夺取中国六千同胞性命的"海兰泡惨案"，回首往事，发生在庚子年间那场血腥屠杀犹在眼前，而今英人在扬子江的势力又在悄然扩张——

　　……黑龙江，扬子江，南北一辙。俄罗斯，英吉利，前后比肩。众弟兄，众姐妹，快醒大梦。怎能够，依然是，歌舞酣眠。我只愿，从今后，人人发奋。习武艺，兴实业，猛勇争先。复国仇，扬国威，人人有份。好同胞，四万万，长寿永年。③

　　和传统的闺中唱词相比，该作少了惜春悲秋之感，多了卧薪尝胆的春秋气象。又如"黄金世界之女名士"的《十杯酒·讥苛政

---

① 李家瑞. 北平俗曲略 [M]. 上海：上海文艺出版社，1990：135.
② 幸. 送君行 [J]. 潮声，1906（03）.
③ 桐城方瑛子女士. 闺中叹·悯国难也 [J]. 安徽俗话报，1904（04）.

也》，写的是庚子赔款，官府勒捐，百姓成了国难的最大受害者，而各种筹议委员会则趁机大发横财，巧立名目，中饱私囊[①]，整首曲子的愤懑无奈之情溢于言表。当然由于晚清报刊笔名盛行，无法核实这些作者的真实性别，但这些翻新的俗曲协调平衡了雅俗比重，用白话启蒙大众的同时也给曲艺界带来了新气象。更重要的是，这些曲子的内容推进了中国新女性的塑造，无论是作为被叙述的对象，还是作为抒情主体，此时的中国女性已经更加接近有责任有担当的女国民形象，阴柔的闺中淑女被逐渐替换为上马杀敌的雄强"女军人"形象。

第二节 破旧立新：从追随者到女豪杰

虽然通过民间小曲的翻唱，女性直接或间接地进行着自我转变，但这种转变并非一蹴而就。进退之间，当女性唱着时调小曲埋葬旧女诫时，"新女诫"又悄悄在她身边组织起了一张看不见的网。当各种针对女子的告诫以国家为名时，新女性仿佛又瞥见了自己的旧影子。在这些新旧掺杂的网格里白话歌谣依然起着至关重要的作用，而歌词内容的复杂性也从一个侧面反映出中国女性破茧成蝶的不易。

与婚姻相关的各种权利一直是女子复权的重要组成部分，以关注时事为己任的歌谣自然也不会遗漏这个关键的社会议题。晚清白话歌本中与婚姻相关的议题包括婚姻自由，如《女子世界》唱歌集中的 G 调歌曲《自由结婚》、《复报》登载的 C 调《自由结婚》和

[①] 黄金世界之女名士.十杯酒.讥苛政也［J］.安徽俗话报，1904（04）.

《自由结婚纪念歌》；晚婚晚育，如《潮声》两期连载的《缓婚配白话歌本》；还包括悄然而生的新型择偶观等。1908年有官员建议修改"出妻"虐政，《竞业旬报》就此登载歌谣《闻改出妻律作歌》[①]，配以梳妆台调，呼吁尽早删除"出妻"政令。歌谣举秋胡子、吴起、苏秦、尉迟恭四例，正反对比，试图证明在女权不振的时代，妇女婚后非但不能受到任何保护，还要担心被"七出"。据《大戴礼记》，"七出"又称"七去"，即七种情况下丈夫可以休妻："不顺父母""无子""淫""妒""有恶疾""口多言"以及"窃盗"。虽然"七出"之后还有"三不去"，即在"有所娶无所归""与更三年丧"和"前贫贱后富贵"三种情况下，丈夫不得休妻，但是"七出"之条反映出的单方面男性权力更适合成为复女权的突破口，一直到五四时期，"七出"仍是众矢之的。直到1911年，《大清民律草案》的颁布才以"离婚"而非"七出"为名，明确了九条可以提起离婚诉讼的情况，对比之前的《大清律例》，妇女也有了部分的婚姻自主权。与结婚自由、离婚自由息息相关的还有不断演进的择偶标准。《潮声》曾经登载一首署名为"澄江梅卿女史"的歌谣《郎君好》，对于当时女性先行者的择偶观念可窥一斑。歌谣共分十段，每段以民调常见的重复起兴，均以"好郎君"起头，数出心目中"好郎君"，包括"好心思""好相帮""好性情""好同行""好为师""好远游""好到奇""好性灵""好声名"和"好相听"——

    好郎君，顾地方，开办女学聘女师，奴家捐款充学费，捐乞学堂买图书，郎君好，好心思。

---

① 尊女者.闻改出妻律作歌（有序）·梳妆台调[J].竞业旬报，1908（27）.

好郎君，对奴言，国家未还心常沉，奴家剩积银三两，凑还一份莫放松，郎君好，好相帮。

好郎君，抱不平，尝对奴家说分明，女子无权男子有，难道都是天生成，郎君好，好性情。

好郎君，劝奴家，女子翘楚着当兵，奴家本晓从军乐，明天与君同起程，郎君好，好同行。

好郎君，名不虚，时时教奴读新书，君今教奴奴教子，教久自然有心思，郎君好，好为师。

好郎君，游全球，东西两洋绕一周，奴家造化无缠足，随军行遍五大洲，郎君好，好远游。

好郎君，教女儿，头勿装饰脚勿缠，快入学堂受教育，名色自然尽一时，郎君好，好到奇。

好郎君，有才情，学得手艺教家庭，家庭之中好制造，有窍事事做得成。郎君好，好性灵。

好郎君，顾前程，君欲游学奴同行，奴入陆军女学校，预共番人见输赢。郎君好，好声名。

好郎君，说一声，风水命卜是偏邪，乩童巫婆俺勿信，奴今听者喜心情，郎君好，好相听。①

有意思的是，歌中这位意中人的种种优点大多是女性倾听者在听取"郎君"之言后的总结，比如"对奴言""尝对奴家说分明""劝奴家""时时教奴""说一声"等。"奴"在"郎君"的教导下亦步亦趋，渐渐能与他结伴同行，不仅能同游五洲，也能共赴战

---

① 澄江梅卿女史.郎君好[J].潮声，1906（10）.

场。这样的描写传达了两层含义——第一，女性主人公的一举一动、一言一行都是在理想的进步男性指引下完成的；第二，被引导者的最终目标是成为与其比肩的人生伴侣，这两点都是近代女性复权的必经环节。而"郎君"的言行既成为女性学习的榜样，也成为新时代对于女性的新要求，此时选择佳偶和接受训诫互为补充。换言之，《郎君好》在某种意义上是新型的"女诫"，是一系列指导性的建议，内容包括勤俭、好学、淡妆、戒缠足、破迷信等。这些建议并非强制训诫，如果说旧"女诫"是为了强化阴阳秩序，那么《郎君好》中的新"女诫"更像是女性假托男性引导者之名实行的自我修身准则，而能够帮助女性建立并坚持这类修身规范的男性，就是作者理想中的"好郎君"。此时，婚姻择偶和自我修行实现了贯通融合。

然而，"女诫"的新旧始终只是相对而言。破茧成蝶不假，但蝶终究来自茧中幼体，新"女诫"若要影响一代新女性，必要考虑到养育出一代女性的旧土壤。这种情况使单纯的说教歌谣显得生硬，即便借用民腔民调也无法摆脱说教的无力感。有白话报登载白话歌本《女箴》，每段附有小字——"一戒好吃""二戒好穿""三戒不爱干净"[1]，虽然用了"小姑娘""大姑娘""好媳妇"这样家常的女性形象试图拉进与读者的距离，但是没有任何技巧的直白说教使这三名模范女性始终只是那空洞的铅字。作者显然也很清楚这个歌本的缺憾，于是急不可耐地在每一段后面用小字附上这段话要训诫的具体内容。又如《国民白话日报》分三期连载的《新道情·女儿镜》，提出女性需要改变的几个陋习，包括"冶容""贪歌""好

---

[1] 名隐. 女箴[J]. 安徽俗话报, 1904(18).

舞""狂吟""依赖""缠足"和"失学"①，七类"罪状"中有些在今人看来显得莫名其妙，而作者显然也徘徊在"本分"妇女和独立自主的新女性二者之间，无法找到平衡点。在各种新"女诫"的白话歌本推行方式中，如何与传统协调绝非易事，借用了民间曲调只能保证形式上承前启后，但是内容上的过渡如果太过生硬，只能使原本生动的民间形式变成一个空壳。

　　破迷歌本也是晚清白话歌本的一大构成，当时的女性除了因为"缠足"和"失学"被一再诟病以外，"迷信"也是"特属"女性的积习，登载于《江苏白话报》"小说"栏的这首花名山歌，把当时一年四季中妇女间盛行的各种迷信活动都呈现了出来——

　　　　正月里兰花开路旁，第一要紧烧年香。要保发财发福无灾祸，骷颅头磕得响。
　　　　二月里杏花阵阵香，今年佛会是啥人当。佛头老太真穷苦，衣衫当尽典家堂。
　　　　三月里桃花朵朵红，说起子观音生日一窝风。香烛银箔烧忒子无其数，只落得西天送佛一场空。
　　　　四月里蔷薇插满瓶，初八日上闹盈盈。菩萨几会要豁浴，不过弄些铜钱养五脏神。
　　　　五月里榴花照眼明，一无思想去请仙人。仙人弗到凡人做，仙方治病骗金银。
　　　　六月里荷花开满河，今年病症实为多。不必吃药单送鬼，弄得纸马店里笑呵呵。

---

① 素侠.新道情·女儿镜[N].国民白话日报，1908-9-12.

七月里凤仙秋正阴,地藏王三十是生辰。棒香插得烟熏眼,还要拔根枯草去点蒿灯。

八月里桂花开满林,月半夜里要守庚申。庚申守到天亮快,人人要想揩眼睛。

九月里菊花一色黄,弗见子物事要圆光。画符捻诀活见子个鬼,还要点忒他廿筋好檀香。

十月里芙蓉开满场,生病要去请看香。探言探语真骗子,好比银钱丢了大西洋。

十一月里山茶随路开,预修寿醮打几台。年纪大小是看人起,和尚道士补弗来。

十二月里腊梅雪花飘,今年送灶火头高。天下世界有几千几万灶家佛,倒要在廿四夜里一淘跑。①

虽然歌谣中的一些内容如今被视为"民俗",但在当时的破迷歌本中无一例外地成为愚昧落后的"旧习"。围绕着包括"烧香拜佛"在内的各种破迷劝诫散见于各色歌谣,即便不以"破迷"为歌谣主题,在各种罗列的弊病中也常常可以看到"迷信"的影子。当作者们攻击各种"迷信"时,更多将其与传统的民间信仰联系在一起,而不是西方宗教的舶来品。值得关注的是,白话歌谣在"破迷"的同时,又不得不或者是无意间"借助"民间信仰的力量试图说服仍然相信鬼神的妇女。如高旭曾为《复报》做过一首《女青年唱歌》,第一句便是"我姊妹们前来听,我姊妹们前来听,落花惨淡柳色新,白骨青山多哭声,啊,谁肯把乾坤整,男儿不在任女儿

---

① 郢白.花名山歌(劝你们不要相信烧香念佛)[J].江苏白话报,1904(01).

任,现出观音菩萨身,普度众生愿无尽"①。观音由男到女的中国本土化过程一直是宗教研究的重要议题,不少女信徒将精力花在了拜观音上。这首白话歌谣中的观音现身,和迷信并没有多大联系,而是借观音由男到女的演变过程,来强调爱国女性凭借一己之力重振乾坤的决心。当然,这样正面又抽象的宗教联想有时并不适合妇女大众,尤其当民间习俗和宗教信仰挂钩时,各种破除迷信的文字数不胜数。《女子世界》曾载《纠俗篇》②,作者是嘉定普通女学校的一名学生,文章从与扫帚"压邪"的风俗说起,试图用现代卫生知识破迷,又举例道士作法治病,以期揭露民间信仰的荒诞无稽。《纠俗篇》借用现代科学破除迷信,带着"邪不压正"的自信。但对下面这首《戒溺女歌》的作者来说,则带着"以毒攻毒""以迷破迷"的无奈了——"……只有修德生好子,溺女的人无天理,天眼恢恢看得清,溺女便是伤天心,你溺女婴天溺你,因果报应定有的……"③。事实上,针对民间盛行的溺女现象,作者也是煞费苦心,举出各种例子反驳溺女者的不同理由。对于借口女婴难成活的,作者建议向乡团救婴局寻求帮助;对于借口女孩难缠足的,作者又举例说明天足之利缠足之弊,除此之外,还有包括嫁妆、哺乳妨碍将来生子的种种借口,作者都一一作了回复。然而,在歌谣的最后作者还不忘提醒想要溺女的妇女,"何况溺女有报应,几多蛇虺恶妇命",这样结合因果报应的诅咒可能是作者的无奈之举。在一切科学说理都不奏效的情况下,不得不借用传说中的蛇群对"冥顽不灵"的妇女进行最后的"心理威慑"。

---

① 天梅. 女青年唱歌[J]. 复报,1906(03).
② 嘉定普通女学校学生廖斌权. 纠俗篇[J]. 女子世界,1904(10).
③ 湘东渔者. 戒溺女歌[J]. 湖南演说通俗报,1903(08).

很难说这些破迷歌本的理想听众是趋新还是守旧的女性，因为女性从来也不是铁板一块。1905年，《新小说》上开始连载女性题材的白话小说《黄绣球》，作者是颐琐，当时见报的一共有二十六回。1907年新小说社出版了《黄绣球》的单行本，在原来二十六回的基础上又增添四回，续完了整部小说。阿英对《黄绣球》的评价极高，认为"这部书保留了当时新女性艰苦活动的真实姿态，当时社会中新旧斗争经过，反映了一代的变革"①。小说中的女主人公黄绣球，和丈夫黄通理及两个儿子一同生活在自由村多年。一日她因为丈夫求新求变之语茅塞顿开，决意放足办学，振兴女学的同时还能扭转村（国）中的颓势。诚如阿英所言，该书最大的特点在于对当时新旧学的冲突和新学内部的众生相做了细致描写。和其他理想化的进展顺利的女学小说不同，黄绣球的办学经历可谓一波三折，但无论遇到怎样的困难，她都能够随机应变、化解危机。其中着墨较多的一个情节便是黄绣球巧妙地感化了两个尼姑，让她们自愿还俗，最后成为黄绣球的得力助手。和之前谈到的无奈的破迷歌本不同，这次黄绣球假借托梦，利用两个尼姑的迷信，顺水推舟完成了对尼姑的初步感化。"迷信"成为黄绣球有意为之的感召策略。尼姑还俗后，黄绣球趁热打铁让她们逐渐明白了女学要义，不久，两个尼姑用王大娘和曹新姑的名字开始向众人说唱白话歌本。至此，"迷信"的影响已经被彻底剔除干净。但是看似天衣无缝的叙事其实建立在一个不怎么牢靠的情节基础上，那就是黄绣球本是一个大字不识的小脚妇女，但是作者有意让她受到丈夫思想的触动，使她放开双脚，希望自己能够做出一番事业。可是女学教育的缺失却是

---

① 阿英.晚清小说史［M］.南京：江苏文艺出版社，2009：107.

黄绣球一时不能解决的，而小说的叙事又必须要有一名具备一定学识的女主角。为了给有勇有谋的黄绣球制造一个正式登场的契机，作者可谓煞费苦心。先是让黄绣球因为自己目不识丁而着急上火，接着让发热中的黄绣球梦到罗兰夫人。经过罗兰夫人在梦中的点化，醒来后的黄绣球突然就可以识字读书了，眼界也提升了不少。如果把小说的这个开头和小说中段黄绣球借托梦感化尼姑的情节结合起来，可以发现感化的这条线索本来也是衍生自黄绣球被罗兰夫人托梦的情节。同样是不可思议的托梦，黄绣球的梦境就显得"名正言顺"，不容有半点质疑。而尼姑们的梦只是"痴人说梦"，需要黄绣球解梦点化了。可见破迷的策略从实用主义出发，只要符合开通民智的语境，无论多么离奇的情节，都可以"顺理成章"。

如果说破迷歌本旨在"除旧"，即扫除旧有的礼仪规范和风俗习惯给女性带来的种种负面影响，那么各种号召女性放弃"涂脂抹粉"、换一身戎装上马杀敌的女军人之歌则牵涉到更多的新女性想象，旨在"立新"，而这些与时俱进的行为准则在某种程度上也悄然成为"新女诫"。《女子世界》曾登文《新女诫》，列举英法德日等诸国女英雄事迹，每个人物着墨不多，只有一两行文字，但是这些女子群像的所指十分清晰。"英雌"的身影从家庭到政界、从战场到刺杀现场，《新女诫》中所载的女英雄全无脂粉气，保家卫国、行事果敢，措辞亦掷地有声。如刺杀法国大革命激进派领导人马拉的夏洛蒂·科黛（原文中为"法女子沙鲁士"），行刺"不过仅除一鼠辈耳"，临行前又对神职人员说："襄者流人之血，今者留己之血，于愿足矣，何祈祷为？"①

---

① 尚声.新女诫[J].女子世界,1904(3,4).

第三节　西乐古意：女学堂乐歌的兴起

尚武精神同样影响了近代女性形象的构建，其中学校乐歌对男性化女国民形象的兴起有至关重要的作用，有学者就以"娴雅勇健"四字描绘近代歌乐所塑造的新女性①。和借鉴民间艺术的时调小曲不同，女学堂校歌受西洋乐曲文化的影响更深。

1904年颁布的《奏定初等小学堂章程》已将国外的唱歌音乐课程纳入学制，但考虑到"中国雅乐久微"，难仿"古人弦歌学道之意"，故参照王阳明的《训蒙教约》和吕坤的《社学要略》，将"读有益风化之古诗歌列入功课"②。而1907年颁布的《奏定女学堂章程》也将音乐作为正式课程，并具体说明了课程内容和课程目的——"其要旨在使感发其心志，涵养其德性，凡选用或编制歌词，必择其有裨风教者。其教课程度，授单音歌、复音歌及乐器之用法；并授以教授音乐之次序法则"③。有学者考证早在1903年，上海爱国女学校就已在新版章程中将"唱歌"作为正式科目④。由于背负着"涵养德性"的重任，相比俚俗小调改编的时调新歌，舶来的五线谱和文白相间的歌词更符合官定的教学标准。虽然清末报纸上的时新小调铺天盖地，可一旦想升级为教材之用，显然躲不开官定雅正标准的检验，而检验的结果可能并不能让发行者满意。商务印书馆曾将一本《女子新唱歌》呈递学部，希望能作为教材出版，然而

---

① 李静.娴雅勇健——近代歌乐文化对"新女性"的塑造[J].文艺研究，2011（03）.
② 奏定初等小学堂章程[A]//璩鑫圭、唐良炎编.中国近代教育史资料汇编[M].上海：上海教育出版社，1991：300.
③ 同上书，第579页.
④ 夏晓虹.晚清女性女报中的乐歌[J].中山大学学报（社会科学版），2008（02）.

学部却批示该书"或近俚俗或近词章，体裁杂糅不合教科之用"①，同样因为字句不够"雅驯"而未过审的还有同一批递交的《唱歌游戏》。尽管时调小曲在此时已经盛行近十年，但其杂糅体式仍不能跨过学部审批这道关卡。事实上，就在1910年，清政府颁布了《学部第一次审定中学堂初级师范学堂暂用书目》②，共列出教科书84种，分文实两科，涵盖了国文、伦理、历史、地理、算数、代数、几何、生理、植物、地质、英文等十多门科目，但是绘画、唱歌、体操等方面的教科书并没有列在这个名单上，因此没有明文规定怎样的体裁才是符合学部所谓"教科之用"。但是在1906年就有送审的《初等小学唱歌教范》因为"歌词鄙俗"③而未能通过审核。1906年颁布的《学部第一次审定教科书凡例》④中，鉴于当时还没有官方指定的教科书，清政府令各发行者按照格式将教科书呈学部审核。学部在1906年和1907年先后发布《学部第一次审定初等小学暂用书目表》和《学部第一次审定高等小学暂用书目表》，均未涉及唱歌、音乐等方面的教科书。这可能也是因为《奏定学堂章程》本就未将唱歌作为重点科目对待。官方标准的弱化既给唱歌、音乐相关教科书的审定带来了麻烦，也在一定程度上保存了更多针对不同层次读者群、风格各异的歌词文本。这也就可以理解为何许多学堂乐歌均未采用小调改编，而是用文白交织、格式整齐的歌词配以五线谱。商务印书馆曾经出版过一套三集的《女子新唱歌》，横排印刷以适应简谱标注。第二册于1907年6月出版，编者胡君复在序中写

---

① 商务印书馆经理候选道夏瑞芳呈汉文典及希腊各史请审定批　宣统元年十一月二十二日 [J]. 学部官报, 1910 (134).
② 学部第一次审定中学堂初级师范学堂暂用书目 [J]. 教育杂志, 1910 (09).
③ 吴科达. 清末教科书审定 [J]. 井冈山大学学报（社会科学版）, 2010 (03).
④ 学部第一次审定教科书凡例 [J]. 教育世界, 1906 (140).

道:"凡谱调之高古淡远,不易动听者不录,或已见拙著之唱歌游戏、小学唱歌及非教育的唱歌集亦不录。"①这编选的标准和三年后仍旧以"雅驯"为准的官方批语还是有所出入的。但是追求歌词通俗易懂、同时借鉴西方声乐体系的作曲填词新模式悄然流行开来。

虽然"唱歌"科目的教学素材西化了,但是"弦歌学道之意"未曾改变。和登载于各大白话报或是各报白话栏目的时调小曲不同,女学堂乐歌的直接受众和市井里巷的大众妇女还是有所差别的。虽然如此,训诫教化之意仍是时调小曲和女学堂乐歌的共同特性,只不过学堂乐歌虽然也采用半文半白的通俗歌词,但是结构更为整饬,用词也颇文雅。提到女学堂乐歌,就不得不提到作为中国的"学堂乐歌之父"的沈心工(1870—1947)。从东京学成归国后,沈心工一直致力于学堂乐歌的创作,并在上海务本女学堂教授音乐。1904年至1907年,沈心工编辑出版了三集《学校唱歌集》。而就在1904年《女子世界》创刊号上,"文苑"一栏载有数十首"学校唱歌"歌词,其中G调4/4拍的《女学生入学歌》按之曰——

> 声音之道,足以和洽性情,宣解郁抑。故东西国女学校中,皆列音乐一科。吾国校课,此风阒如。亟录务本、爱国二女学校课本,以谂海内任教育者。②

这第一期的"学校唱歌"中,有一首《女学生入学歌》,从歌词就可看出开天辟地、巾帼不让须眉的英武之气——

---

① 胡君复.女子新唱歌[M].上海:商务印书馆,1907.转引自柳和城.清末民初女子教科书巡礼[J].上海滩,2007(05).
② 学校唱歌[J].女子世界,1904(01).

（1）二十世纪，女学生，美哉新国民。
（2）脂奁粉溅，次第抛，伏案抽丹毫。
（3）缇萦木兰，真可儿，班昭我所师。
（4）天仪地球，万国图，一日三摩挲。
（5）紫裙窣地，芳草香，戏入运动场。
（6）鱼更三跃，灯花红，退习劝课功。

（1）校旗妩媚，东风轻，喜见开学辰。
（2）修身伦理，从师教，吟味开心苗。
（3）罗兰若安，梦见之，批茶相与期。
（4）理化更兼，博物科，唱歌音韵和。
（5）秋千架设，球网张，皓腕次第攘。
（6）明朝休沐，归家同，姊妹相随从。

（1）展师联队，整衣巾，入学去重行行。
（2）爱国救世，宗旨高，入学好女同胞。
（3）东西女杰，并驾驰，愿巾帼凌须眉。
（4）女儿花发，文明多，新世界女中华。
（5）斯巴达魂，今来响，活泼地女学堂。
（6）励志愿作女英雄，不入学，可怜虫。①

这几乎奠定了和前文所引《新女诫》别无二致的乐歌审美风尚，摒弃脂粉，还复天然，抛却阴弱之姿，只为尚武"英雌"本

---

① 学校唱歌[J]. 女子世界，1904（01）.

色。对于女性装扮的敌意在女学堂乐歌中屡见不鲜,如"尽收拾脂粉排场,还我天然样"①和"尽有那,花脂粉骷髅,千金价半世,幽闺阁"②。又如这首 F 调 2/4 拍的《女工厂开学歌》,将男女衣着打扮进行比较——

……
男儿衣服,只随身,女儿装来[束],何纷纷。
从今放足,只穿裙,脂粉不擦,香不熏。
但愿你,本本分分,
自家面目认来真。③

女子施粉黛被认为在经济上无益民生,又有碍风化,和倚门卖笑的娼者无异。与之呼应的是"脂香粉腻尽消除,昂昂匹丈夫"④,也就是祛性别化的尝试,女军人的形象由此应运而生。《天义》发起人之一的陆恢权,曾谱写 2/4 拍 G 调的《女子军歌》——

(1)念世纪,女界大光明,我女子,也唱从军乐。
(2)想当初,天赋平等权。没来由,作茧甘自缚。
(3)说什么,军中气不扬。想起来,好不奇羞辱!
(4)数从头,多少女英雄。青史上,声名真卓卓。
(5)最可尊,一种爱国魂。花木兰,驱胡战沙漠。
(6)最可贵,一种尚武魂。白杆兵,共说秦良玉。

---

① 嘉定普通女学校歌[J].女子世界,1905(01).
② 世界新[J].女子世界,1907(06).
③ 女工厂开学歌[J].女子世界,1905(01).
④ 杭州女学校歌[J].杭州白话报,1903(16).

（7）最可敬，一种民族魂。黄天荡，胡虏胆惊落。
（8）最可爱，一种革命魂。娘子军，长驱定陕洛。
（9）说前贤，去人真不还。愿姊妹，努力追芳躅。
（10）女军人，铜像巍巍尊。沙场死，女儿真快乐。①

这首 1907 年的《女子军歌》使用的词语和场景，如"平权""驱胡""娘子军"等，几乎是那个时代歌颂女军人的乐歌必用的模式。如《女子世界》中脱胎于"学校唱歌"和"女子唱歌"而成的"唱歌集"，其中可见各种各样的"女军人"，而飞沙走石、蒸腾着杀气和阳刚之气的场景几乎在每一首中都有所展现（原作均配有乐谱，此处只节录歌词）——

庄严花国女儿乡，攒着甲儿也似黄金样。
好花枝从今插在军冠上，西风战一场。②
——《黄菊花》G 调　4/4

女娲炼石补天亏，娘子军从天上来。
世界上军人社会，战场上女儿花开。
我不愿，侧身红十会，愿奋身，杀贼心快。
桃花马上请得长缨在，坐听着，凯歌回。③
——《娘子军》F 调　2/4

---

① 恢权. 女子军歌 [N]. 天义, 1907-7-10. 见天义·衡报（上）[M]. 万仕国、刘禾校注. 北京：中国人民大学出版社, 2016：548.
② 黄菊花 [J]. 女子世界, 1904（10）. 据夏晓虹考证为金——（天翮）所作，参见夏晓虹. 晚清女报中的乐歌 [J]. 中山大学学报（社会科学版），2008（02）.
③ 娘子军 [J]. 女子世界, 1904（11）. 据夏晓虹考证为金——（天翮）所作，参见夏晓虹. 晚清女报中的乐歌 [J]. 中山大学学报（社会科学版），2008（02）.

　　　　古有女杰花木兰，勒马抚刀镮。
　　　　代父从军破虏还，征袍战血殷。
　　　　铙歌一曲，胡奴落胆，珍重此锦绣河山。
　　　　四万万人，齐声同歌，歌我花木兰。①
　　　　　　　　　　——《女杰花木兰歌》C调　4/4

　　　　蛮靴绣甲桃花马，龙骑耀日明。
　　　　红玉木兰秦良玉，都是女军人。
　　　　同仇敌忾，流血丧元，为国之干城。
　　　　奋我巾帼不让男儿，树一军。②
　　　　　　　　　　——《女军人》C调　2/4

　　这些女军人之歌，有如下几个特点，同时也成为呼应《新女诫》的新戒律——第一，"尚武"精神和新国民塑造融为一体，新国民征战沙场的唯一原因是保家卫国，这也成为压倒一切的新女性标准。第二，对固化的性别分工十分反感。"我不愿，侧身红十会"虽然轻描淡写地一笔带过，但"侧身"二字就已经反映出对传统女性特质的厌弃。红十字会在战争中扮演的是救护者的角色，救死扶伤包含着大量的护理工作，适合毫无战斗经验但又想贡献自己力量的女性加入。然而，此处的歌者显然对不能亲自上马杀敌、只在战场上从事救护工作的女性工作限定有所不满，看护妇的工作总是与旧式女性的阴柔姿态有着千丝万缕的联系。对花木兰、秦良玉、梁

---

① 女杰花木兰歌 [J]. 女子世界, 1905 (02).
② 女军人 [J]. 女子世界, 1907 (06).

红玉等著名女将的歌颂，只是造就"英雌"的符号。从看护妇到女军人，女性性别个体一步步从传统的性别行为模式中抽身而出，融入集体救亡运动中，此处的集体除了"四万万同胞"之外，还有更为明确的指称。"女儿乡""女儿花"以及"巾帼"等集合名词构建起一个歌者口中的女性乌托邦，而祛性别化后的女性力量经过文墨修饰后得以强化，这种加强的女军人力量又多以孱弱的中国男性为背景。这些乐歌无疑导向一种新型的女性塑造，同时，属于女性的装饰性元素也被改造，比如插在"军冠"上的花枝、"蛮靴绣甲桃花马"等。原本铺陈装扮细节的各种女性元素被高度浓缩抽象化，如同戏曲中程式化的扮相，既能够提醒读者这些英雄的性别身份，又有意将其简化，成为附着在主人公身上的一点装饰，而并非人物内有的特质了。

有些尴尬的是，对比前文讨论的时调小曲，这些相对文雅的乐歌提供不出比军冠上的花枝更加具体的新女性细节，然而俗曲中亟待改变的女性陋习却有神态、心理的种种刻画。鲜活世俗的旧风俗和抽象高远的新憧憬，中间放足上马的女子在家国间游移不定，还要时刻留意新旧之间的"禁忌"，这恐怕是启蒙者和被启蒙者都倍感无奈的瓶颈期。无论是对歌谣的改编还是对戏剧的改良，都包含了对中国"新女性"的想象，对其背后的"新旧厮杀"或者"新旧融合"都不能做贴标签式的判断。本尼迪克特·安德森的知名理论"想象的共同体"，认为拉丁文这类"神圣语言"的衰微和"印刷资本主义"的崛起促使"宗教共同体"解体，其中报纸媒体等营造出的"同时性"概念给民众"想象"自己的同胞培植了土壤，民族性也由此应运而生①。如果从这个角度观察晚清白话报与女性意识萌芽之间的关系，可以发现无论是热衷于登载新式歌谣的编者还是提倡戏剧改良的理论先锋，都有意无意地"想象"着接受自己言论和作品的大众。从本章讨论的各种白话歌本中可以发现，众多歌本作者对于女性的想象在体魄和学识两点上基本观点一致，好学、健康、深明大义，可以分别对应新型的"妇言""妇容"和"妇功"。但是对于"妇德"来说，当时的学人几乎都遇到了难题。虽然理智上很清楚接受了新式（或者是半旧不新）教育的女性不可能再和过去一样，但是情感上依然不自觉地留恋传统女诫中对贤良淑德女性的评判标准。因为新旧掺杂的过渡性标准，呈现在文本中的新女性声音反而对现实中的女性构成了某种约束。

---

① ［美］本尼迪克特·安德森. 想象的共同体——民族主义的起源与散布［M］. 吴叡人译. 上海：上海人民出版社，2005：38—47.

第四章　戏台上下：晚清改良新戏与女学的互动

20世纪初的晚清戏曲界有过一次戏剧改良的热潮，矛头直指传统戏曲中"诲淫诲盗"的粉戏、淫戏，只为能有开通风气、教化人心的新戏。国运不济，梨园却畸形繁荣。1906年，《京话日报》载曾存吴所写《戏曲改良的浅说》，论及"奸盗淫邪"的戏，尚且能让观众厌恶；"顽笑戏"，也能偶尔给观众带来乐趣；这些"却比不得掐头去尾的粉戏，看了会坏人的德性"①。所谓"掐头去尾"的粉戏，实指当时一些戏园将完整的戏进行删节，仅挑取男女风花雪月的片段表演，其急功近利的丑态昭然若揭。一年后，清政府民政部官方发文令各省推行戏剧改良，"拟由各省就所演戏剧各按地方加意改良，务使名义纯正，词曲简明，以为移风易俗之助"。②官方文牍对改良戏剧的主题和词曲都提出了要求，用词可通俗但主题不能偏邪。就在清政府民政部发文前夕，有一名天津士绅就将当时"戏"和"曲"的困局一语道尽，"盖古乐之节奏，意既深远，词尤清高，非妇孺之所晓，流俗人之所好，是以猥亵鄙俚之调得以攘正乐之席而占之"③。

晚清戏剧改良者的论述，几乎都带有"新一国戏剧"以"新

---

① 存吴. 戏曲改良的浅说 [N]. 京话日报，1906-6-5.
② 通咨改良戏曲 [J]. 广益丛报，1907 (131).
③ 天津士绅上袁宫保改良戏曲禀 [J]. 广益丛报，1906 (118).

民"的梁氏文风,"改良新戏"成了他们眼中有"不可思议之魔力"的启蒙利器。且不论新戏实际教化之功究竟如何,就从历史发展的时间轨迹来说,正与刚起步不久的晚清女学相合。传统女学指"妇德、妇言、妇容、妇功"的女子修身之道,学习场所基本限定在家庭内部。而本书所讨论的女学主要是吸收了西方教育理念的晚清女学,包括女子学校的开办以及全新教育课程的设立,还有随之而来的女性意识的萌芽。改良新戏和晚清女学碰撞后,产生了许多值得探讨的空间。从国民意识的灌输到教育兴国的宣传,假想的新戏启蒙受众中总有女性列其中。戏曲教化的手段融合进了晚清女学体系,简言之,"戏教"与"女学"相辅相成。也正因为如此,女性表演者在戏台上的身份特殊,既是启蒙他者之人,也是被他者启蒙之人。与此同时,台下女性观众的存在也一直是当时社会争论不休的议题。本章围绕晚清戏剧改良,分析台上台下女性在这次风潮中扮演的诸多角色,并结合报刊史料及新戏作品探究新戏内外女学的实际样态。

第一节 《惠兴女士传》与《女子爱国》:新戏与女学的互动

对于改良新戏,以启蒙愚下为宗旨的各大白话报如《天津白话报》《吉林白话报》《安徽俗话报》等格外关注,不仅刊登相关的论说,也直接登载新戏戏文。其中,直接涉及女学问题的剧目《惠兴女士传》《女子爱国》更是屡次见报,风行一时,且因其内容丰富、留存完整,对后世影响深远。[1]

---

[1] 又有王钟声在通鉴学校所编排的《惠兴女士》五幕新戏,在田际云排的《惠兴女士传》之后上演。虽影响力尚不及田家版,但根据贵林的记录,也是可作参考的一个戏改版本。贵林对于该戏的概述可参见《惠兴女学报》1908年第4期的《志通鉴学校学生扮演〈惠兴女士〉新戏》,夏晓虹专门撰文论述了这段史料,参见夏晓虹.王钟声与《惠兴女士》新戏[J].文艺研究,2007(10).

此时新戏之"新",尤重内容之"新",提倡者认为戏曲内容既趋新,其教化作用则愈加显著。对于戏曲形式的改良虽也有人提及,但终究碍于时势未成主流。①《惠兴女士传》和《女子爱国》作为提倡女学的新戏,其"新"也在于与女学有关的内容。田际云排、董竹荪改的新戏《惠兴女士传》在1906年上演,该戏取材于真实事件。满人惠兴女士历经坎坷,自办贞文女子学校,但却因学校资金短缺难以为继,留遗书自杀。直到1909年4月第12期,依靠京友寄稿,《惠兴女学报》才开始连载该戏文,到了第19期来稿中断,连载也戛然而止。而《女子爱国》的剧本完成于1905年,1906年首演于北京广和楼,由崔灵芝主演,剧本作者是梁漱溟的父亲梁济。同年,彭翼仲主编的《京话日报》连发广告为《女子爱国》的上演造势,并在第635期(1906年6月2日)至第664期(1906年7月2日)连载其剧本,署名梁济别号"桂岭劳人"。两部戏同样轰动一时,也同样获得了官方的嘉奖,可谓互相应和。

从内容来看,两部戏都是关于女性自办女学的,且不失时机地把兴女学和兴国联系在一起。《惠兴女士传》由于取材自戏本外的真实事件,人物血肉丰满。有学者围绕戏曲界、学界、女界的互动,详细分析了《惠兴女士传》上演前后的人事纠葛②。《北京女报》

---

① 《天津白话报》主笔李镇桐曾写戏剧改良论说《听戏》,分两期登载于1910年5月7日(第107号)和1910年5月8日(第108号)。文章提到改良新戏一开始搬上舞台时确实颇受民众关注,但随着时间的推移,观众的猎奇心理逐渐淡化,对改良新戏的热情也不比从前。李镇桐认为,这种现象的原因在于改良新戏高不从低不就,在观众的接受水平还只在淫戏这类鄙俗戏曲的阶段,就强行要求他们欣赏内容雅正的剧目,结果就是无人捧场。李氏在该文中主要的观点是,"改良新戏,不宜太骤,总得有新旧过渡的阶段……凡爱听戏的都谈不到情趣如何,全讲究唱的怎么样,我故此说新旧戏出(齣)过渡时代,断不可少了唱工、做工这两项啊"。对于李镇桐这样的资深戏迷来说,戏文内容早已烂熟于心,而唱工、做工才是他听戏的目的所在。现在看来,这种观点不无道理,但囿于时局,当时并没有充足的时间、也没有从容的心态对各方戏剧改良的观点加以消化吸收。
② 夏晓虹.旧戏台上的文明戏 [A] //陈平原、王德威编.北京:都市想象与文化记忆 [M].北京:北京大学出版社,2005;夏晓虹.王钟声与惠兴女士新戏 [J].文艺研究,2007 (10).

和《顺天时报》等对《惠兴女士传》进行了详细报道，该戏和《女子爱国》一样成了当时戏曲界和女界的热点，其他白话报如《吉林白话报》[①]和《绍兴白话报》[②]也对这些改良后的爱国新戏进行了报道，只是不如之前提到了几份报纸那样详尽，关注点也基本限于新戏的立意，对新戏和女学的关系并未作进一步挖掘。1904年，惠兴自办贞文女学校，夏晓虹考证她当时被汉人所办女学校拒收，所以下决心自己办学[③]，也就是说这所女学校在某种意义上是满汉矛盾的特殊产物。翌年，由于经费短缺，学校难以为继，惠兴自杀身亡。《惠兴女士传》中的惠兴女士并未一开始就登场，而是先铺陈了一番张之洞作《劝学篇》的来龙去脉。接着，观众从惠兴之子金贤的口中得知惠兴思想开明，嘱咐儿子上街买"文明新书"。金贤在街上看到了张之洞《劝学篇》的告示，回家后转告母亲，使一直有志于办学的惠兴深有触动。既然有官员鼓励，惠兴就与亲友商议开办了贞文女学校。《女子爱国》则是借鉴战国时鲁国漆室女的故事，着重表现漆室县爱国女子鲁至道领导众姐妹开办女学校。这部戏中女学堂兴办的过程比较理想化，鲁至道虽是戏中主角，但她的性格基本淹没在了国家大义的宣讲中。该戏不厌其烦地点明戏中几位女性的家境和身份，教导每个女性在女学兴起的过程中自觉"对号入座"，以力所能及的方式成为合格的国民。比如有资金的不妨像钟华仁那样捐款，有房产的可学毕可兴提供场地，如果家境贫寒也无妨，可以像鲁至道那样授课，如果官太太如下夫人也能热心女学，那就更好不过。与《惠兴女士传》比较，这样"齐心协力"的景象虽然美

---

① 改良戏曲[N].吉林白话报，1907-12-5.
② 戏曲翻新[J].绍兴白话报，1906（102）.
③ 夏晓虹.晚清女性与近代中国[M].北京：北京大学出版社，2004：230—231.

好，却显得有些苍白。

当然，如果仅凭戏台上的人物宣讲，无论是《惠兴女士传》还是《女子爱国》都不足以造成深远的社会影响，况且表现女子兴学乃至女子爱国，新戏旧戏的界限并不清晰。以阿英所编的《晚清戏曲录》为例，与女性相关的有传奇《花木兰》《血海花》《巾帼魂》《花兰侠》《女英雄》等，杂剧《碧血花》《侠女魂》《女中华》等，还有各种地方戏，包括《女豪杰》《女子爱国》《姊妹投军》以及几种同名的《木兰从军》，等等①。这其中大多是发表于各报刊的戏曲文本，比如《血海花》记罗兰夫人之事，玉瑟斋主人著，1903年初登于《新民丛报》；《女英雄》演梁红玉之事，由高增所作，1904年以"觉佛"为笔名登载于《觉民》；《木兰从军》有1908年《滇话》本，又有1903年《中国白话报》本，只出了一半，后一半由1909年《女报》本补全。多家白话报也刊登过与女性直接相关的戏文，只不过不以"改良戏曲"为名罢了。既然改良戏曲在此时更多的是内容的革新，那么不妨将其他一些登载于白话报、旨在触动台下女性"由旧及新"的戏曲也纳入本文的讨论中。

《胭脂梦》的作者署名皖江忧国士，登载于1904年的《安徽俗话报》，据笔者所见，前后只面世"访友"和"投军"两出，分别刊于第18期和第19期。后来报纸停刊，该戏也成了残本。根据现存的戏文来看，主线是铁血村几个热血青年召集人马保家卫国的故事，其中的女英雄张阗权和晚清舆论中的"英雌"形象一样，与男性同伴一起分担国难家仇。张阗权的形象虽然因为戏本的篇幅局限未能血肉丰满，但是不难找到她在其他晚清报载小说中的同胞"姊

---

① 阿英编. 晚清戏曲小说目[M]. 上海：上海文艺联合出版社，1954.

妹"，比如《中国白话报》连载的《玫瑰花》，玫瑰村和女主人公玫瑰花，从人物塑造到背景设置，与《胭脂梦》的相似之处不言而喻。登载于1908年《国民报话日报》的《白话记》虽然连载次数较多，戏文均由白话写就，而且一直在"新戏"板块出现，可谓是不折不扣的"新"戏，但是和女性相关的戏文只出现在一期的场景中。生取《国民白话日报》交付给旦，叮嘱她讲报给姐妹们听，说罢用快板唱道——

> 最可叹，女子们，高谈迷信，失宗教，崇拜那，木偶无灵，这医方，却也是，慈悲为本，打开了，活地狱，无病身轻。①

"生"在这里扮演的是开药方的大夫，但是"旦"的回答仍然遵循迷信的思路，将治病救人的大夫用西皮摇板赞颂成了活菩萨——

> 谢先生，搭救奴，恩同再造。把从前，旧习气，一笔勾销。愿买丝，绣平原，以为后报。权当作，铸铜像，纪念同胞。②

其实，"旦"是在代台下的女观众回答，而回答的姿态决定了回答的内容。也就是说，剧本的作者认为只有通过救世的宗教逻辑才有可能打动潜在的观众，因此，"旦"的唱词依然延续了救世观

---

①② 白话记［N］.国民白话日报，1908-8-9.

音、活菩萨这一类宗教形象，用表达宗教情感的方式表达对白话报和白话报推荐人的感激之情。而这也从一个侧面反映出戏台上下女性无声的交流背后，还有戏文作者的关键因素夹杂其中。利用宗教逻辑劝说女性放弃宗教的策略在前一章讨论歌本时也有所提及，在改良新戏中也并不罕见。《秋女士魂返天堂》是风萍旧主写的二簧戏，完整的戏文登载于 1907 年《广东白话报》第 7 期，通篇是秋瑾以第一人称进行的独白，在戏的最后，秋瑾自称听到来自天堂的军乐，"来了一队天使之骑"[①] 迎接她去天国，这里出现的就不是佛教而是基督教的意象了。秋瑾"上天堂"也是对杀害她的凶手"下地狱"的无声诅咒，另一方面还能调动观者的情绪，将秋瑾之死做宗教化的处理。

尽管同类戏目众多，但《惠兴女士传》和《女子爱国》还是脱颖而出，原因不仅在于兴女学的主题，更在于它们同时提供了女学兴办之难的社会背景。新戏台上不仅人事纠葛错综复杂，戏本中还与时俱进加入了例如"阅报栏""讲报人""闹学""破迷"等题材，减少了传统戏曲"女子从军"之类的俗套，一定程度上淡化了类型化的缺陷，也让观众和读者对女学蹒跚起步之时的社会背景有了比较深刻的印象。

两部戏都真实地还原了女学兴办过程中受到的阻挠。《惠兴女士传》中，张之洞的《劝学篇》张贴在街上，目的是为了让更多的民众了解开办学堂的重要性。百姓围观的场景不仅出自观众正常的好奇心理，更出自当时风行的阅报栏现象。正如《女子爱国》中心术不正的吴明玉，因为稍通文墨就可能会成为讲报人，《惠兴女士传》

---

① 风萍旧主.秋女士魂返天堂[J].广东白话报，1907（07）.

里也有一位不合格的讲报人,台上的金贤和台下的观众一起目睹了这场围绕《劝学篇》的讲报"闹剧"。讲报者是一位食古不化的老学究,因为围观的百姓大多不识字,即便识字也看不懂文言,于是他堂而皇之地曲解文章的意思。有趣的是,在他煞有介事的"讲报"之前,有两个围观百姓的对话,因为都不识字,互相揶揄打趣,随后老学究登台"讲报",金贤忍无可忍指出其误读之谬,围观民众似乎也意识到这位讲报者并不可信,于是用"唐朝的夜壶"取笑厚古薄今的老学究。这一街头众生相是证明《惠兴女士传》编排精妙的极好例子。众人对话的出发点都是《劝学篇》,其中不同人物之间的诙谐对话,都是顺着《劝学篇》延伸出去的线索。如果仅是"绝对正确"的讲报人通过解读告示劝导众人,那么底层民众和代表官方立场的"告示"之间的隔膜就很难呈现出来,而告示被不同的讲报人进行不同的解读,也是当时阅报讲报时会真正出现的问题。《劝学篇》鼓励办学,编者的巧妙安排使戏中不同层次、不同角度的误读或隐或现全部指向兴学的主旨,充分照顾到了台下文化层次不高的观众,在博得大家会心一笑的同时也起到了警示作用。再看《女子爱国》中的算命先生吴明玉因为害怕学堂破迷而故意闹事,最后因为女学堂里供奉的孔子牌位,加上县官的义正词严,他只好作罢,这个情节值得玩味。第一,破迷的不止女学堂,同时兴办的男学堂也在破迷,但是吴明玉却选择在女学堂闹事。除了女子柔弱这一层因素以外,吴明玉的选择其实暗示了两点,首先是当时女学亟须"正名",其次是迷信已经是当时众所周知"属于"女性的陋习。正是因为女学需要正名,作者才"请出"孔子牌位,将女学也纳入圣贤之学的体系里。女学在当时若想获得官方的承认,只能在传统的修身之学里寻找理论支撑,1907年颁布的《奏定女学堂章程》就顺应了这样的需要。此外，虽然漆室县办学伊始就热火朝天，但是兴女学的路还很漫长，作者对此也留下了一二伏笔。大闹女学堂铩羽而归的吴明玉因为粗通文墨可以去做讲报人，他心中窃喜："幸亏我识字，可以看报，又可以混饭吃，我今天好险呀。"[①]这其中暗指一部分心术不正的讲报人可能会成为女学的绊脚石。还有女学堂建成时，"母教根源"的牌匾需要众女子落款，但卞县令却怎么也想不起自己夫人的名字，只知道她娘家姓"万"，最后还是卞夫人说出自己的名字是"万年长"。这其中很有意思的场景是，卞夫人一开始不愿自己说出名字，坚持要丈夫回想起来。从象征层面来看，万年长将赋予名字的权利交给丈夫，但是丈夫只是在新婚那天看到过她的名字，从此她不是万氏就是卞夫人。万年长"失名"的状态本可以通过参与女子办学改变，但是她本能地依赖丈夫，虽然文本将这个细节处理为万氏的娇嗔，但这个细节恐怕不只是为了有趣而已。《女子爱国》讲的是女子兴学的故事，可对于男女学的秩序，依然做了不动声色地保留。因为官费和政策的限制，只能官办男学堂，女学堂只能依靠民间自筹经费。关于男女学堂的教习问题，也在暗自应和男女学的秩序，鲁至道的见闻依赖的是留洋兄长的指导和寄回的刊物，县令建议鲁至道写信给其兄长，请他回国担任男学堂的教习。也就是说，指导者的角色和地位是固定的，鲁至道和她兴办的女学还只是追随者的角色。可以说，在《惠兴女士传》中，女学虽然是主线，但却不是唯一的线索，戏中还反映出了诸如新学与旧学、官方和民间的种种议题。戏台上对当时社会生活细节的精确复原也使兴女学的倡议，即便在后来者看来，也有了

[①] 女子爱国 [N].京话日报，1906-6-27.

丰富的背景以供挖掘。

上述这些细节的安排都如实反映了当时男学和女学的基本情况。可从中也可以看出，同样是为女学背景"织网"，《女子爱国》更类似于在戏台上的女学"排演"，虽然也由女学实际申发出来，终究还只是"纸上谈兵"。而《惠兴女士传》却是更为真切的血泪经验，其中女学兴办之难，读者观者皆似有"切肤之痛"。

第二节　戏本内外的女学困境

在《惠兴女学报》第一期上刊登的《杭州惠兴女士为兴女学殉身节略》，概述了惠兴女士办学缘由，办学中遭遇的困难，以及为学殉身当天的情形，还带上几句办学之外的生平——

> 氏自言因读南皮先生《劝学篇》，大有感奋，遂以提倡女学自任。于光绪三十年六月二十六日，延当地之有声望者多人，商论创办学校之事。是日，氏忽当众前袒一臂，用刀割肉一片，誓曰："今日为杭州旗城女学校成立之日，我以此血为纪念。如此校关闭，我必以身殉之。"遂于九月十六日开校。虽蒙本营前署将军现任杭州都统德，捐洋四十元，又拨公款八十元，留东八旗同乡会会员捐洋百元，端午帅随员喜，捐洋五十元，八旗众官员捐洋十元八元，以及零星捐款，统计约得三百余元，卒以无长年的款，支持甚难。今秋复以款绌，致课期时有间断。氏以此校无起色，由于无长年的款，而请款颇费踌躇，郁郁者非一日。继期请款之必得，遂密缮函八封，藏于桌内，复缮禀一拓，开办女学四柱账单一纸，预先服毒，欲

乘舆赴两堂递禀。家中人见其神色有异，诘之语多含混，继而查得茶碗中有烟迹，遂大哗，唤同戚友竭力救治，已不及矣。氏临气绝时，开目尽力言曰："此禀递上，有长年经费矣。"遂死。

氏为故协领崑公璞之女，附生吉山之妻。自十九岁时夫亡守节仅一遗腹子，名金贤，现已十六岁。氏现年三十五岁，于光绪三十一年十一月二十五日丑时殉身。①

《杭州惠兴女士为兴女学殉身节略》实际是在1905年12月30日《申报》所登《惠兴女士为女学牺牲》的基础上进行了删改。②文章篇幅短小，近三分之一的篇幅详细记录下了办学之初，各位捐款人的姓名、身份和捐款数目，这些款项细节，其实颇有深意。正是这些为数不多的捐款者让贞文女学校的开办成为可能，这也从一个侧面反映出惠兴当时收到的精神乃至物质援助并不多，因而也为女学校仅开办一年就因为经费问题难以为继埋下了伏笔。《惠兴女学报》还登载了惠兴女士写给全校学生的遗书，这份白话写成的遗书虽以"杭州贞文女学校校长惠兴女士绝命遗众学生书"为题，可字里行间都在哀求几位赞助人资助款项维系学校正常办学，可谓字字泣血——

杭州贞文女学校校长惠兴女士绝命遗众学生书

众学生鉴愚为首创之人，并非容易，自知力弱无能，初意在鼓励能事之人如三太太凤老太太柏哲二位少奶奶，以热心创

---

① 杭州惠兴女士为兴女学殉身节略[J].惠兴女学报，1908（1）.
② 夏晓虹发现《申报》等报纸的报道有意淡化惠兴女士的满族背景，与当时的满汉之争不无关联。参见夏晓虹.晚清女性与近代中国[M].北京：北京大学出版社，2014.

此义务。谁知这几位都厌我好事。唉，我并非好事，实因现在的时势正是变法改良的时候，你们看汉人创兴学务，再过几年就与此时不同了。你们不相信自己，想想五六年前是怎样，这两年是怎样啊！我今以死替你们求领长年经费，使你们常常在一处上学，但愿你们都依着忠孝节义四字行事，方于世界有益。我今虽然捐生，这不叫短见，这是古时定下的规矩，名叫尽牺牲，是为所兴的事求其成功，譬如为病求神保佑病好之后，必买香烛还愿。如今学堂成了就如同病好了，这个愿是一定要还的。女学堂如病人求常年经费的，禀如同病方呈准了，禀如同病好了。我八月间就要死的，因为经费没定准，没钱请先生，只得暂且支吾。我有些过失，几乎把你们都得罪了，望你们可怜我些不记恨我，则我虽死犹生矣。你们不必哭，我只要听我一言，以后好好侍奉先生，听先生教训，总有益于身的。同外人争气，不要与同部人争意气，被外人笑话。话长心苦不尽所言。

十一月廿三[①]

惠兴一方面感叹女子办学不易，另一方面为满人对女学的态度着急，个中冷暖恐怕只有当事人心知肚明。新戏《惠兴女士传》在戏台上细腻还原了惠兴办学时遇到的挫折。现实中的惠兴因为办学不顺，在筹备会议上当众割肉立誓，加上之后的服毒自杀，这样惨烈的细节既容易引起社会各方的关注，也容易引起误解和争议。田际云和董竹荪在排演该戏时设置了一个胡搅蛮缠的老顽固角色，激化了惠兴和其他讨论开办女学者的矛盾。老人作为议席上惠兴等人

---

① 惠兴. 杭州贞文女学校校长惠兴女士绝命遗众学生书[J]. 惠兴女学报, 1908 (01).

最无法说服的对象，将惠兴遭受的非议具象化了，一开始他甚至对惠兴自残明志的行为还有所怀疑。《杭州惠兴女士为兴女学殉身节略》对惠兴割臂一事仅是寥寥数语，言及惠兴在请人商议办学事宜的当天，"忽当众前袒一臂，用刀割肉一片，誓曰：'今日为杭州旗城女学校成立之日，我以此血为纪念。如此校关闭，我必以身殉之！'"① 没有任何细节铺陈，也没有任何情绪酝酿，惠兴立誓虽然惨烈，在这简短的文字中却不免突兀。而田际云戏剧化的处理最大限度地展示了惠兴劝说众人时不被理解时的焦急、绝望，联系当时已经广为人知的自杀事件，既能充分还原事情的来龙去脉，也凸显了她的刚烈和决绝。

惠兴办学的事迹其实是晚清女学困境的缩影，晚清女学发轫之时受到种种阻力，在其自身的发展脉络中留下了深深的痕迹。中国的女学自古有之，最早可以追溯到先秦。《礼记·内则》就已明确了"闺门之仪"，此时所谓的"女学"只是一个教育模式的雏形，更注重培养女性礼仪规范。两汉时期有刘向的《列女传》和班昭的《女诫》。到了明代，班昭的《女诫》、明成祖徐皇后的《内训》、唐代宋若莘和宋若昭姐妹的《女论语》和明代王相之母刘氏的《女范捷录》被并称为"女四书"。这些女学材料和晚清所提倡的"女学"有异有同。首要的相同之处在于无论是哪一个时期的女学都注重"妇德"的培养，也就是个人的品德修为；而首要的不同之处在于授课方式和授课内容，也就是整个知识结构的变化。中国古代女性接受教育的场所都是在家庭内部，与外界的接触极为有限。但如果以当时的女学标准进行评判，也可以找出德才兼备的优秀女性。从明清开始，女性一方面被

---

① 贵林. 杭州惠兴女士为兴女学殉身节略[J]. 惠兴女学报，1908（01）.

剥夺财产权，同时通过对各种贞节烈妇的表彰进一步固化女性的道德意识和价值取向，限制了女性的发展自由，但另一方面女性在家庭内部、也就是在私人领域中的活动还是十分丰富的，从一般的女性结社、闺阁唱和到以名妓为代表的另一种社交网络，女性的才能虽然从外部来看一直被压抑，但是从微观上来看，女性依然能够在家族治理甚至诗文唱和中施展才华。这是一种隐藏的活力，正在等待着摆脱桎梏，充分释放的契机。

到了19世纪，西方传教士在华开办教会学校，这才真正开启了女性走向学堂、接触新知识的大门。一般来说，讨论在中国创办的教会女子学校，就会提到1844年由阿尔德赛女士（Miss Aldersey）在宁波所办的女子学堂，这是西方传教士在中国本土建立的第一个女子学校。其实在此之前，西方传教士对中国女学的关注早已开始了。1825年，来自英国的格兰脱女士（Miss Grant）在新加坡开办了一个专门教授中国女子的学校。1834年德国传教士郭实腊（Charles Gutzlaff）之妻温施娣（Mary Wanstall）在澳门开了一个小型女塾，招收的是穷苦女孩。这两个女学堂虽然没有设立在中国本土，但教授的对象无一例外都是中国女性。同样在1834年，英国浸信会成立了"东方女子教育协进会"（Society for Promoting Female Education in the East），顾名思义是一个旨在推动东方女性教育事业的组织[①]。1837年，这个组织派遣阿尔德赛女士在爪哇设立了一个专

[①] 参见Noel B. W. History of the Society for Promoting Female Education in the East: established in the year 1834 [M]. London: Edward Suter, 1847. "东方女子教育协进会"是英国浸信会成立的一个组织，派遣传教士赴中国、印度、马来西亚等地办学，旨在宣扬教义、吸收教徒。书中收录了包括阿尔德赛女士在内的多名传教士的办学日记，从日记中可以看出，虽然最终目的是为了传教，这些传教士在办学时也确实倾注了大量心血，对学生十分关心。阿尔德赛女士时常要面对来自女学生家庭的阻力，对此她也心力交瘁。

门学校，只教中国女子。阿尔德塞女士在1842年来到中国宁波，筹备妥当才有两年后宁波女塾的开办。基督教教义与中国传统的女学时有冲突，又正值多事之秋，国人对西方来华人士的误会加深，阿尔德赛女士的女塾处境艰难可想而知。即便在天时地利人和均未取得主动的情况下，宁波这所女塾的学生还是从开办第二年的15人增长到1852年的40人，学员人数增长虽然缓慢，但考虑到办学背景，能够取得这样的进步实乃不易①。以天主教江南教区为例，1854年该地区有55所教会女校，814名女生；到了1878年、1879年两年间，女校数量已达297所，共3 682名女生②。然而罗苏文发现，虽然这几十年间女生总数有了大幅增加，但是教外女生的比例还是停留在1/10，并没有增长，因为"女性走出教会女校后就业的极少，多数人只是成为教友家庭的贤妻良母"③。教会女校的开办尚且如此一波三折，更不用说国人自办的女校。1898年5月31日中国女学堂在上海开办，才有了国人对女学的直接改造之路。可惜的是，仅仅过了两年，学校主办者经元善横遭通缉，这第一所国人自办女校也在仓促间关闭了。

中国近代女性意识的发端，和女学自身的演进、现代女子学校的开办息息相关，其间也离不开报纸、文学作品的宣传造势。

首先是空间的转换。女学的宣传总是和肉身的解放——即反缠足相伴相生。放足带来的象征意义超过了现实意义。相当一部分女性由于足部已经残疾，放足并没给她们的生活带来更多便利。但是，放足的象征意义在于女性行动力的自由，女性接受教育的场所从家庭转移到了学校，从私人领域转向了公共场所。一部分女性勇敢地迈出家门，默默承受着社会中不同目光的注视。这种转换不仅

---

① 何晓夏. 教会学校与中国教育近代化 [M]. 广州：广东教育出版社，1996：222.
②③ 罗苏文. 女性与近代中国社会 [M]. 上海：上海人民出版社，1996：107.

是从家庭到学校，也可以以家庭为起点，到其他公共场所，比如演说集会、工厂或是戏园，等等。这种转变不是一蹴而就的，它的发生通常掺杂着各种社会争议，例如下文会提及的女戏登台和女看客入戏园。女性原先并不开放的生活环境，使其迈出家门无论去往何处，都成为一种"景观"。

其次是女学校的课程设置不同程度地打开了女性的视野。这其中少不了学制的支持和限制。1904年颁布的《奏定学堂章程》（又称"癸卯学制"），承认了女子教育的重要性，却并没有将女学校纳入官方体系。清末第一份兴办女学的官方文件是1907年3月8日颁布的《奏定女子小学堂章程》和《奏定女子师范学堂章程》。该章程明确了女学的必要性，"倘使女教不立，妇学不休，则是有妻而不能相夫，有母而不能训子"[1]。虽然1907年颁布的这两份章程对女学堂和女学生依然有很多约束，但毕竟承认了女学堂的合法性。民国期间中华教育改进社曾经做过一个统计[2]，除去教会学校，1906年全国女学生总数仅有306人，占该年学生总数的0.07%；1907年女学生的数量骤增至1 853人，占该年学生总数的0.2%；到了1909年，全国女学生总数终于破万，达到12 164人，虽然在当年学生总数已有1 536 909人，女学生仅占其中的0.79%，但回首过去的三年，女学进展之神速毋庸置疑。[3] 这其中官方将女学合法化的举措无疑起

---

[1] 奏定女学堂章程折[A]//璩鑫圭、唐良炎编.中国近代教育史资料汇编[M].上海：上海教育出版社，1991：574.
[2] 中华教育改进社编.中国教育统计概览[M].上海：商务印书馆，1924：5.
[3] 根据廖秀真的统计，1906年、1907年和1908年三年，所有女学堂的数量分别为245所、402所和512所，女学堂全部学生人数分别为6 791人、14 658人和20 557人。以1907年为节点的数量骤增和中华教育改进社统计的数据增长基本吻合。参见廖秀真.清末女学在学制上的演进及女子小学教育的发展（1897—1911）[A]//李又宁、张玉法编.中国妇女史论文集（第二辑）[C].台北：台湾商务印书馆，1988：224—228.

到了巨大的推动作用。以女子师范学堂为例,此次官方文件中设立的女学科目有十三门,包括修身、教育、国文、历史、地理、算学、格致、图画、家事、裁缝、手艺、音乐和体操。课程体现出的知识结构已经比较完备,女学堂终于可以名正言顺地开办了。多样化的课程拓宽了女性的视野,也进一步解放了戏台上下女性的空间,但这种解放依然是有限的,因为女性入学仅仅是一个开端,由此带来的社会观念变革还需要漫长的过程。

颇有意味的是,1918年《女子爱国》的作者梁济自杀谢世。《春柳》编者随即全文刊载《女子爱国》的戏文,并在注中提到了对女学某些课程的意见:"此戏在十三年前,却有功于女学不浅。虽尚未鲁变至道,而梁巨川先生之编脚本,与崔灵芝之现身说法,亦有功效。惜乎近日女学,多重皮毛。窃以为家政一科,与夫裁缝烹饪,宜加注意。否则昔日为女子谓二万万废人。今日纵有学堂,不从事根本以求之,仍恐将不免为高等废人也。"[1]作为民国年间发行的刊物,回首十多年前的戏剧,再看近来的女学状况,评判标准和观察角度难免有所偏差。作为晚清官方女学教育体系的规训手段,家政无疑是传统与现代标准相融合的典型产物。晚清学人已经意识到传统的"女诫"和"闺教"已经不能够满足女学发展的需要。下田歌子在日本"华族女学校"任职期间,曾编写数本教材,其中即有《家政学》一书。该书引入中国后,成为癸卯学制的推荐教材。此时女学还未有官方文件承认,但是家政已经悄然融入进教育体制改革中。从这个角度来看《女子爱国》中供孔子牌位的细节,意味更加深长。既可视为"民间办学"的女学在向官方"示好"以获取

---

[1] 梁巨川. 女子爱国[J]. 春柳, 1919 (02).

更多资源的策略，也可能是以梁济为代表的一大批提倡女学的戏曲先驱试图寻找女学在传统和现代之间的平衡点。

第三节　新戏和女学视角下女性意识的解放与束缚

无论是教会女校还是国人自办女学堂，都对当时的中国女性有启蒙开化之功，这点不言而喻。女学的主体虽以女学堂为主，但还包括了一时期围绕女性建构起的知识谱系和性别话语结构。正如前文所言，以"戏教"为中心的改良新戏正与开始起步的女学话语构建发生碰撞。戏台上下的女性空间因为女学风气渐开也发生着改变，同时考察女性表演者和女性观者，都可以找到女性意识萌芽的线索。

有学者认为中国戏曲"在相当大的程度上构成宗法社会公共机制与文化意识形态基础，塑造了民间意识形态的形式与观念"①，事实上晚清识者对此多有阐释，颇有心得，夏曾佑、梁启超、陈独秀等人多次强调戏曲的教化作用，这也形成了戏剧改良风潮的理论先声。1902年，梁启超在《释革》一文中提到"有所谓经学革命，史学革命，文界革命，诗界革命，曲界革命，小说界革命，音乐界革命，文字革命等种种名词矣"②，同年他在《论小说与群治之关系》中提出后来为人熟知的"欲新一国之民，不可不先新一国之小说"，虽然通篇未及"戏曲"二字，却提到了王实甫的《西厢记》和孔尚任的《桃花扇》来证明戏曲的强大感染力——"我本肃然庄也，乃读实甫之《琴心》、《酬简》，东塘之《眠香》、《访翠》，何以忽然情

---

① 周宁. 想象与权力：戏剧意识形态研究［M］. 厦门：厦门大学出版社，2003：44—45.
② 梁启超. 释格［A］//饮冰室合集・文集之九［M］. 北京：中华书局，1936：42.

动?"① 以此可知，梁启超将"小说"和"戏曲"二者并置，所有对小说魔力的议论对戏曲同样适用。事实上，将此二者并置加以阐述的做法早在1897年严复和夏曾佑的《本馆附印说部缘起》中就有涉及，文章作者将《长生殿》等戏文也纳入了"说部"之中②。小说和戏曲的关系若简略概括，大致可以宋朝为分水岭，宋以前小说戏曲分流，而宋以后两者呈合流之势③。无论其中几多曲折，小说、戏曲相互借鉴参照，又一起被视为末流，都是不争的事实。两者作为文学样式虽然在晚清仍未完全成熟，以至于时人常将"说部"与"戏曲"混同论述，加上两者均带有强烈的感染力，深受各阶层的民众欢迎，自然又双双成为启蒙利器。当时甚至有识者仿照梁启超阐发小说魔力之语，论述戏剧改良之必行，"欲破除迷信，必破除戏曲之迷信始；改良风俗，必改良戏曲之风俗始"④。黄伯耀曾经以笔名"老伯"撰文《曲本小说与白话小说之宜于普通社会》，认为"小说之寄意也深，而曲本之音节动人，则无深而非浅也；小说之行文也隐，而曲本之声情感物，则无隐而非显也"⑤。黄伯耀在该文中对小说、曲本小说和白话小说的社会功能一一论述，却没有仔细辨析这三个概念。通过他对曲本小说"隐""显"特征的讨论可以看出，他基本将"曲本小说"视为加上了曲音的小说，由于还可以在戏台上表演出来，"曲本小说"兼有"小说"和"戏曲"两方的优势。简单来说，黄伯耀所说的其实就是带有故事性的戏剧剧本，和他一样

---

① 梁启超.论小说与群治之关系[N].新小说，1902-11-14.
② 几道、别士.本馆附印说部缘起[N].国闻报，1897-12-11.
③ 许并生.中国古代小说戏曲关系论[M].北京：文化艺术出版社，2002：111.
④ 论川省戏曲宜改良之理由[J].重庆商会公报，1909(163).
⑤ 老伯.曲本小说与白话小说之宜于普通社会[A].陈平原、夏晓虹编.二十世纪中国小说理论资料(第一卷)(1897—1916)[M].北京：北京大学出版社，1989：308.

认识到剧本重要性的晚清学人不在少数，正因为如此，戏剧改良重点才在于内容。1904年陈独秀就已经将自己对戏曲改良的意见以"三爱"为笔名发表在《安徽俗话报》上，先提出"戏馆子是众人的大学堂，戏子是众人大教师"①，接着又强调戏曲内容大于戏曲形式。文章认为戏曲表演者乃至戏曲作为一种艺术形式之所以被视为"俚俗淫靡游荡无益"，在于某些旧戏内容欠佳。为了给戏曲正名，更为了充分发挥戏曲的教化作用，戏曲内容改良势在必行。正因为晚清学人普遍赞同"戏教"的功用，戏剧改良才会演变成曲艺界的一股风潮。很快，官府也对此做出回应，这条来自《国民白话日报》的消息称——

（北京）民政部某官员上了一个条陈，说乐能移风易俗。戏剧一道，虽属小节，实在感人最速，入人最深，化民成俗，是极快的，所以要赶紧改良戏曲，以辅助一切的新政。现在民政部，已经批准行文把各省督察了。②

同年《竞业旬报》也几乎一字不改地登发此条新闻。此处论及人事，应为吴荫培于1905年自费赴日本考察，归国后将考察心得上疏，经由两江总督端方转奏③，其中概略即为《广益丛报》1907年所登"江督端午帅前有折奏知府吴荫培出洋回国条陈考察事宜代奏奉"④。虽然"戏教"已成共识，但对于女性出入戏园等场所，有关

---

① 三爱. 论戏曲 [J]. 安徽俗话报, 1904（11）.
② 改良戏曲 [N]. 国民白话日报, 1908-8-10.
③ 吴荫培条陈内容可参见李孝悌. 清末的下层社会启蒙运动：1901—1911 [M]. 石家庄：河北教育出版社，2001：184.
④ 通咨改良戏曲 [J]. 广益丛报, 1907（131）.

"男女大防"的议论还是甚嚣尘上。《敝帚千金》将戏剧改良的议论引申到路边临时的生意玩意儿场子,"越是这个场子里头,有年轻的妇女,越招的人多,时常的因为这个缘故生出是非来"①,说唱场地、戏园里鱼龙混杂,人来人往,男女严防到了这样的场所便有不同程度的松动,而这都被归为"有碍风化"。这是场地人员流动对于礼教实际乃至象征层面的冲击,至于戏文内容对人心的影响,最典型的论述如"看武戏就气为之壮,看花戏便心为之荡,看苦戏就为之凄楚,看顽笑戏就为之轻薄,这不是为戏上的神情刺激么"②。和小说一样,戏曲观众对戏台上人事纷争的移情,被戏曲改良的倡导者们无限放大,并上升到了国民教育的层次。毕竟在时人看来戏园是鱼龙混杂的邪狎场所,对于连入学堂才刚刚合法的女性来说,实在不是适合出现的场所。

1903年,创刊于福建厦门的《鹭江报》登载了一则不起眼的本地新闻,说是有"女戏一班"在当地一书院连演七出"毛儿戏",观者甚众③。"毛儿戏"指演出者均为女性的戏班子,这无疑是一个招揽观众的噱头。演出后戏班还一度考虑在鼓浪屿设戏馆长期安顿,但几经辗转去留不定,原因是当地官府认为"以若辈聚处难免滋事"④。官府所称的"若辈"显然带有贬义,这个戏班不仅是为人不齿的"戏子",还都是"女流之辈",难免要成为"有碍风化"的"心腹大患"。1907年全面推行改良新戏时,《吉林白话报》曾经登文声讨戏曲界泥沙俱下的情形,提出一个当时流行的观点:正因为戏园风气不正,所以才要干涉女性入戏园,同时施行戏剧改良,待

---

① 唱玩意的也得改良 [J]. 敝帚千金, 1906 (17).
② 论戏曲急宜改良 [J]. 四川官报, 1905 (10).
③ 女戏登台 [J]. 鹭江报, 1903 (49).
④ 女戏行踪 [J]. 鹭江报, 1903 (50).

戏台为新戏"净化"后女性方可观戏——

如今各戏班,要是没有好花旦,班运必不兴旺。上海天津哈尔滨各处,更是奇想天开,实事求是,添聘了许多女角,专演各样淫戏。船厂这个地方,也跟着学,弄得风俗败坏,要人的人一天多着一天。如此的戏曲,人心怎么会正?风俗怎么会良?所以北京城的戏园子里,不准妇女入座,固然是怕人多起哄,也未始不因为戏文不好,大庭广众之下,实难以为情。果真戏文好了,劝化日久,人人知礼,妇女看戏,却又何妨?①

晚清虽然国运不济,但戏曲市场异常兴盛,对比梨园繁盛,礼教的约束力和执政者的行政约束力却越来越弱。换言之,"礼崩乐坏"的时局中人心浮荡,导致了梨园的畸形繁荣。仅以上海为例,戏园上演淫戏可以追溯到19世纪后半叶,前文论及的"毛儿戏",也被时人视为淫戏的一种。《申报》曾痛心疾首地呼吁"圣人之言曰:非礼勿视,非礼勿听。奉劝诸君于挥金买笑时,少为留意勿大荒唐。尤劝开张戏园者,既存图利之心,勿为丧德之事"②。清政府多次颁布相关法令禁演淫戏,《钦定吏部处分则例》卷四十五《刑杂犯》还特意对妇女演出加以限制——

严禁秧歌妇女及女戏游唱
一、民间妇女中有一等秧歌脚堕民婆及土妓、流娼、女戏游唱之人,无论在京在外,该地方官务尽驱回籍。若有不肖之

---

① 改良戏曲之关系 [N]. 吉林白话报,1907-11-1.
② 劝诫点演淫戏说 [N]. 申报,1872-7-4.

徒，将此等妇女容留在家者，有职人员革职，照律拟罪。其平时失察，窝留此等妇女之地方官，照卖良为娼，不行查拿例罚俸一年。①

从康熙到光绪，类似法规层出不穷，可谓"三令五申"。无奈地方政府对此采取的态度依然是"禁者自禁，演者自演"，有历史学者将当时上海淫戏风行归咎于"晚清上海绝大多数官员只是循例申禁淫戏，而并不切实贯彻……禁令形同具文，以致由会审公廨差役所开办之戏园之中也公然演出淫戏"②。既然连官员都可以漠视法令，民间淫戏成风几乎无人可以抑制。

出于各种原因违反法令登台演出的女性已经开始出入各种公共场所，似乎在行动上更加自由，和养在深闺的女性相比她们早已经"走出家门"。但她们不是走向"学校"，而是走上戏台，承受着各种目光。也正因为她们的行为处事在"礼仪规范"之外，所以一直被归入地位卑贱的"戏子"之流，并不能成为接受正统教育的女性典范。此外，撇开旧戏的内容，在例如京剧这样的剧种中，女性不得登台。所以就算在戏曲界内部，女演员也时常受到压抑。如今女戏班有与淫戏勾连，更是降低了戏台上女性的地位。戏台上女性地位低下，戏台下女性的处境也十分尴尬。

直到1910年还有报道戏园失火，"妇女听戏出丑"，以此规劝妇女不要再入戏园——

---

① 王利器辑录.元明清三代禁毁小说戏曲史料（增订本）[M].上海：上海古籍出版社，1981：20.
② 魏兵兵."风化"与"风流"："淫戏"与晚清上海公共娱乐[J].史林，2010（05）.

上月二十四日晚十一点多钟，河东四义茶园失火的时候，妇女们有丢靴子鞋的，也有掉在泥水里头的，并有被匪徒引诱到僻静地方，掳镯子抢首饰等事。

这以上都是大家知道的事，此外大家不知道的，还不定有什么丑事啦，大概吃哑巴亏的必不少。但不知爱听戏的妇女们，对于这次火灾，也有点儿戒心没有。①

此时戏剧改良已经推行了四五年，可是观者对台下女性在戏院中的身份仍有所质疑。报道者暗示的不见报的"丑事"，指向暧昧，读者心知肚明，而需要多加防备的不是火灾本身，而是"妇女听戏"的行为。妇女听戏虽不像妇女演戏那样，三番五次被官方文件明文禁止，但当台上女性出演时，台下女客却还受到各种风俗礼教的约束。饶有意味的是，无论是怕观众起哄也好，怕戏词不堪也罢，都是以保护台下妇女的名节为出发点的。此时台下妇女和台上妇女虽然近在咫尺，却又天涯两隔。

女戏登场，观众喝彩，起哄声模糊了女客和女戏的界限，原本处于"看客"位置的女客突然和女戏一起成了"被看"的景观，而"被看"中狎邪的成分应是每个"良家妇女"要避免的。这样的考量还在暗示，如果戏文改良，去除那些淫词，台下妇女就会处于一个相对安全的位置。这样一来，改良戏剧的焦点就永远会在戏台之上，而戏台上的新女性角色则承担了所有"被看"的宣传"重任"。"戏教"和"女教"此时互相补充，实现了戏台上下女性无声的"对视"。但无论是出演《惠兴女士传》的田际云还是出演《女

---

① 妇女听戏出丑 [N]. 天津白话报，1910-9-4.

子爱国》的崔灵芝，都是男扮女装的，也就是说从这两部戏来看即便"戏教"成功，依然还是男性主导的女性启蒙，依然是男性代替女性角色发声，这恰恰也和晚清最初提倡女学者多为男性相似。

惠兴女士自杀事件传播开后，《北京女报》的主编张展云找到玉成班班主田际云，共商义演助学之事。两人决定一起组织"妇女匡学会"，筹备义演，并将此事禀告官府。在《禀立妇女匡学会小启》中，除了简述办会义演的缘由，还特别提到了"演戏三日，专卖女座"①。有趣的是，在这次义演的传单中，还详细写出了妇女听戏的"规则"：

……
本会一概不卖男座。
……
本会为匡学筹款起见，非借此射利营私，听戏诸女士，均因热心助善而来，总祈诸位谅此区区苦心戏，凡所用男丁，如车夫跟班人等，务须自为约束，令其在戏场外静待，不许擅入，以昭慎重，以省口角，如有买物套车等事，可令随带仆妇传言，即本会亦雇有女仆，预备使唤。
此三日所演戏文，经工巡总局审定，均系光明正大之戏，凡有伤风化者一概不演。
……②

可以看出田际云等人对于这三场只卖女座的新戏还是有所顾虑

---

①② 景孤血.三十年前北京妇女匡学会义务戏传单[J].立言画刊，1939（16）.

的。"只卖女座"意味着准许女性入戏园,得到了官府的批准,女子看戏更是合法。而本来《惠兴女士传》就是为了却惠兴女士兴女学的遗愿,转为女子开放,除了筹资也可以扩大女学在女性中的影响,合情合理。此等合法、合理、合情的新戏,田际云等人依然很不放心地"叮咛"女看客们千万不要让男性家仆入内,并且一再声明自己演的是"光明正大"之戏。个中缘由,恐怕除了重申改良新戏内容革新的宗旨,还要针对戏园中一直存在的"男女大防"。有研究者认为中国古代主政者对戏剧演员的排挤,更深层的原因在于"对戏剧本身所容许的某种逾越的惧怕"[①],此处的田际云等人虽不是官府中人,但其种种设防也可以视为"惧怕逾越"。从这张千叮万嘱的宣传单可以看出,倡导新戏者虽然自己也是"逾越者",但面对台下"她们"对礼教的真实"逾越"时,还是难掩其紧张。毕竟在女学校尚不合法的年代,女性虽然有机会进入戏园,但是重重礼教约束仍如影随形。

新戏《惠兴女士传》的成功也促使了《女子爱国》的上演,后者的剧本已经沉睡了一年,此时终于找到合适的机会加入新戏宣扬女学的热潮。而两部新戏引发的女学热议在某种程度上推动了一年后《奏定女学堂章程》的颁布。只不过这官方文件如同《惠兴女士传》上演前给女性立下的"规矩"一样,虽然赋予了女性合法入学的权利,却仍不忘强化"女德","其一切放纵自由之僻说,(如不谨男女之辨及自行择配,或为政治上之集会演说等事。)务须严切屏除,以维风化"[②]。

[①] 周慧玲.女演员、写实主义、"新女性"论述——晚清至五四时期中国现代剧场中的性别表演[J].戏剧艺术,2000(01).
[②] 奏定女学堂章程折[A]//璩鑫圭、唐良炎编.中国近代教育史资料汇编[M].上海:上海教育出版社,1991:576.

晚清兴女学频频受挫，适逢新戏改良，内容革新。女学启蒙于是成为引人注目的改良题材之一，以《惠兴女士传》和《女子爱国》为代表的新戏推动了女学官方文件的颁布，同时也为戏剧演员正名。在这种良性循环之下，实际还隐藏着女性意识萌芽之初依然需要借助男性发声的现象。而礼教的束缚并没有因为制度的推行而立刻消散，相反连提倡女学的新戏中也处处留有向风俗和制度妥协的影子。在推动女学的大背景下，女性无论是登上戏台还是只成为戏文中的"她"字符号，抑或坐在台下成为观众，都艰难地在进与退、去与留的夹缝中取舍。在女性走出家门成为"景观"的一瞬间，私人领域向公共领域的转移就已经开始。

此外，白话报的特殊性在于它作为"读本"和"讲稿"的双重性质，通过白话歌谣、改良戏剧这样的传统说唱艺术究竟能在多大程度上对理想读者（听众、观众）产生作用？通过讲报人的"再创作"，作品的原意还能有几分保留？晚清学人对此自然不会盲目乐观。从《女子爱国》和《惠兴女士传》中对讲报人情节的特别安排，就可以看出智识者对此确有顾虑。但是因噎废食也不可取，白话报的流布虽然未必全在讲报社这样的公共领域之中，但当时致力于白话报事业的晚清学人"想象"这些信息所到之处能够自己"创造"出一个微型的公共领域，然后由公共领域再向私人领域渗透。比如缠足歌谣中设想的场景，虽然以母女二人为抒情主人公，但读者时时刻刻能够感觉一双来自第三者的审视的眼光在母女场景的边缘游走。无论是母亲为女儿缠足，还是女儿自己缠足，这些场景本身都是极度私人化的，换言之，这是属于私人领域的公开秘密。而白话报上登载劝诫缠足的歌谣时，将私人场景搬到了公共领域的舞台。汉娜·阿伦特在哈贝马斯之前就分析过"私人领域"和"公共领域"的关系,对于"公共领域"的强势地位,她有一个精辟的论述——

> 既然我们对现实的感受完全依赖于表象,从而也就依赖于公共领域——事物能够脱离其黑暗的、隐蔽的存在形态,而进入公共领域——的存在,因此,就连照亮我们的私人生活和隐私生活的微光最终也是来自公共领域的更加刺目的光芒。但是,有许多东西根本抵挡不住公共舞台上其他人恒久在场的那道无情亮光。①

抵挡不住其他人审视目光的那些东西无法被呈现,最终潜入私人领域的深处隐藏起来。也就是说,当歌谣和戏剧中的旧式和新式妇女形象流传开来的时候,我们只能看到"适宜"与民族复兴相关的女性形象,其中缠足妇女的生活镜头被无数倍放大,作为陋习展示在报纸搭建的舞台上,她们的心理活动几乎也是完全相同的,并没有人关注与缠足、女学有关的其他故事版本。这也就是为什么虽然晚清白话报中关于女性的歌谣和改良戏剧数量不少,但是脸谱化的缺陷成为这些作品的通病,甚至在一些当时看来已属于十分优秀的作品中,这样的缺憾也随处可见。如果进一步细究产生这种情况的原因,可以看到当时围绕报纸展开的公共领域本身是有缺陷的。哈贝马斯曾仔细梳理了"公共领域"的概念及其特征,其中有两点值得注意,一是"公共领域原则上向所有公民开放",二是"公共

---

① [美]汉娜·阿伦特.公共领域和私人领域[A]//汪晖、陈燕谷主编.文化与公共性[M].北京:生活·读书·新知三联书店,1998:82.

领域的一部分由各种对话构成，在这些对话中，作为私人的人们来到一起，形成了公众"①。这两点默认了公共领域中人人可以发言，可以彼此对话。但问题是，纵观本章和上一章讨论的一系列关于女性改造的歌谣和新戏，随之产生的公共领域虽然也有女性发声，有女性直接参与，但是作品呈现出的样态，最后传达出的声音是统一的、压倒性的，与台下还在各种"被看"中进退维谷的普通女观众仍有一定距离。这就是哈贝马斯所说的，作为一个集体行动的公民们的意见。要等到更多的女性加入到集体行动中，与其他人进行对话，还需要一个漫长的历史过程。可以说，这个过程到现在仍在延续。

---

① ［德］尤根·哈贝马斯.公共领域［A］//汪晖、陈燕谷主编.文化与公共性［M］.北京：生活·读书·新知三联书店，1998：125.

下编 "白话世界"中的女性之路

第五章　复权之路：晚清白话报中的"男女平权"言说

晚清知识分子面对"三千年未有之变局"，逐渐意识到若要标本兼治救国图存，必须重新审视西方学理。此时，"天赋人权"等西方观念迅速进入了晚清知识分子的视野，并催生了"人权""女权"等一系列观念的引入和"本土化"过程。其中，对"男女平权"思想的鼓吹在晚清的各大报刊上屡见不鲜。1899 年，黄遵宪作诗："世守先姑德象篇，人多列女传中贤。若倡男女同权论，合授周婆制礼权。"[1] 该诗所用典故是东晋政治家谢安的妻子刘夫人不允许丈夫纳妾一事。《艺文类聚》将此事以"妒记"为题收入卷中——"谢太傅刘夫人，不令公有别房。公既深好声乐，复遂颇欲立妓妾。兄子外生等，微达此旨，共同问讯刘夫人。因方便，称《关雎》《螽斯》，有不忌之德。夫人知以讽己，乃问谁撰此诗？答云周公。夫人曰'周公是男子，相为尔；若使周姥撰诗，当无此也。'"[2] 如果按照中国古代约束已婚妇女的"七出"之罪，刘夫人已经犯了"妒忌"一条，即阻止丈夫纳妾（添丁）。能言善辩的刘氏还顺势造出

---

[1] 黄遵宪. 黄遵宪全集（上集）[M]. 陈铮编. 北京：中华书局，2005：156.
[2] ［唐］欧阳询. 艺文类聚（卷三十五）[M]. 汪绍楹校. 上海：上海古籍出版社，1995：614—615.

一个"周姥",有力地驳斥并揭露了纳妾是男女不平等造成的怪象。黄遵宪据此典作诗,提倡"男女平权"之意十分明显。康有为、梁启超、马君武等人也相继提出"男女平权"的种种倡议和构想,这些晚清学人的著作更多代表的是近代上层知识分子对培养中国未来"国民之母"的理论设想。若要深究这一系列构想的受众及其具体传播方式,只借助当时知识分子政治观念的抽象书写显然是不够的。

如果我们把宏观的理论落实到具体层面,对于当时的晚清女性来说,迈出"复女权"的第一步便是放足。这不仅标志着晚清女性身体的解放,更意味着行动力的恢复和社会化的可能。"废缠足"即是抽象层面"兴女学"的前提,也是"兴女学"的理想结果。从家庭到学校,再到工厂,至少从私人领域到公共空间的位移将帮助女性逐步褪去"坐食分利"的负面形象。当然,放足的种种益处正如先前章节论及的那样,始终带有理想主义的色彩,并且放足、入学和做女工的晚清女性群体存在着阶层差异,但这些差异都被不同程度地遮蔽、改写。晚清白话报章如实反映了女权意识初起阶段,社会舆论对女性权益的讨论、"改写"和补充。本章试图围绕相关报章,从以"放足"为起点的女性身体解放入手,通过分析相关新闻、论说和小说作品,展现作为开通民智前沿阵地的白话报章对于"男女平权"的不同言说,以期构建更加具体全面的女性意识萌芽图景。

第一节 放足:从学堂到工厂

晚清讨论缠足的缘起总是模糊了历史与传说的界限。尤为荒诞不经的传说是妲己为了掩饰狐狸脚而穿上小鞋,宫中不知究竟的女子纷纷效仿。这个传说的真假极易辨认，但是其余关于缠足的历史片段，比如南齐东昏侯宠幸的潘贵妃、唐玄宗身边的杨贵妃以及南唐李后主喜爱的窅娘，显得真假难辨。康熙元年（1662年）下诏，禁止女子缠足，"违者罪其父母家"①。但只有旗人女子遵守此令，汉族女子依然流行缠足。

对于晚清反缠足的白话檄文来说，论点明确、演说生动比追究史料的真假更重要。历史上的昏君偏爱小脚，其中类似宫中秘史的性暗示成分，被晚清反缠足的论说改造成无知妇女缠足迎合异性的无意义行为，并且成了女学必兴的例证，此外卫生学知识的引进又从强身健体的角度证明缠足误国。这些都构成了反缠足言说通用的议论模式。1910年，正值庚子事变十周年纪念，许多报刊登载纪念文章，描绘拳乱导致民众流离失所的惨象。有《天津白话报》登文将十年前的天津失城与妇女缠足联系在一起，文首即回忆道——

> 当天津失城的那一天，被枪击死的甚多。据我在各处看见的，和别人传说的，妇女死的，比男子死的多。男子也有因为被妇女所累，一同死了的。这是什么缘故呢？因为妇女不能走，跑不动，所以死得容易。②

缠足的妇女若是逃难，就变成移动的肉体象征，成为倚靠在老大中国身上的负担，不仅自身难保，还会拖累家中的男性。出于"卸除负担"的需要，女子放足十分必要。然而，缠足与家运乃至国势的关联其实远不止"缠足祸国"那么简单。类似报道十年前男

---

① 陈东原. 中国妇女生活史 [M]. 上海：上海书店，1984：232.
② 刘孟扬. 天津失城于妇女的关系 [N]. 天津白话报，1910-7-25.

子甘为向导卖国、女子被辱自杀的文章，男女之别背后的价值判断意图明显，同时这些文字还暗示着缠足与妇女守节的内在关联。夏晓虹曾经撰文分析晚清女子缠足背后"男降女不降"的民族主义情绪，激进的排满者赋予了女性一双小脚丰富而隐晦的政治含义——"足"以有别[1]，小脚成为汉族"守节"的标志。深知这一点的晚清志士在小脚成为中国落后愚昧的象征时，对之前赋予小脚的政治含义采取回避的态度。而笔者关注的是由此生发出的另外两条线索。第一，对于老百姓来说，若是妇女因为缠了小脚跑不快导致被匪徒侮辱，则是个人失节，妇女由此殉节成为另一种"守节"的方式，而这种"守节"又被提升至了国家话语层面，和"失节"卖国的男性作对比，最终成为证明妇德的证据。第二，无论缠脚的妇人为了"守节"死状如何惨烈，都是作为男子的负担出现的，缠足跑不快而成累赘又成为一个政治隐喻，即二万万"坐食交谪"的分利者，因此必须废止缠足，妇女一旦把脚放开就可以"和男人一样"。

"缠足"一方面是积弱的象征，另一方面又是民族自尊最后的颜面，原本矛盾重重的象征含义在晚清的白话报章中逐渐明朗化，成为老大中国被迫展示给世人的陋习。1903年，在日本大阪的第五回内国劝业博览会开幕之前，东京帝国大学的人类学教授坪井正五郎策划了一次"人类馆"展出，想要以活人展演的方式展示中国的缠足女性和吸鸦片的男性等。这个展览因为中国留日学生的强烈抵制而取消，然而博览会开幕后，台湾馆仍有缠足女性展演，再次引发舆论震动，这就是所谓的"人类馆"事件。1904年，美国圣路易斯博览会上又有缠足女子活人展演，留美学生对此义愤填膺。国外

---

[1] 夏晓虹.晚清女性与近代中国[M].北京：北京大学出版社，2004：114.

第五章 复权之路：晚清白话报中的"男女平权"言说　147

接二连三的"小脚展示"，挑动着中国人的神经，《新民丛报》《大公报》《女子世界》等多个期刊提及此事，言语之间除了愤怒，还有屈辱。① 在这种语境下，"放足（戒缠足、变缠足）"作为一种国族复兴的话语生产，必须取代"缠足"，成为振兴国运、洗刷屈辱的象征行为。以下这首白话歌谣，不仅描绘出了国人面对缠足时的心态，也写出了移风易俗的艰难：

> 妇女们，听我劝，中国人民四万万。
> 身不强，体不健，抬足动手不方便。
> 急回头，就是岸，奋志先将缠足变。
> 却有人，执俗见，都说缠足是习惯。
> 且缠足，谁情愿，只因男女会分辨。
> 岂知那，缠足事，荒淫之君创其始。
> 害所极，百余世，鸦片烟害犹其次。
> 伤肢体，堕名誉，请自思想真无趣。
> 近我国，有志士，提起此事愧且惧。
> 况劝诫，已奉旨，强未严禁几降论。
> 缠足苦，苦难言，世人反说理当然。
> 倘若是，足不缠，伊谁与他结姻缘。
>
> 男居半，女居半，女以缠足为好看。
> 同是人，没才干，何怪男子把女贱。

---

① 各报反应参见杨兴梅. 缠足的野蛮化：博览会刺激下的观念转变［J］. 四川大学学报（哲学社会科学版），2012（6）. "人类馆"事件折射出剧变中的东亚文明秩序，可参见封磊. 文明史·性别史·东亚史·博览会的集结展示：再审"人类馆"事件［J］. 妇女研究论丛，2020（1）.

有工夫，取书念，女界光明留一线。
一旦间，要改变，大足未免太难看。
假若还，都变换，又愁人说太杂乱。
丧国威，减国势，积弱根源由于此。
各国女，谁若是，都以缠足为怪事。
小足妇，洋烟具，博览会中曾布置。
天足会，发盟誓，合力将此恶习去。
已误者，勿再误，自己身体自爱护。
谓此事，自古传，大足妇女不值钱。
因此上，随俗沿，缠与不缠两为难。

听我劝，有何难，家庭教育此为先。
德配德，贤配贤，不比小足讨人厌。
异日后，生儿男，母贤必定子亦贤。
况缠足，最凄怆，脓血流散实难当。
久而久，满足伤，还潮老烂鸡眼疮。
门外事，概未详，不如男子志四方。
血脉滞，面色黄，百般病症入膏肓。
有父母，同叹伤，养女不如养儿郎。
缠足害，有多端，我再历历数一番。
即就是，我秦川，回匪反乱女遭冤。
庚子年，义和团，京师民女更可怜。
倘若还，足未缠，从军岂少汉木兰。
凡是人，争自存，放足并非学洋人。

有学问，胜足缠，智育体育可兼全。
兴女学，伸女权，群推巾帼美少年。
速速戒，莫迟延，好话等于救生船。
缠缚时，痛呼娘，娘说足小比人强。
白画间，走扶墙，终夜疼痛不安寐。
即有时，欲何往，全赖车马适他乡。
因病症，少命长，甚则青春命早亡。
就我说，女何妨，速戒缠足入学堂。
张献忠，犯四川，妇女小足累成山。
欲逃脱，举步艰，跳井扑崖痛不堪。
贼至门，步履颠，志气妇女悉投缳。
卫身家，保河山，秦氏良玉何让焉。
况女子，国民母，女子不强失国魂。

怯其心，羸其身，卒致国家弱与贫。
侵国土，掠人民，知我尚武无精神。
雪国耻，要认真，先从放足立本根。
缠足祸，尤可痛，我国甘心弱种族。
女与男，甚并重，仁人君子思救正。
不缠足，女幸福，增益知识便运动。
东南省，风气先，女入学堂已多年。
女教科，次第编，程度已分甲乙班。
我非凡，人非仙，人先打破缠足关。
速回头，快愤发，听我再说放足法。
或破絮，或棉花，分开指缝层层夹。

去高底，也有法，蒲包厚纸照旧踏。
若衰老，若已嫁，既不能放不怪他。

病夫国，此原因，外人遂生觊觎心。
我妇女，速自新，同讲爱国与忠君。
办女学，重人伦，自主自立莫因循。
种族弱，风不竞，致我国民半无用。
谓无才，便是德，此话原来有语病。
读诗书，达体用，女中英雄人钦敬。
识时务，不逊男，也有女士充教员。
同履地，同戴天，人何文明我野蛮。
弱女强，痴女贤，速戒缠足勿留恋。
初放时，宽鞋袜，硼砂热水勤洗擦。
裹足带，松松扎，足指勿令足心压。
习惯久，自活泼，从此文明日发达。
年少女，关重大，万勿将路再走差。

看此歌，休嫌浅，志在人人能畅览。
轻薄士，识不远，反谓放足事当缓。
女天足，甚方便，各人自强谁不愿。
望诸君，速改变，不数年来当有验。
即或有，不能览，一念人人皆明显。
彼岂知，陋风挽，以戒缠足为起点。
为同胞，敢惮烦，欲求中华万万年。

听我说，听我劝，总望勿与我为难。①

歌谣作者对放足女性的允诺，夹杂着具体切实的放足方法，充满了对女性入学、以全新面貌实现自我价值的期待。整首歌谣采用了晚清放足言说的通行论述模式，即将缠足作为爱国行为，并使用白话以便作品的传播。对于放足后新生活的憧憬几乎在每一处戒缠足文本中都能找到，而女学堂是其中最重要的文本构成。"要是不缠足，小女孩身子结实了，也可以入女子小学堂了，学写、学算、学国文、学裁缝、学体操，事事方便"②。《天津白话报》从 1910 年第 232 号开始连载白话小说《天足引》，生动诠释了时人对女子放足乃至男女平权的看法。

《天足引》虚构了一个以缠足闻名的双弓乡，一对双胞胎姐妹十全和双全，因为缠足与否导致命运迥异。姐姐十全美貌无双，三寸金莲，又足不出户，符合一切旧式文人对于女性的幻想。妹妹双全厌恶缠足，性格外向，因为不停地哭闹拒绝缠足而拥有了一双大脚，这使她从小像男孩子一样行动不受约束，得以偷学识字。由于姐妹俩的父母对于女儿的最高期望就是嫁入富贵人家，这样自己不仅可以获得不菲的彩礼，还有机会到女婿家里坐享清福。既然十全已经凭借三寸金莲嫁入富户邓家，那么面对上门求亲要大脚媳妇的穷书生余自立，老夫妻便一口答应了他和双全的婚事。然而老夫妻病重，十全不能尽孝；家中失火，十全差点性命不保；遭遇匪患，十全成了全家的拖累；养育孩子，十全和孩子都羸弱。反观双全，全凭一双大脚，尽孝、救火、逃难，背着孩子下地，处处都比十

---

① 秦中来稿.戒缠足歌[J].竞业旬报，1908（25）.
② 天津陈恩荣.说缠足与不缠足之利益[J].敝帚千金，1905（09）.

全强。双全夫妇到处奔走劝说废止缠足恶习，政府行法支持，终于扭转风气，把双弓乡变成了天足乡。这篇报载白话小说在写作技巧上并不成熟，人物形象趋于脸谱化，情节安排也十分牵强，但它至少完整地传达了作者兴女学、废缠足的愿望。小说的结局最耐人寻味，其中有更多值得挖掘的信息。

首先是对女学毕业生去向的设想，"男女有别"的阴影犹在。先看双全夫妇，两人共同努力扭转恶习有功，朝廷赏官。但是余自立是"三品卿衔"，双全则是"三品封赠"①，依然沿袭旧式官僚体系的等级称谓。也就是说小说作者虽然宣扬废缠足和兴女学，却依然在父权等级体系中理解所谓的"男女平权"。紧接着，夫妇二人得了朝廷的命令，分别考察男女学堂，颇有感触，其中"女学堂也是造得极多，凡是女学生进去，都不许缠足，学得好了，虽不能做官，也都有诰命封赠，连父母公婆男人，都有荣华的好处，不过分出些等第罢了"②。女性学业有成的最终出路，就是"诰命封赠"，依然是作为父权制官僚体系的陪衬。小说中的双全除了识文断字、尽孝、育儿、劳作之外，也和丈夫一起参与了把双弓乡改造为天足乡的事业，对于这些家庭以外的实践，旧式的封赠不仅显得无力苍白，还削弱了双全作为妻子、女儿、妹妹三个家庭角色以外的能动性。

其次，小说结尾又提到，由于底层女子多放脚，如果全部女子都放足就会导致官绅女眷和丫鬟仆妇之间的等级消失，出于这样的考虑，许多人仍顽固不化不愿放足。对此双全夫妇想出了一个对策，并再次获得朝廷的支持和嘉奖——

---

① 武林程宗启佑甫演说. 天足引（第八回）[N]. 天津白话报，1910-10-1.
② 武林程宗启佑甫演说. 天足引（第八回续）[N]. 天津白话报，1910-10-2.

虽则同是一双大脚,那鞋子上钉着一样物事,如同外国人的宝星一样,是极分得出贵贱的。不过外国人的宝星,是挂在身上,这个是钉在鞋子上的罢了。一品到九品,分做九个样子,一望而知。如同前头缠足的时候,大老婆好穿大红鞋子,小老婆是不能穿的。①

可见废缠足并不直接意味着"男女平权",不仅性别等级未被打破,同性之间原有的等级也必须保存。小说作者的灵感来自"宝星",相当于现在所说的勋章。女鞋上的"宝星"成了又一个象征,它的尺寸虽已不是三寸金莲,男性"恋足"的狎邪想象似乎无处安身了,但是"宝星"表明的等级成为包括小说作者在内的一批文人心中最后的价值观支撑。将放足或是天足的女性依然按照正室偏室进行区分,意味着"男女有别"的权力机制对于性别的重新掌控,是对《奏定女学堂章程》设定的"贤妻良母"女学目标的另一种阐释。

在各种官方和民间共同铸就的"男女有别"铜墙铁壁之间,对女性能够胜任各种领域工作的信心显得弥足珍贵——

我们要恢复女权,必先要造点学问,为国家尽点义务。或做教育上的事业,或做实业上的事业,或替变政治,或改良社会,甚至外患临头的时候,或学花木兰代父从军,或学梁夫人击鼓助战,军事上的事业,也担任一二,方才算得一个国民,

---

① 武林程宗启佑甫演说.天足引(第八回续)[N].天津白话报,1910-10-2.

方才算得尽了一点公共义务。①

放足的期许转变为激活女性潜在劳动力的渴望。放足后的女性从家庭走向学堂只是第一步，想要实现自己的价值，还是需要通过"女工"来证明。有学者质疑这个阶段的女性放足是否可以称为"身体的解放"，因为一方面对于女学来说，"将国家命运关联于妇女智识开启的议论，不但使女学的传散得到一个正当化的名头，打破女子无才便是德的父权意识的钳制，同时也相对使妇女身体的存在价值工具化"；另一方面，女子放足的宣传又始终带有"为国保种的政治目的"②。这种质疑当然可以理解，毕竟本章也有多处论及国家话语对女性放足乃至女学的干涉。但笔者以为，从事实层面来看，清末女性放足的确是一种"身体的解放"，话语的操纵只影响了"身体解放"的过程，但并未改变"身体解放"的结果。只能说，此时的"身体解放"和女性意识的萌芽一样，显得被动，但女性实现自我价值的契机正来源于此，这是提倡"男女平权"的基础。诚然，不可否认的是，国家话语的介入的确在一定程度上遮蔽了当时女性言说中的个人成分。

清末第一份兴办女学的官方文件是1907年3月8日颁布的《奏定女学堂章程》(以下简称《章程》)，宣告女学被正式纳入官方教育体制中。《章程》明确了女学的必要性，"倘使女教不立，妇学不修，则是有妻而不能相夫，有母而不能训子"③。官方的文件为各地方的

---

① 论女子宜恢复女权[N].国民白话日报，1908-8-30.
② 黄金麟.历史、身体、国家——近代中国的身体形成(1895—1937)[M].北京：新星出版社，2006：41.
③ 奏定女学堂章程折[A]//璩鑫圭、唐良炎编.中国近代教育史资料汇编[M].上海：上海教育出版社，1991：574.

女学特别是女子公学设立了标准，这也就意味着原本"枝蔓横生"的女学主张面临着意识形态层面的"修剪"，而女学生也将作为待规训的个体进入到体制中来。其中典型的例子之一便是女学和女工的联系。

在《章程》颁布之前，女红这样的传统手工艺一直是女学的重要组成部分。而随着近代商业社会的发展，女学、女子手工艺和商业联系在一起，成为国民话语的一部分。事实上，中国古代女性一直通过女子手工艺缴纳国家的直接或间接税收，从而承担了国家义务。历史学者刘筱红曾指出中国古代妇女纳税，最早可追溯到春秋战国时期，秦朝开始以上交布帛为缴纳形式，一直到唐后期，妇女不再直接向国家纳税，但仍和丈夫共同承担纳税重负[①]。然而，这部分历史在晚清被指责女性"坐食分利"的话语浪潮湮没，不再被提及。梁启超的"生利"和"分利"说影响深远，其立论有郑观应、严复等人的呼应，一直到民国还有人据此讨论家庭中的男女分工。据刘慧英考证，梁启超的"生利""分利"说源自李提摩太和亚当·斯密。1893年李提摩太写有两篇相关文章，《论生利分利之别》和《生利分利之法一言破万迷说》，二文后以《生利分利之别论》为书名，在1894年出版。李提摩太有意"误读"《大学》中的"言利"部分，形成了与现代经济思想紧密勾连的"生利"说。而实际上"生利"说的直接来源是亚当·斯密的论说，后者的《原富》经由严复翻译，让梁启超也深受感触。"'生利说'一方面深受传统历史价值观的影响，另一方面，又是建构救亡图存口号的一种政治策略。在这里，'生利者'男性成为主动者、勤劳者和民族国家的拯

---

① 刘筱红.中国古代妇女的经济地位[J].中国史研究，1995（04）.

救者以及财富的创造者,而'分利者'妇女则是被动者——只消费不生产的被养育者,从而对应于民族国家的先进/落后、新/旧、强/弱,在性别关系上则建构起同样的二元对立,并就此确立起男性权威在民族国家中处于强盛、领导地位的合法性"[1]——这种二分式的话语建构的确遮蔽了女性曾经的劳动历史,但是对"女工"的提倡伴随着学人对"新女性"的塑造,由此也兴起了不少女工学校,在客观上又给了女性学习和谋生的平台。

1904年,史量才创办了上海女子桑蚕学堂,以桑蚕业为主课,同年张竹君还在爱国女校附设了女子手工传习所。有白话报专门报道上海的速成女工师范传习所,并登载其章程,"教科分为三级。第一级专教手作针黹织造各艺,第二级专教机器造中西衣服手帕毛巾鞋袜等件,第三级专教机器绣花各艺……每日以工作余暇兼教国文算学琴歌等"[2],可见当时的女子学校就有半工半读的设置了。其实,早在戊戌年间就有报纸报道,当时上海的缫丝厂、纺织局有五十多家,粗略估计每家一千五百人,这样上海的女工已有六七万之多[3]。1905年,《直隶白话报》有吕皖滁女士署名的论说,"行商事情。没有一件不是从工艺出来的。若没有工艺造作许多货物。这商务就一定不能行。女学中工艺是一件要紧的事。凡男子能造作的货物。女子无一不能。若使二百兆女子个个都能造作。将来中国的商务。自然能够战得过东西洋各强邦了"[4]。"和男人一样",这是该文中女性对自身价值的期许,也是在为同一时期其他女性代言。然

---

[1] 刘慧英."生利说"的来源及衍生于妇女问题[J].南开学报,2009(6).
[2] 伸强.速成女工师范传习所[J].福建白话报,1904(01).
[3] 女工志盛[A]//全国妇联妇女运动研究室编.中国妇女运动历史资料(1840—1918)[M].北京:中国妇女出版社,1991:147.
[4] 吕皖滁女士.劝设女学说[N].直隶白话报,1905-5-18.

而，最重要的其实并非女子是否能造出和男子所做一样的货物，而是女性能否不再依傍男性，在经济上"生利"而不是"分利"。女子"若没有学问，没有才能，便有许多人为着家计，裹足不前的，恋着妻子，志丧心灰的，本来是一个志气隆盛的少年，却成了一个萎靡无用的废物"①。梁启超在《变法通议》中的类似观点又在回响，妇人无教又不能自养，对男子而言不但"累其形骸"，还"损人灵魂"并"短人志气"②。换言之，女子坐食分利已是"错误"，而使男子受到牵绊不能一展宏图报效国家则是更严重的"错误"。《章程》中也提及了学习女工的作用，"无论男女均须各有职业，家计始裕。凡各种科学之有关日用生计及女子技艺者，务注意讲授练习，力袪坐食交谪之弊风"③。好吃懒做又喜欢流言蜚语，这似乎是近代知识分子对尚未改造的女子最常见的不满，甚至有人将家境日益颓败的"坏根子"直接归咎于"妇女们没有活计催促着"④。教育体制内的女校旨在培养可以"生利"和相夫教子的女性，似乎正中女学倡导者们的下怀。"女国民"或者是国民意识之类根本没有在《章程》中出现，"母"与"妻"的角色囊括了"女国民"应该具备的一切。没有任何人留意到妇女在家中的劳动强度，妇女背上了"坐食交谪"的罪名，甚至要为民生凋敝负责，只因其在家庭内部的付出不是社会化的劳动。无论是民间倡女学者还是制订《章程》的学部官员，对"国民之母"的想象确实日臻完善，然而这类想象的现实对应物却是一个空白的影子，活生生的在家中忙碌的妇女无论是何种形

---

① 吕皖滁女士.劝设女学说[N].直隶白话报，1905-5-18.
② 新会梁启超.论学校六 女学（变法通议三之六）[J].时务报，1897（23）.
③ 奏定女学堂章程折[A]//璩鑫圭、唐良炎编.中国近代教育史资料汇编[M].上海：上海教育出版社，1991：577.
④ 调查旗务处来稿.论勤惰俭奢的道理[N].吉林白话报，1907-10-22.

象，都是未来"国民之母"必须摆脱的陈旧的影子。

　　将女子工艺纳入女学之中的办学思路受到了社会的积极回应。1908年安徽女师范学堂欲招生一百二十名，三百多人争相投考，最后录取了一百四十人①，比较女学初设时的应者寥寥已不可同日而语。由于《章程》的颁布，包括安徽在内多地的女子学校都得到了更多的社会响应和支持。但是报名人数多了，新的问题也随之而来。就在报道安徽女师范报考者踊跃的同一版面上，还有另一条女学新闻——

　　　　京城内外女学传习所，目下招考新班。听说报名的很不少，可是打算入半日班及裁缝科的人多，入别的班人少。这个缘故，也是由于经济问题哟！②

　　虽然在《章程》中家事、裁缝、手艺科目是女学的重要组成部分，但是除了这些和女工有关的科目外，以女子师范学堂为例，还有国文、历史、格致等其他科目。报道中有两点值得注意，第一是更多报考者偏向于入半日班和裁缝科，第二是报道将这种情况的原因归结为经济问题。所谓半日班，类似于半工半读的补习班，只上半天课；而裁缝科则不必多说；所谓经济问题和女子自立以及家庭生计有关。这个现象的一切都在回应女学设立的初衷，学习一门手艺，补贴家用。也就是说，这批率先加入官办体制的女生，在用自己的行动服从体制的设计，迎合设计者的想象，她们对其他的科目没多大兴趣，对于更完备的个人发展也并不热心，女学的价值只能

---

①② 女学开考踊跃[N].国民白话日报，1908-8-29.

在家庭的场域中才有效，才能有被检验的资格。美国教育学家阿普尔（Michael W. Apple）认为"学校不'仅仅'是复制生产的机构，无论是潜移默化还是直接灌输，这些机构传授知识的方式都是冷冰冰的，把学生们打造成了能够并且迫切想在不平等社会里挣扎求存的被动者"①。此时的女学校教授女工，也是用一种表面上看起来充满热情、实则冷酷无情的方式催促着女性"自力更生"，同时也暗示了女性实现自我价值的场域划分。女工课程报名踊跃，看似被动的女性主体在女学系统化的过程中主动做出选择，但是这样的"主动选择"中也包含了无意识中被男性的"她者"想象规训的结果。《章程》的制定者也十分清楚社会中重男轻女的风俗，但是在他们看来扭转这种风俗的不应该是女子，也不应该是女学要解决的问题，女性活动的范围与家庭外部的改革是完全割裂开来的。"中国男子间有视女子太卑贱，或待之失平允者，此亦一弊风；但须于男子教育中注意矫正改良之。至于女子之对父母、夫婿，总以服从为主"②，风俗之弊需从男学入手，和女学无关。

官方办学的指导思想，知识分子对于"国民之母"和"女国民"的想象重叠，使"男女平权"的口号在提出伊始就有了先天缺陷。在官方女学推行了几年之后，"男女平权"的主张仍被斥为异端——"如今有人，本来读书识字无多，偏不打算安常守分，不是讲究家庭革命，就想男女平权……凡为妇女，果然有些道德才干，何愁不到平权哪。咳，何必重此邪说"③。女性接受了教育启蒙，势必有男女平权的主张，不管女学的初衷如何。新的知识结构带来的

---

① Michael W. Apple. Education and Power [M]. NY: Routledge, 1995: 13.
② 奏定女学堂章程折 [A] // 璩鑫圭、唐良炎编. 中国近代教育史资料汇编 [M]. 上海：上海教育出版社，1991: 576.
③ 皆窳. 邪说流行 [N]. 天津白话报，1910-7-18.

是主体性的觉醒，而在女学发轫之时，各方都有接受新知识、恪守旧道德的理想女性想象，这是不可能实现的。鲁迅曾说："女人的天性中有母性，有女儿性；无妻性。妻性是逼成的，只是母性和女儿性的混合。"① 此话用来描述晚清白话报中女子的尴尬处境也十分贴切，还是女儿时所受的教育被认为不完备，成为母亲后对孩子的教育又被认为不合格，为了迎合新的标准而入女学，却将自己作为一个独立人的平权诉求淹没在了救国保种的话语体系中，其现时的存在也被作为陈旧的阴影一笔勾销。如此情况下，"男女平权"作为一个时代性诉求，在新名词的虚空幻想和传统女教的话语改造中挣扎求存。

第二节 "说是女学生说是野叉娘"

放足后的女性从学校到工厂，艰难地开辟出一条"男女平权"之路。1901年，《京话报》连载《泰西妇女近世史》，以编年体的形式白话演绎19世纪西方妇女运动大事记，提及1836年美国妇女争取选举权，过程一波三折，此处略去不提。重点在于作者（即白话演绎者）联想到当时中国女性争取男女教法相同，不禁感慨："想起近来妇女所有的权。那［哪］一件不是妇女自己争出来的……女人既有了教训。格外有本事。能做大事。也就更想着跟男人争胜了。"②

"男女争胜"是"男女平权"思想传播的结果，而"男女平权"的呼声又与女学密不可分。回溯19世纪后半叶，教育权一直是晚清

---

① 鲁迅全集（第三卷）[M]. 北京：人民文学出版社，2005：555.
② 泰西妇女近世史 [N]. 京话报，1901-10-15.

"兴女学"的基石，在"女权"作为一个专有名词引入中国之前，"女学"已是晚清社会关注的议题。1874年，美国传教士丁韪良在其主编的《中西闻见录》上介绍英国近事，赞其女子好学，"与男学同科争胜者"日渐增多[1]，男女"争胜"之语已见报端。翌年，该报又登文报道当时的日本皇后出资捐助日本女学[2]，文章借此激励晚清学界兴女学之意不言而喻。1876年，《申报》连发《论女学》《书〈论女学〉后》和《再论女学》[3]，三文相互呼应，从介绍泰西诸国女学之盛到反思本国"女子无才便是德"的谬论和溺杀女婴的恶习，进而条陈女学益处，皆不出持家训子的范畴。丈夫若在家便可夫妻同学、举家和睦，若丈夫出行，妻子仍可操持家事、教育儿女。此外，女学可使女子更加勤俭、洁身自好，对于改善社会风气亦有帮助。可见晚清女学之兴虽得益于西方现代教育观的输入，但当时知识分子鼓吹女学的理论根本，仍来自传统的《女诫》"四行"——妇德、妇言、妇容、妇功。这番对女学的认识极大影响了后来知识界对"女权"观念的引入。二十年后，梁启超的雄文《变法通议》从经济上的生利分利、家庭和睦、母教、胎教（生育）四个方面提倡女学并驳斥"女子无才便是德"和"吾之所谓学者，内之以拓其心胸，外之以助其生计，一举而获数善，未见其于妇德之能为害也"[4]。梁氏提倡兴女学的依据固然更为系统，然而除了引入了经济上的生利分利之说以外，其他论述的基本点与二十年前《申报》上议论女学的文章并无太大不同。只不过此时"男女平权之论"起于美国，经日本传入中国，对此梁氏将"男女平权"与"男学女学相

---

[1] 英国近事 振兴女学[J].中西闻见录，1874(19).
[2] 日本近事捐助女学[J].中西闻见录，1875(31).
[3] 参见《申报》1876年3月30日、1876年4月7日、1876年4月11日.
[4] 新会梁启超.论学校六 女学（变法通议三之六）[J].时务报，1897(23).

合"联系起来，作为判断国力的标准，由于美国当时已经基本实现了男女同学，被用来证明"女学最盛者，其国最强，不战而屈人之兵"[1]。至此，接受教育的基本权利与女性寻求自身发展的联系被逐渐淡化，而强大的民族话语体系强势介入现代女性意识的构建过程。1898年，裘廷梁的侄女裘毓芳亦从国强民富的角度撰文主张男女学堂并重，"向使中国之人，无论男女，各有谋生之学，自养之术，将见商通而国愈富，人众而财益增，何贫弱之有？"[2]1900年，《清议报》分两期登载了《论女权之渐盛》的译文，原文著者是日本的石川半山，文章正式将"女权"作为一个专有名词介绍给中国的读者，简单梳理欧美女权发展近况后，认为"男女之争，实为二十周年一大关键也"[3]。随着时间的推移和风气的转变，"男女争胜"以求"男女平权"的观点得到越来越多的呼应，如康有为的《大同书》、马君武对斯宾塞和约翰·穆勒女权思想的译介等。马君武在其1902年所译的《斯宾塞女权篇》中指出，"人莫不有平等之自由（Equal freedom），男人固然，女人何独不然？"[4]又在1903发表的《约翰弥勒之学说》中介绍英国学者约翰·穆勒的《女人压制论》（今译《妇女的屈从地位》，The Subjection of Women），从五个方面略述穆勒的男女平权思想。同样在1903年，金天翮出版的《女界钟》也借鉴了约翰·穆勒的思想，并在第五节针对女子教育列出了自己理想中女子师范学校三年的课表，科目囊括了文法、理化、唱歌、体操、经济、法律等，期望能培养出"女豪杰""女国民"，投

---

[1] 新会梁启超. 论学校六 女学（变法通议三之六）（续第二十三册）[J]. 时务报，1897（25）.
[2] 金匮女士裘毓芳梅侣. 论女学堂当与男学堂并重[A] // 全国妇联妇女运动研究室编. 中国妇女运动历史资料（1840—1918）[M]. 北京：中国妇女出版社，1991：98.
[3] [日] 石川半山. 论女权之渐盛（接前册）[N]. 清议报，1900-6-17.
[4] 马君武. 马君武集[M]. 莫世祥编. 武汉：华中师范大学出版社，1991：16.

身革命①。林宗素之序盛赞其为"我中国女界之卢骚"②，而另一篇序言的作者黄菱舫欲将"欧美人类同等男女平权之说"移于东土，俟其在当时中国女界大放光芒，在其看来《女界钟》无疑是连接"人权"和"女权"的桥梁。女性受教育的权利和西方宣扬的人的主体性实现了对接，仅就和男子一样接受教育方面，女性获得了更多的舆论以及政策支持，认可了对女性作为一个"人"的基本权利；但另一重对接，即晚清学人心目中的"女国民"与官方女学试图培养的"国民之母"的对接，其背后是国民话语和教育体制之间的碰撞和磨合。

1908年，《国民白话日报》登载了一则女子报考女师范不中的消息，题为《说是女学生说是野叉娘》，称安徽有某太守的侄女报考女师范学校未中，坊间传言是由于该女子素有"野叉娘"之称以致落榜。该女闻言颇觉不平，于是具禀申辩，女师范学堂监督回复：

> 查该生的试作，气象蓬勃，词意激昂，很好很好。但词近国民的教育，与本堂家庭教育□异，所以未取。该生青年英杰，何妨校外自修？候他日有小学相当的位置，推荐该生主之，一吐巾帼之气，似也未晚。何必信狂徒谣言，琐琐申辩，以争一时之得失呢？③

几天后出版的《杭州白话报》也使用浅近文言报道了此事，除

---

① 金一.女界钟[M].上海：大同书局，1903：39—40.
② 林宗素.侯官林女士叙[A]//金一.女界钟[M].上海：大同书局，1903：2.
③ 说是女学生说是夜叉娘[N].国民白话日报，1908-9-4.

了补充该女子的具体姓名为恽琦外，大体文意与《国民白话日报》的报道无差——

> 经监督批谓该生试作，气象蓬蓬勃勃，词意慷慨激昂，有才有胆可泣可歌，儿女天性，英雄本领，于此可见一斑。我中国女子果真有此识见，何患不转弱为强？惟词近国民教育，与本校家庭教育宗旨不和，是以割爱弗录。该生青春英杰，绝顶聪明，此刻何妨校外自修？俟他日风气大开，女校林立，有小学相当之席，推荐该生主之，一吐巾帼之气，似亦未晚。女丈夫光明磊落，何必信狂徒浊言，琐琐申辩，以争一时之得失云云。①

《国民白话日报》省略了《杭州白话报》报道中有关女学与国运的几笔铺陈，直接切入正题，即女师范的教育体系是家庭教育，但恽琦慷慨激昂的文字阐发的是国民教育思想。究竟该校招生的试题如何我们还不得而知，恽琦的试作也并未公开，但是结合坊间"野叉娘"的传闻仔细分析校方的回复，有几处值得玩味。第一，恽琦试作的文风颇有男子气概，这和"野叉娘"的传闻形象重合，然而校方坚称不录取该生并非由于传闻，而是因为试作表达的国民教育宗旨。在校方看来，国民教育和家庭教育并无直接联系，所以恽琦的文章虽好，但是偏题了。未录取是因为偏题，和"野叉娘"无关，尽管恽琦的文章确实气象蓬勃。回想梁启超、金天翮等人对于"女国民"的鼓吹、对于"女豪杰"的欣赏，现实中有胆有识颇

---

① 批慰投考女师范未取之学生［N］.杭州白话报，1908-9-8.

具男子气概的"女丈夫"却因为一篇关于国民教育的雄文被女学校拒之门外，不禁让人哑然失笑。第二，学校不仅试图回答恽琦未录取的原因，还试图"规劝"其切勿听信谣言，"琐琐申辩"，似乎责怪这名考生有无理取闹小题大做之嫌。此时学监对恽琦的称呼成了"女丈夫"，身为女性的恽琦被百姓安上了男性化的"野叉娘"绰号，又被女校戴上了"女丈夫"的高帽，她滞留在了各方不同女性想象的灰色地带。为了安抚恽琦，校方还许诺会在女学林立时推荐教职，这显然是一个不知何时才会兑现的承诺。恽琦申辩的直接导火索看似的确是"野叉娘"的谣传，然而细究其申辩的根本动因，无外乎是对自己观点的自信。如果校方的说法属实，恽琦就是对自己那篇关于国民教育的文章充满了自信，为此她需要争取自己入学的权利，可这次诡异的是她争取的不仅是要入学，还是专为女子所设的女学。这就牵涉到了第三点，国民教育和校方所谓的家庭教育究竟指的是什么？倡导"女国民"的知识分子和倡导家庭教育的办校者，以及风传年方十四五岁的"野叉娘"恽琦落榜的百姓，他们对于优秀女性的想象究竟有几分重合，分歧又在哪里？

对于上文论及的知识精英而言，与其说他们想象的是"女国民"，不如说是"国民之母"，"女国民"称号的合法性在于教育培养下一代的"准国民"。光绪三十年（1904年）上海文明书局出版发行了一册《女子新读本》，编者杨千里在该书导言中提到，"然而女子者，国民之母也。不教育女子，不能教育国民。然而，女子而不以教育国民者教育之，则与不教育等"[1]。杨千里的话颇有代表性地概括了当时女学和国民教育的关系。女性争取受教育的权利是

---

[1] 震泽杨千里.女子新读本[M].上海：文明书局，1904：1.

为了尽教育子女的义务，这就是对国家尽义务，这种国民话语逻辑精炼为四个字的构想——"国民之母"，这个光荣而沉重的称号在某种程度上成了近代女性的另一重枷锁。卢梭在讨论国家创制作为一种个体结合的形式时，着重点在于这种结合"使得每一个与全体相联合的个人又只不过是在服从其本人，并且仍然像以往一样地自由"①，国家形式只是实现个体自由的途径，进一步说，这应是率先引入"女国民"形象的晚清先驱与借用现代教育躯壳的"传统"女校产生分歧之处。梁启超在一开始赞颂卢梭思想时也准确把握了这一点，认为邦国所立，"人人皆属从于他之众人，而实毫不损其固有之自由权，与未相聚之前无以异"②，然而卢梭的个人自由修辞显然不适用于当时的中国，梁启超等人对于卢梭思想的看法逐渐发生了转变③。从倡导女学这方面看，这种话语的调整就是逐渐将女性主体自由的要求规训在国民修辞框架之中，于是本应有分歧的"女国民"和"国民之母"在特殊的时代环境下将彼此的共同之处无限放大，同时忽视了分歧点，那么恽琦借国民教育之文应家庭教育之旨也就不足为怪了。可惜的是，入学事件证明这是她的"误解"。

第三节 "男女平权"与"男女有别"

"男女平权"之论渐起时，反对者认为提倡平权会导致夫妻伦常的崩坏。对此，除了有学人出于"现代性的焦虑"将其放入西方文明发展的脉络中进行考察和辩解之外，也有人试图从传统女教中

---

① [法]卢梭.社会契约论[M].何兆武译.北京：商务印书馆，2005：19.
② 梁启超.政治学案第九 卢梭学案（未完）[N].清议报，1901-11-21.
③ 梁启超对于卢梭思想态度的转变可参见王瑶的博士学位论文《卢梭与晚清中国思想世界（1882—1911）》，华东师范大学，2014年。

汲取资源，或以古制附会，在不引发舆论矛盾的基础上求得男女权利的调和。

《京话报》从创刊伊始就连载的《泰西妇女近世史》可以视为以中国古制附会西方男女平等现象的典型例子——

> 现在外国的教化，是一天好似一天，人情风俗，都是很醇厚的，所以男女之间，彼此可以宴会往来，与我们极古的时候一样。你们要知道，这却不是男女无别，这正是他们有了教化，人人都能够遵守礼仪，没有那些个奸淫邪荡的心思，所以才能如此。但是他们一百年前的时候，也跟咱们现在一样，把那男女有别的四个字讲错了，简直的一举一动，都要防备起奸情来了。①

将西方"现在"的风俗人情视为"醇厚"，同时认为当时的晚清社会误解了"男女有别"四个字，如此解释"男女平权"的合理性，就把对中国现制的批判和对西方古代蛮风夷俗的鄙视放置在了一个层面，中国在文明起源的时间轴上仍旧占得了先机。换言之，对西方近制的赞赏并不是重点，重点落在了与之类比的中国古制上，"男女平权"既然本是我古制所有，那么对它的提倡就是对古风的赞美，本来具有冲击性的西方观念经过这样一番诠释调整为"好古"的自我安慰，多少冲淡了一些中西比较的焦虑。

如何证明"男女平权"非但不是"邪说"，而且还对当时的中国社会大有裨益，除了母教的老调重弹外，从"男女平权"到"男

---

① 泰西妇女近世史[N].京话报，1901-8-15.

无不妥，然而和"天赋人权"引申而来的西方理论资源相比，这样中西调和的思路很少从女子自身利益和个体价值出发，而是频频为经典做翻案文章，翼教之心比伸女权之心更为迫切。难怪有识者将矛头直指当时女校中的伦理和家政两科，认为前者"非迫女子为家庭奴隶，即迫女子为国家奴隶"，后者"以治家属女子，其所谓平等者安在？"① 虽然用词偏激，但也反映了女权观念变迁过程中，觉醒的女性意识和旧有的女教体制之间的冲突。

无论"男女平权"是平分权利还是享有同等权利，抑或两者兼而有之，男女平权的理想状态究竟应是怎样的面貌，近代学人各有论述。包天笑以"妙飯女士"之名谈到女性缠足之前与男子一样享受的平等权利，"人有男女的区别，是天生下来已经分定了，只要男勤男的职分，女做女的事业，各尽其道，也不曾薄待了女人"②。但究竟如何才算"男的职分"和"女的事业"，包天笑却没有详加说明。康有为则在《大同书》中设想了"女子升平独立之制"，列举十一条制度，从教育、参政议政、婚配、交际礼仪甚至服饰等各个方面想象了男女平权之后的情形。对于男女婚姻，康有为认为"盖男女既皆平等独立，则其好约如两国之和约"③，男女之间不能再以夫妻相称，婚姻期限可以像合约一样，签订一个月以上一年以下，到期可以续约也可以解约。康氏的设想带有浓重的乌托邦色彩，条目林立事无巨细地展现出他眼中男女平等的社会。相比较而言，《安徽俗话报》上这篇有关"男女平权"的设想就显得十分简单——

---

① 志达.女子教育问题[N].天义，1907-12-30.见万仕国、刘禾校注.天义·衡报（上）[M]. 北京：中国人民大学出版社，2016：194.
② 妙飯女士.论妇女缠足的大害[J].苏州白话报，1901（05）.
③ 康有为.大同书[M].沈阳：辽宁人民出版社，1994：193.

男女平权，好比天平称金银一样，必须金银和砝码相等，方能算得平权。并非叫这样无知无识的女子，天天在男子面前拿身分，却是叫女人和男子一样受教育。女子既有了学问，凡男人所能干的事业，女子自然也能干了，到这时候，才算得男女平权呢！①

然而对于这样"黄金时代"的描述，又返回到"男女都一样"的祛性别化描述中。女学自然是争取男女平等的基石，但是受过教育的女性是否就可以实现"男女都一样"呢？有了同样的权利，就可以做同样的事业，事情显然没有那么简单。在此，"平等"与"平分"的解读似乎陷入了西方女性理论也难以避免的两个圈套。如果强调"平等"，"平等"的极端表现就是去除性别差异，男女都一样，否定男女的差异形成另一套强制系的话语逻辑。如果强调"平分"，无论哪一种分法都会被诟病，因为任何一种划分的背后都是对性别优势和劣势的分析，而这种分析带有的主观成分使其极难摆脱性别本质主义的指责。再看这段引文中，除去对男女平等的单纯设想外，还有一耐人寻味之处，就是所谓在男子面前"拿身分"的女子并不能作为"男女平权"的代表。这样的女子在该文中具体指的是家中未受教育无理取闹的悍妇，这类悍妇显然有违"妇德"，也不为新学接受，而晚清的各种妇德新解也成为调和古今解释"男女平权"的切入点。最典型的莫过于《无锡白话报》(《中国官音白话报》)的主笔裘毓芳。裘毓芳行文的迂回曲折，既可以作为现代女性意识萌芽的个例——即裘毓芳本人在进行白话创作时，其内心

---

① 铁仁.女子教育[N].安徽俗话报，1905-6-17.

对西方自由平等的理解和多年传统女学教化的影响相互缠绕，呈胶着之势；同时也可以视为当时男女两方精英相处模式的一个缩影，女性先驱与同样倡导性别平等的男性先驱之间仍然遵循着"遵从"与"引导"的"师生"而非"伙伴"关系。在这个基础上建立起来的"男女平权"宣传虽然传播效率较高，但总是无法摆脱社会中早已根深蒂固的"重男轻女"偏见。尽管如此，当时的论说者还是以决绝的态度顽强实践着"在不平等中寻平等"的性别解放之路。比起裘毓芳的隐而不发，同年《女学报》上王春林的一篇《男女平等论》，论述更为犀利——"或者曰：贞节妇人之要道也，男女无辨，家将不能以齐也。然而男何以不贞节，不责之男而仅责之女，其可乎？"① 该文"贞节"的焦点集中在一夫多妻制上。作者暗示世俗的双重标准成为男女平权的绊脚石，此处对于女德的讨论已经不再仅指向女性修身，而是将矛头对准了双重标准的社会制度。随着时间的推移，通过女子修妇德，以阴阳调和之说支撑"男女平权"的论述也受到了挑战："《周易》言乾父道也，夫道也；坤母道也，妻道也，乾为天，坤为地，天尊地卑，乾坤定位。今者地球为一行星之说既明，天地既不成对待，男女之道德岂有异同哉？"② 天圆地方之说已破，这不仅冲击了国人"天人合一"的哲学，也冲击着据此判定的男女地位。男子可以有"女性"，女子亦可有"男性"。颇有意味的是，该文引下田歌子之言，八国联军攻破北京城时，男子执顺民旗甘为向导以自保，女子为联军所辱者无不自杀，以此证明女子有"男性"。王春林此文虽然驳斥了扶阳抑阴的谬论，但是细节之

---

① 王春林.男女平等论［A］//全国妇联妇女运动研究室编.中国妇女运动历史资料（1840—1918）［M］.北京：中国妇女出版社，1991：142.
② 巾侠.女德论［N］.中国新女界杂志，1907-2-5.

处仍不时受到"为国守节"的礼教影响。无独有偶,《新世纪》上也曾登载一篇名为《女德篇》的文章,开门见山例数女德优于男德的几点特性,也提到了"女子重节"①。"女德"摆脱了"阴阳调和"论,却无法摆脱和"男德"一样被纳入救亡话语体系的命运。而此时的"男女有别",则变成了女子比男子更为"重节"。

诚然,"男女平权"至少在理论上塑造出了崭新的"女国民"形象,但这种新女性只存在于抽象的"国民之母"身上,现实中的"野叉娘"发现自己无法融入以培养母仪规范为标准的女学体系中。晚清白话报中"男女平权"的提倡仍以"男女有别"为界,家国革命中男女的角色也被预先设定,特殊的时代造就特殊的国民话语,仅有的女性呼声也转化为救亡的呐喊。但即便如此,有一些女子听了白话报、阅报社的宣传,放开了自己的小脚;有几名女学生入学,班上同学不多,回家要有专人接应,因为街上并不安全;有实在抽不出空的女性,听闻报纸的宣传,报了学裁缝的半日班;而缫丝厂和纺织厂的女工,仍在为生计忙碌……"男女平权"论在晚清的兴起和接受,因为男性的代言,存在着先天的不足,甚至在一开始带有某些谬误和偏见。但不可否认的是,这样的代言推动了女学的发展,也让更多的女性从争取宝贵的教育权开始意识到属于自己的权利。只是需要时刻留意的是,"男子之倡女权因女子之不知权利,而欲以权利相赠也,夫既有待于赠,则女子已全失自由民之资格"②,女性如何才能结束"待赠"权力的阶段,有意识地争取自己的平等和幸福,路途漫漫,还需上下求索。

---

① 鞠普.女德篇[J].新世纪,1908(48).
② 龚圆常.男女平权说[J].江苏(东京),1903(04).

第六章 "自由""结婚":晚清白话报章中的婚姻观念

（1）改造出新中国　要自新人一起　莫对着皇天后土
（2）可笑那旧社会　全凭媒妁通情　待到那催妆却扇

（1）仆仆行空礼　记当初指环　交换拣着　生平最敬
（2）胡闹看新人　如今是婚姻　革命女权　平等一夫

（1）最爱的学堂知一己　任你美妙　花枝氤氲
（2）一妻世界最文—明　不问南方　比目北方

（1）香盒怎比得　爱情神圣　涵天地　会堂开处
（2）比翼一样是　风流快意　享难尽　满堂宾客

（1）主婚人到　有情眷属　人天皆大　欢—喜
（2）后方跳舞　前方演说　听侬也奏　风—琴①

---

① 自由结婚［J］.女子世界，1904（11）.

新中国要靠新人来创造，这首歌谣出自《女子世界》的《唱歌集》，既描绘出了自由婚姻的美好图景，也暗含着对旧婚姻制度的种种不满。涂脂抹粉的旧主妇不如进过学堂的新媳妇，旧式婚礼的粗俗喧闹对比新式婚礼宾客之间的有礼有节，择偶观、婚姻观的冲突折射出的是社会转型期间对自由、知识、平等的向往。看似只是从媒妁之言到现代婚约的演变，可晚清多少学人将其和人种进化、社会进步联系在一起。在靠新人创造新中国之前，必定有"旧人"做铺垫。前方演说、后方演奏的和谐景象毕竟不能一蹴而就。为了给新旧婚姻找到合适的过渡，也为了防止二元对立的思维被名不副实的婚姻自由鼓吹者利用，晚清报刊对婚姻自由的宣传也在激进和保守的两极间寻求平衡。晚清白话报除了论说婚姻自由的重要性外，也登载了不少文艺作品，试图在新型婚姻和旧家长制之间找到妥协的方法。放在时代大背景下看，这些跃然纸上、从旧制度而来的"新人"无疑也是观念碰撞的产物。"自由结婚"或"结婚自由"的口号鼓舞人心，可很少有人注意到这四字口号在传播过程中已经被拆开，成为"自由"和"婚姻"，对当时的女性来说"自由""结婚"的意义并不是一张现代婚约能够全部承载的。

第一节　自由结婚与人种改良

严复在《群己权界论》中，以"自繇"对应穆勒的"liberty"，从中文"自繇""不为外物拘牵"的本意切入，指出"但自入人群而后，我自繇者人亦自繇，使无限制拘束，便入强权世界，而相冲突","故曰人得自繇,而必以他人之自繇为界"①。虽然严复用中文古字对译"liberty",但此处"自繇"已是来自西方法制社会的舶来品了。中国社会率先尝试西化自由的典型例子,便是自由结婚。1902年蔡元培和黄世振的新式婚礼,抛却了父母之命、媒妁之言,成为日后引发"自由结婚"宣传热潮的标志性事件。与此同时,"自由恋爱"作为外来词也逐步融入清末社会文化的肌理中,从一个普通民众联想到私情泛滥的旧观念,转变为一种性别平等的观念启蒙。②无论是"自由结婚"还是"自由恋爱",都涉及择配的关键环节,强调男女双方、特别是女性对于配偶的选择自由,这是各大报刊媒体宣传的着力点。在具体的宣传过程中,严复试图解释的互为拘绊的"自由",也生动地体现在了"自由结婚"的议题中。在相关文字中与关涉个体"婚姻"次数最多、涉及面最复杂的,便是"国族"以及随之而来的种族改良问题。

1904年,冯平以"壮公"为笔名,在《女子世界》上发表《自由结婚议》,讨论和自由结婚相关的几个问题。该文高度概括了近代知识分子提倡自由结婚的主要原因以及随之变化的择偶标准,主要观点包含以下三个方面——第一,自由结婚基于男女爱情的自然发生,但又不只关涉男女个体选择,更关系到国家未来的兴衰;第二,正因为自由结婚"牵一发而动全身",承担着更多的使命,所以择偶必须谨慎,一旦有所偏差,不仅婚姻不幸,更会连累整个国族;第三,自由结婚只能由自治自立者享有。"男女之爱情深者,其

---

① 严复.群己权界论[M].北京:商务印书馆,1981:vii.
② 杨联芬指出,19世纪来华传教士的翻译最早开始将"love"对应"恋爱",但中国对于"恋爱"观念的接受,受日文译介和留日学生的影响更深,最终"恋爱"一词与清末民初"自由结婚"思潮结合,并在五四运动中与西方个人主义等思潮进一步结合。参见杨联芬."恋爱"之发生与现代文学观念变迁[J].中国社会科学,2014(1).

家必兴，其国必强，其种必繁盛，其社会之进化必速。"[1]冯平认为两性之间互相吸引，是家庭幸福的前提，而家庭幸福必将迎来国族的强盛，最后实现整个社会的进步。虽然是为了个体的婚育自由摇旗呐喊，但落脚点却是家国同构后的人伦进步和社会革新。这样看似简洁利落、层层递进的论述虽然值得商榷，但在当时的社会背景下，引入中国不久的优生学和社会进化的思潮合力，自由结婚在舆论鼓吹中承担了"强国保种"的任务，成为实现人种"进化"的关键一环，这样的论说逻辑屡见不鲜。自由结婚的使命如此重要，乃至"一朝贻误，悔恨终身，彼此之爱情伤，而家国、种族、社会，由此皆蒙其害矣"[2]。冯平并没有具体说明婚姻失败对国族具体造成了哪些负面影响，但《杭州白话报》曾从"智与愚的关系"和"强与弱的关系"两个方面阐明了失败的婚姻将如何影响社会，可与冯平的观点互文。文章作者铁秋认为与"有义行"的人家结亲不但利己，而且利国，但是如果所嫁（娶）非人，那受害的也不仅限于夫妻双方——

> 如若不是孝悌义行人家的子女，一旦配成了夫妻，能保定所生的子女皆为孝悌义行的一路人吗？生了个贤子贤女，于家族有好处，就是于社会有好处，于地方有好处，□于国家有好处。若生个愚子愚女，内而家族受了遗传，外而社会受了牵累；小而地方没有好榜样，大而国家没有好人物，这种坏处岂小么？[3]

---

[1][2] 壮公.自由结婚议[J].女子世界，1904(11).
[3] 铁秋.议婚新约[N].杭州白话报，1908-10-26.

铁秋看似在讨论"智与愚的关系",实际上却在分析贤义与否的关系。借用传统母教的观点,儿女德行有失,必定因为长辈教育失当,后辈成人后的德行总是与长辈相似。至于"强与弱的关系",自然就又牵涉到人种了——

> 父母强的生下子女有不强的吗?父母弱的生下子女有不弱的吗?强的既是一代强一代,弱的也是一代弱一代。生男子还是弱了自家,生女子反是弱了人家。由子女又生子女,就是由一家传染多家,由家族弱到社会,由社会弱到地方,由地方弱到国家。推源祸始,皆从夫妇生出来的;推源夫妇的祸始,皆从两家初议结婚时生出来的。①

从文中"传染""遗传"等用词判断,作者对与生育有关的卫生保健知识有所知晓,但对这些舶来概念的具体指涉不甚清晰。有趣的是,作者只是沿着个人到家国的逻辑线索反复演说,并不具体指摘当时男女婚配的主要方式——时人所抨击的包办婚姻。虽然他举出的例子恰好印证了冯平文章论述自由结婚的重要性,可这篇《议婚新约》似乎并不在乎婚配形式,只是给予男女青年一点忠告,让他们从生育的角度谨慎择偶而已。面对保守的包办婚姻和相对开放的自由婚姻,不少人的态度犹疑不定。就从冯平文章说明的第三点来看,冯平强调自由结婚只能自治自立者享有,绝非易事,由此引出了他认为万全的择偶标准,"宜注重于体质也""宜注重于性情也""宜注重于学识也""宜注重于品格也"②。值得注意的是,冯

---

① 铁秋.议婚新约[N].杭州白话报,1908-10-26.
② 壮公.自由结婚议[J].女子世界,1904(11).

平认为"体质"是男女婚配考虑的重中之重,结合这篇文章的立场,"体质"是对生育的保障,也是实现强国强种、社会进步的前提。

冯平的文章篇幅不长,却花了近一半的篇幅讨论个人婚姻和国家社会的关系,随后的讨论才开始与自由个体做出婚姻选择真正相关,讨论的是"身"的自由;而之前的议论基本都是围绕个体抉择对国族大局产生的影响展开,这在无意间给自由结婚加上了文明进化的"枷锁"。无论是铁秋还是冯平,数次强调婚姻择偶必须慎之又慎的背后,其实是一种对自由结婚的暧昧态度。他们对婚姻的理解只停留在"生育"和"母教"上。一方面,女性有了从包办婚姻中挣脱而出的希望,至少在舆论的正面宣导中,可以和男性一起平等地尝试恋爱和婚姻的自由;但另一方面,且不论这种对自己人生的把握还处在空中楼阁的幻想阶段,也不论自由结婚和自由恋爱一度被曲解成"始乱终弃"的文学演绎,背负着生育重任的女性在这股自由结婚的风潮中还没有真正享受到作为一个自由人"身"的自由,就面临着"生育"的不自由。

严复将进化论的观点引入中国后,"物竞天择,适者生存"的口号嵌入当时社会思潮的齿轮,冲击着整个社会机制和观念体系,其中也包括国人的婚育和性别观。近代知识分子借进化论反思自身文明在整个世界文明秩序中的地位,与之而来的"落后"焦虑投射到文学创作、翻译著述和报章演说对人种优劣的辨析和假想中。"优生"与"进化"理论在学理剖析和舆论宣导中与近代知识分子对"新国民"的想象产生了共鸣。严复翻译赫胥黎的《进化论与伦理学》(*Evolution and Ethics*),删去了原题中的"ethics"和与伦理有关的一些篇章,直接将译本命名为《天演论》,一时间"物竞天择,适者生存"的进化论观念对晚清学界产生了巨大冲击。严复用斯宾塞社会达尔文主义的观点翻译赫胥黎的著作，并非没有注意到赫胥黎和斯宾塞两人观点的内在冲突，而是想借赫胥黎的观点完善斯宾塞的论说。虽然严复在《天演论》自序中说"赫胥黎氏此书之旨，本以救斯宾塞任天为治之末流"①，实际上赫胥黎是否欲借该书"救"斯宾塞的观点还未可知，但可以确定的是严复本人十分想借该书的观点对斯宾塞思想进行补充和修正。赫胥黎原书的序言已经揭示出宇宙本质和伦理本质的相互关系："伦理本性和孕育出它的宇宙本性之间是相互对抗的。"②在该书结尾处，赫胥黎对人类通过努力改变宇宙进程是十分乐观的。但不可忽略的是，他对进化过程持有的态度并不像严复想"表现"的那样简单明快。在导论第一部分的末尾，赫胥黎引用康德的话——"注定要演化成一个新世界的每一团宇宙岩浆，已是其逝去先辈早就注定的结局"③。仔细甄别，这其中竟然夹杂着一种无能为力的、宿命论般的思想，和书末类似"事在人为"的结论之间或有抵牾。无论是原书的序言还是导论一的后半部分，都没有出现在严复的《天演论》里，而原书末乐观的"人为"基调还是完整地保留在了《天演论》中。有学者敏锐地指出这里的"天择"实际上等于"无择"，是人类对自然竞争的结果做出的拟人化的事后阐释；与其说"天择"，不如说"天则"④。也就是

---

① 严复.天演论[M].北京：华夏出版社，2002：8.
② 原文为：ethical nature, while born of cosmic nature, is necessarily at enmity with its parent. 参见 Thomas H Huxley. Preface Evolution and Ethics and Other Essays [M]. London：Macmillan and Co.1985：viii.
③ 原文为：every cosmic magma predestined to evolve into a new world, has been the no less predestined end of a vanished predecessor. Thomas H Huxley. Preface Evolution and Ethics and Other Essays [M]. London：Macmillan and Co. Ltd., 1985：9.
④ 何怀宏.试论《天演论》之双重"误读"[J].北京大学学报（哲学社会科学版），2013（06）.

说，选择的过程其实遵循的是某种选择的"法则"，而作为事后归纳总结的人，对法则才是最感兴趣。如果说严复想用赫胥黎伦理本性的观点修正斯宾塞的社会达尔文主义，令人费解的是他为何将赫胥黎书中牵涉到伦理本性的讨论删减了。这些都导致《天演论》留给晚清学界最大的冲击只剩下"物竞天择，适者生存"的斯宾塞式的口号。同时，鉴于对生存进化法则的重视，另一个同样来自西方的理论引起了当时学人对于"黄金后代"的美好遐想，这就是优生学，这门曾经的新兴学科在兴女权、复女权的近代女权运动中起到了特殊的作用。

在民族危亡的情况下，无论是主张兴女学还是倡导复女权，相关论说都离不开对女性生育能力的再三强调，即女子可以被改造为繁衍优等"国民"的母体，对晚清新女性的想象在起步时便带上了一层生物学意义。这不仅牵涉到民族文化观念的进化，也涉及国族人种的改良。1883年，英国科学家弗朗西斯·高尔登（Francis Galton，1822—1911）正式创建了优生学（Eugenics），优生学的重要理论基础是达尔文的进化论，试图以人为的种族筛选替代自然选择下的人种沿袭。用高尔登自己的的话来说，优生学即是"研究所有能够改善人种先天素质（the inborn qualities of a race）"的科学。[①]优生学对婚配尤其重视，特别是男女双方在结婚生子前的互相"筛查"和"选择"，翻译如下——

　　优生学家的一般任务很明确——引导年轻人对婚姻伴侣做

[①] Charles Benedict Davenport. Heredity in Relation to Eugenics [M]. NY：Holt，1923：1.

出明智的选择，从而改善人种；也就是坠入爱河的时候要足够机敏。①

优生学在生物学层面认为，婚姻是繁衍行为的实验；而孩子们，就他们呈现出的不同秉性来说，给出了实验的结果。②

优生学从诞生起，就用一种极端的科学理性看待婚姻，婚姻和人类的关系在优生学家看来只是人类优化自身属性的一次次实验。在此，婚姻的成功与否取决于生育出的后代是否更加"优秀"，换言之，是否更符合"物竞天择"的法则。除了对改良人类种族的痴迷，优生学还有一种向内指涉的归咎思维，而这与晚清一些急欲改良国人人种的观点产生了呼应。查尔斯·本尼迪克特·达文波特（Charles Benedict Davenport，1866—1944）是美国著名的优生学家，也是19世纪末20世纪初兴起的美国优生运动领袖之一。他曾经用A先生发疯的例子简明扼要地说明优生运动清除精神失常者的合理性——

A先生疯癫的原因可能是生意出了问题，也可能是工作太过繁重，但是成百上千的人都遭受过巨大打击，而他们继续工作，并没有精神崩溃，所以A先生发疯是因为他的神经系统抗压力不够。③

---

① Charles Benedict Davenport. Heredity in Relation to Eugenics [M]. NY：Holt，1923：4.
② Ibid.，p.7.
③ Ibid.，p.254.

这里将A先生发疯的社会因素撤除了，只简单地剩下生理因素。反过来说，如果A先生的神经系统足够强大，那么在这样的压力下是不可能发疯的。这种简单的归咎使人自身的生理素质凌驾于一切外部条件之上，这和晚清学人提出强身健体、自由婚配的逻辑有一致性。在坚信种族改良的知识分子看来，晚清的国运不济，究其原因，还是中国人相对劣势的身体素质无法和外族竞争，而资本剥削、殖民统治等外部因素则纷纷隐退到了幕后。

现在看来，这种基于种族优劣的"正义"其实有着巨大的伦理隐患，而这隐患终于在第二次世界大战中的种族清洗中大爆发。在战后反思中，优生学为战争的罪行"买单"，逐步淡出了学术领域。但是在20世纪初期，优生学进入中国后一路高歌猛进，并且和进化论形成"组合拳"，只不过那个时候的优生学还没有固定的中译名，在各种和优婚优育相关的论述中，常见的名称是"人种进化""人种改良""善种学"，等等。

"国民之母"和优生学对母性的强调，不仅涉及人类生殖繁衍的生物属性，更关涉社会进步和种族进化的文化属性。在严复出版《天演论》之前，梁启超已经在《变法通议·女学》中以"传种"释"胎养之道"，"常有不死者，离母而附于其子绵绵延延，相续不断"。[①] 梁启超所谓"传种"，就是早期的"遗传"学说，所谓"不死者"，即"基因"。他认为，女子不学，坐食分利已是一大弊端，不利于胎教和种族繁衍又是一大弊端，这种逻辑一直延续到了《新民说》中。"国民之母"到"人种改良"的论述，渗透到了报章演说、文学创作和学术争鸣之中，影响了时人对婚姻的认知。1919

---

① 梁启超. 论学校六（《变法通议》三之六）女学［J］. 时务报，1897（23）.

年陈寿凡的《人种改良学》，认为动植物的近亲繁衍会导致畸形的发生，遂影响整个种族的健康——"因自由选择配偶之障碍，势不免助长血族结婚之风，遂形成有特殊素质之种族，即在植物界及动物界，选择自由配偶困难之结果，发生新之素质，感染于其全族之个体，因而发生新种"[①]。对于自由结婚的倡导，陈寿凡从动植物繁衍选择的角度进行遗传学的类比阐释，至于"人"及个体自由意志的发展则不属于他的讨论范围，但这恰恰是人类与其他物种的一个重要区别。与民国初期逐步系统化、科学化的人种研究不同，晚清对于"人"的发展的讨论，更多出自一种接触西方科学后的文明想象。

鲁迅在留学日本期间，有感于进化论在中国接受之艰难，"进化之语，几成常言，喜新者凭以丽其辞，而笃故者则病侪人类于猕猴，辄沮遏以全力"[②]，遂撰文《人之历史——德国黑格尔氏种族发生学之一元研究诠释》，发表在1907年12月《河南》第一号上。该文虽是针对进化论的传播而写，但重点突出的是海克尔（Ernst Haeckel，1834—1919）的种系发生学。鲁迅在文中言简意赅地解释海克尔的种系发生学，"凡个体发生，实为种族发生之反复，特期短而事迅者耳，之所以决定之者，遗传及适应之生理作用也"。[③]海克尔的种系发生学与个体发生学相对应，鲁迅的解释其实就是海克尔研究的精髓所在，即他在1866年提出的生物重演律（recapitulation law）——个体发生就是种系发生的短暂而又迅速的重演。海克尔至今为人诟病的一点在于他的理论演化成一种民族

[①] 陈寿凡. 人种改良学[M]. 上海：商务印书馆，1919：148.
[②] 鲁迅. 人之历史——德国黑格尔氏种族发生学之一元研究诠释[A]//王世家、止庵编. 鲁迅注译编年全集（1898—1909）[M]. 北京：人民出版社，2009：236.
[③] 同上书，第241页。

主义，对高低等民族的划分为后来的优生学理论提供了思想资源。①但不可否认的是，海克尔的理论涉及种族伦理争议，但是在清末民初的特殊时期，他的学说和达尔文、高尔登等人的学说一起，刷新了一部分学人对于自身文明的认知，并开始重新定位中国文明在世界文明秩序中所处的位置。

在鲁迅以"索子"为笔名发表在 1905 年《女子世界》上的翻译小说《造人术》中，优生学虽然没有直接出现，但是结合小说的内容和文末周作人以及丁初我所加的按语，可以对鲁迅翻译这篇小说的意图略知一二。日本学者神田一三发现，《造人术》是按照日译本二次翻译成文言的，原文是 Louise J. Strong 发表在 Cosmopolitan 杂志 1903 年 1 月号上的 An Unscientific Story（《一个非科幻小说》）。② 鲁迅只是根据日语译本翻译了一小部分，只是该小说的一个开头。科学家伊尼他氏致力于研发"人芽"，接近于现在所说的"人造胚胎"。通过不懈的努力，"人芽"终于成活，并且睁开了眼睛，伊尼他氏欣喜若狂。鲁迅的译文到此戛然而止。虽然有学者考证鲁迅是在不知情的情况下，纯粹从人种改良的角度出发翻译了这篇小说，他不知道这篇小说后来的情节发展是"人芽"长成了怪物，科学奇迹成了科学灾难，这也是小说名"unscientific"的由来，并且小说作者是根据黑人和中国人的形象创造了怪物的外观。③ 小说本身种族歧视的意味和鲁迅对"造人术"改造中国人种

---

① 梁展在梳理海克尔种族等级观念的形成时指出，海克尔的种族分类以一种看似"科学的"方法为西方殖民者的殖民扩张寻找合法性。参见梁展. 从地理人种学到文化人种学——海克尔种族等级观念的形成 [J]. 中国图书评论，2012（2）.
② [日] 神田一三. 鲁迅《造人术》的原作·补遗——英文原作的秘密 [J]. 许昌福译. 鲁迅研究月刊，2002（01）.
③ 王家平. 鲁迅译作《造人术》的英语原著、翻译情况及文本解读 [J]. 鲁迅研究月刊，2015（12）.

的科学奇想之间产生了张力,而周作人和丁初我的按语则为这一重张力添上了"国民之母"生育重任的背景解读。周作人以"萍云"为笔名,称鲁迅翻译此作"以世事之皆恶而民德之日堕,必得有大造鼓洪炉而铸冶之,而后乃可行其择种留良之术,以求人治之进化。是盖悲世之极言,而无可如何之事也"①。在周作人看来,对国人国情皆悲观的鲁迅幻想能够有将一切推倒重来、选良种延续国族血脉的办法。此话一出,便与优生学的主张不谋而合。而丁初我的按语更是直截了当地将这篇并不完整的科学怪谈落实在了中国的女学上,"铸造国民者,视国民母之原质,铸造国民母者,乃视教育之材料"②。至此,这篇科幻小说的原文已经不再重要,重要的是在中国本土化的解读中,形成了一条完整的"国民之母"→"养育后代"→"人种改良(进化)"的逻辑链条。

民国时期的优生学家潘光旦,于20世纪20年代在美国优生学馆受到达文波特的指导和启发。回国后,他大力提倡"新母教",指出"新母教"应有五大要素,分别是"择教之教""择父之教""胎养之教""保育之教"和"品格之教"。其中"择教之教"重新阐释了"学养子而后嫁","择父之教"则教育女子如何慎重选择夫婿,至于"胎养""保育"和"品格"分别对应了女性怀孕、育儿启蒙、入学后的德育培养等不同的阶段。③作为潘光旦优生学研究的一部分,"新母教"可谓是优生学在地化的一种尝试,可以发现民国年间的优生学已不只是零星的译介,而且保留了对中国社会、特别是性别伦理剧变的强烈关注。民国年间随着男女平等议题的进一步深入,女子教育逐步完善,法律制度也对女性的权益进行了更

---

①② 索子.造人术[J].女子世界,1906(4、5).
③ 潘光旦.优生与抗战[M].上海:商务印书馆,1947:177—182.

多的保障，女性有了更多的自主权和选择权，但优生学倡导者始终强调女性成长、择偶的目的性，其改善人种的焦虑并未随着时间的推移而消减，反而因为连年的战火而加剧。这其中的历史呼应，可以回溯到清末民初知识分子构建起的"国民之母"。①

1923年，《东方杂志》社将陈长蘅和周建人所写的几篇与进化论、优生学相关的论文编为一本小册子，名为《进化论与善种学》，作为《东方杂志》二十周年的纪念刊物，也是东方历史文库收入的第五十种书。陈长蘅在书中解释"进化之真象"时，将宇宙万物的进化分成两类："（甲）天演之进化（Natural Evolution），（乙）人演之进化（Human Evolution or Progress）。人演之进化复分二种：（一）人文之进化（Acquired or Traditional Progress），（二）人种之进化（Racial or Eugenic Progress）。"② 陈长蘅认为，人类出现之前都是"天演"，人类出现之后都是"人演"，但是即便"天演"受人类指挥，人类还是不得违背"天演"的公例。而在具体分析"人演之进化"时，陈长蘅主要借鉴了英国优生学家撒里比（Caleb William Saleeby）的观点，认为"人种进化"优于"人文进化"，因为后者只不过是外部的进化，前者则是人类自身的进化："人种之进化，谓人类社会，以婚姻之选择，国家之取缔，促天演之淘汰，而谋种族之改良。俾社会之中，恶劣分子，次第减少消灭；优强分子，次第传衍增多，然后种族日适于生存。"和达文波特的"实验论"一样，陈长蘅也将谨慎择偶和种族改良两者结合，在这里看到婚姻和生育虽然遵从传统伦理道德的先后秩序，但是依然是有所区别的，

---

① 笔者曾对潘光旦优生学思想的发展脉络进行梳理，参见曹晓华. 潘光旦笔下的"冯小青"及其他［J］. 读书，2020（05）.
② 陈长蘅. 进化之真象［A］//陈长蘅、周建人. 进化论与善种学［M］. 上海：商务印书馆，1923：5.

人种的改良重点在于生育而不是婚姻。值得关注的是，优生学的创始人高尔登，正是受了达尔文《物种起源》的启发，才着手创建了这一门全新的学科，优生学和进化论本来就是互有关联的。据蒋功成考证，"优生学"这个名称在1919年之前在中国就已经很流行了，而早在1899年，《万国公报》上的一篇译文就已经提到了"优生劣灭"①。很难确定优生学进入中国学界的具体时间，因为中国传统文化中的生育观念有一部分也融入了优生学的本土化过程。正如周建人所说，"民种改良的意见虽然极古，善种学这学问，在科学里，却是极新。因为他并非柏拉图亚里士多德的嫡派子孙，却全在遗传进化学上建立基础。寻他的先导。便只是达尔文所著的一册《物种的起源》"②。但可以确认的是，严复在1896年译成的《天演论》已经有部分篇章涉及人种改良的思想，稍晚刊行的章太炎的《訄书》，也有部分讨论生育的内容，只是在当时的影响远不及《天演论》。这些先行者的文字，正切合内忧外患的国情，也给兴办报刊的晚清知识分子提供了一种全新的演说角度——"婚姻进化者，人群进化之阶梯也。有男女而有一切群，有一切群而有一切爱。爱之质点，胎于家庭，发于社会，浸盛于国家。自其质点不相合，而夫妇之道苦矣"③。晚清报人关于优婚优育的演说，虽然蒙上了一层"自由结婚"的迷梦，遵循的依然是生育至上的内在理路。

陈独秀曾作《恶俗篇》，在《安徽俗话报》上不定期连载。其中关涉内容以妇女日常为主，从包办婚姻导致的婚姻悲剧，到"等儿媳"的地方恶俗，再到拜菩萨的迷信活动，甚至于妇女的穿着打

---
① 蒋功成. 优生学的传播与中国近代的婚育观念 [D]. 上海交通大学, 2009: 5.
② 周建人. 善种学与其建立者 [A] // 陈长蘅、周建人. 进化论与善种学 [M]. 上海：商务印书馆, 1923: 51.
③ 亚兰. 论婚律 [J]. 女子世界, 1906 (4, 5).

扮，陈独秀化名"三爱"，无不一一道来，痛陈利弊。《恶俗篇》讲婚姻，共分上、中、下三篇，先后登载于《安徽俗话报》1904年第3、4、6期。三篇论说围绕"不合情理"四个字，从"婚姻的规矩""成婚的规矩"和"不能退婚的规矩"三方面入手，结合安徽民间和婚姻有关的各种陋习，对旧式婚姻婚前、婚礼、婚后的各种缺陷都做了耐心的陈述。虽然这三篇关于婚姻的论说文，只是力陈旧式包办婚姻遗留的种种隐患，以此宣传"自由结婚"乃至"自由离婚"的合理性和必要性，可是在论述到定娃娃亲的风俗之弊时，对于可能的生育隐患的强调远过于对另一半未知品性的担忧——

> 孩子没有一尺长，便慌着说媒定亲。到后来是个瞎子也不晓得，是个哑子也不晓得，是个疯子傻子瘫子跛子都不晓得，是个身带暗疾不能生养不能长寿的也不晓得。男的是个愚笨无能的也不晓得，是个无赖败家的也不晓得；女的是个懒惰泼辣的也不晓得，是个流荡不顾廉耻的也不晓得。[①]

陈独秀在反对缔结娃娃亲时，先是举出了男女双方都还未长成，将来一方出现病症还未可知作为理由。虽然是白话演说文，带有白话演说的诸多特征，比如使用短促的语词、偏好形象生动的举例和一些简单的排比来增强感染力、说服力，但是仔细看这段引文，会发现隐藏在这篇白话论说文背后的认知顺序是连贯的，指涉男女双方的内容是对称的。首先，定娃娃亲最大的隐患就是男女

---

① 三爱. 恶俗篇［J］. 安徽俗话报，1904（03）.

双方的生理和精神健康尚未可知。引文中最先列举的情况都是人体可能发生的身体和心智缺陷。接着，作者才论及双方可能发生的品性缺失也会对早早缔结的婚姻带来恶果。从这样的顺序来看，身体的机能无疑是陈独秀最为关注的，因为这直接就会导致"不能生养不能长寿"。简言之，万一男女之间有一方身体不健康，就会影响生育后代。也就是说，引文将对生育顺遂的美好期盼一起融入进了"自由结婚"的宣传中。这样的融合不动声色，罗列了一系列恶疾和缺陷，显得很有说服力。

在反对包办婚姻、提倡自由结婚的舆论声浪中，胡适的意见显得格外特殊。1908年，还是中国公学学生的胡适，以"铁儿"为笔名在《竞业旬报》上发表了《婚姻篇》。就在这篇论说中，他用加大加粗的字体写道——"我们中国的婚姻，是极不专制的，是极随便的，因为太不专制了，太放任了，所以才有这个极恶的结果"①。胡适所说的"极恶的结果"，正是开篇提到的"国危种弱"。事实上，胡适在文中也明确提出过失败的婚姻会导致后代孱弱。从"改良人种"的层面上来说，胡适此文的出发点和陈独秀的是一致的。关键在于，胡适的论述从婚姻制度改革的另一个角度切入。他列举了旧式婚姻的种种弊端，包括媒妁之言、生辰八字、烧香拜佛等毫无必要的结婚步骤，以此证明中国父母干涉儿女婚姻并非错在专制包办，而是错在"太过随便"。"太过随便"对应的是"尽心尽责"，而"尽心尽责"并不是"专制"的同义词。也就是说反对"太过随便"的干涉婚姻，并不意味着必须赞成"绝对专制"的包办。虽然有偷换概念的嫌疑，但不排除这是胡适针对当时"自由结

---

① 铁儿.婚姻篇[J].竞业旬报，1908（24）.

婚"的热潮进行的相对冷静的反思，也有可能是借"自由结婚"的社会热点引起读者对自己这篇文章的兴趣。胡适在《婚姻篇》中提出了当时在他看来较为可行的婚姻改革办法，"第一是，要父母主婚；第二是，要子女有权干预"①。理由是父母人生经验丰富，总会比儿女看得长远；而子女在自己的婚事上也应有和父母协商的余地。胡适在文中坚决反对一味模仿西洋自由结婚，而是坚称结合中国实际国情做出改良。这意见颇有些"开明专制"的意味，胡适也是在对自己和江东秀的包办婚姻做出解释。在他看来，如果不实行这样"开明专制"的结婚制度，会导致家庭失和，从而殃及子孙，"夫妇不相爱，家族不和睦，那还养育得好子孙么？我中国几千年来，人种一日贱一日，道德一日堕落一日，体格一日弱似一日，都只为做父母的太不留意于子女的婚姻了，太不专制了"②。在这里，家长没有严格把关导致子女婚姻失和，这成了后代"退化"的元凶，夫妻双方的性情才是胡适所强调的；而在陈独秀的《恶俗篇》里，夫妻双方因为父母包办婚姻导致对一方的隐疾毫不知情，生理上的缺陷才是贻害子孙的罪魁祸首。其实胡适和陈独秀强调的是一个问题的两面，他们二人都将种族的退化归咎于旧婚姻的弊端，只不过陈独秀信奉的是推倒重来，胡适则主张改良折中。

从某种程度上来说，晚清提倡"自由结婚"并未给男女双方带来真正的自由。为了家庭的和睦考虑配偶的性情，为了子孙拥有更加健康的身心而考虑配偶的身体和精神状态，这本无可厚非。但是除了"国民进化"和"人种改良"，婚姻还应该包含其他的因素，

---

①② 铁儿. 婚姻篇（续）[J]. 竞业旬报，1908（25）.

可惜当时的报纸对"自由结婚"的宣传呈现出功利化的倾向。光是"进化论"和"优生学"描绘出单向线性的"黄金未来",就已经使当时一大批学人"目眩神迷"了。

第二节　女学生的婚恋景观

1898年5月31日,中国女学堂(又名"经正女学")开学,这是第一所国人自办的女学堂。在风雨飘摇的戊戌年间,这所女学堂的意义不言而喻,它推动了女学的转型,同时也为新式女学树立了标杆。虽然碍于动荡的时局,中国女学堂只存在了不到两年时间,但是它的影响十分深远。女学堂主要经办人经元善的办学理念仍以母教兴国为主。沪上首办女校,开风气之先,经元善条陈利弊,皆不出女教与国势渊源。这从他的禀奏中可见一斑——

> 我中国欲图自强,莫亟于广兴学校。而学校之本源,尤莫急于创新女学。人自胚胎赋形,即禀母之胎教;自孩提成立,依恃母饮食教诲,触处皆关学问。在昔魁奇伟彦,得贤母之教而显名于世者,史不胜书。是欲妇女通知大义,不得不先兴女学明矣。[①]

中国女学堂除了招收的二十名女生以外,其提调、教习也均为女性,可以说把梁启超所向往的女性自强生利变成了现实。只是这时候的经元善,包括支持中国女学堂开办的各位维新人士,都没有

---

① 上海女学堂经太守元善上总署各督抚大宪禀稿[J]. 蜀学报, 1898 (12).

想到几年后虽然各地都陆续出现了女学生，不再仅限于上海，女学也成为官方承认的办学体制，但是对女学生的批评仍不绝于耳。如果说对卫道士的攻击还可以驳斥其"食古不化"，那么来自女界内部的批判则必须引起重视了。国人兴办女学的母教起点显然无法决定女学生现象的日后走向，婚嫁观念尤其如此。因为母教所强调的女性身份已经是"母"与"妻"，婚姻成为不言而喻的先在条件。当婚姻自由成为时髦口号，在这种环境的浸染下，女学生心态的变化，报纸舆论的走向，都充满了未知。

在1907年《奏定女学堂章程》对女学生行为规范的说明中，严禁"自行择配"赫然在目，自由结婚成了自由放纵的代名词：

中国女德，历代崇重，凡为女、为妇、为母之道，征诸经典史册先儒著述，历历可据。今教女子师范生，首宜注重于此务，时勉以贞静、顺良、慈淑、端俭诸美德，总期不背中国向来之礼教与懿美之风俗。其一切放纵自由之僻说，（如不谨男女之辨及自行择配，或为政治上之集会演说等事。）务须严切屏除，以维风化。①

就在《章程》颁布后不久，本章开篇所引的《自由结婚》歌谣，连同收录该作的文明书局出版的《女学唱歌集》被学部查禁，理由正是《自由结婚》的歌词"与中国之千年相传礼教及本部《奏定女学堂章程》均属违悖"②。经李静考证，这本《女学唱歌

---

① 奏定女学堂章程折[A]//璩鑫圭、唐良炎编.中国近代教育史资料汇编[M].上海：上海教育出版社，1991：576.
② 提学司示谕[N].大公报，1907-4-19.

集》已是1906年出版的"再版改良"本,对照前一年的初版,这第二版的革命倾向愈发明显,因而引起了学部的注意[①]。学部面对"自由结婚"如临大敌,那么这股婚姻上的自由之风究竟给女学生带来了哪些影响,实现自由结婚的女学生在报纸舆论和实际生活中的境遇又如何,笔者试图从晚清白话报章和白话小说中寻找线索。

胡适的《婚姻篇》结尾处提到上海等地有父母者就由父母主婚,无父母者就由师长或朋友介绍成婚。胡适对此也是极为赞成的,但是他认为这样的做法只适用于有学问有品行的人,对于风气还没有开化的内地依然是父母主婚的"开明专制"式婚姻为佳。晚清女学兴起后,女学生的婚嫁问题也一直是时人关注的焦点。在各种自由结婚的正面宣传中,处处可见对女学生的美化,而这也可以视为倡导女学的一大策略。比如《智群白话报》刊登《论中国男女结亲的坏处》,指出中国旧俗成亲种种不合理之处,但是标题中既然有意加了"中国"二字,就暗示这文章不仅仅只是讨论中国的婚姻习俗。的确,文章将中国成婚习俗和西方比较,认为西方男女先在舞会中相识、再求父母认可的方式在中国是行不通的,只有日本的成婚风俗较为适用——

> 日本男女的学堂通国有二千多处,国里的人,自上到下,没有一个不进学堂。男女的好歹,看得件件明白,父母要替儿女定亲,都托学堂里的教习做个媒人,配得一点不错。[②]

[①] 李静.晚清报刊上的音乐书籍史料——中国近代稀见音乐史料钩沉[J].人民音乐,2014(03).

[②] 论中国男女结亲的坏处[J].智群白话报,1903(01).

虽然有夸大事实之嫌，但引文对男学和女学的导向十分明显。此处并未像其他论说那样，完全否定媒人的地位，也没有剥夺父母的决定权，依然还是借用"父母之命、媒妁之言"，只不过学堂成为看似更加有保障的选亲场所罢了。这种对学生的想象，依然培植在旧有婚恋观的土壤中，这也就不难理解，现实中女学生的处境并不像想象中的那样美好。通过报纸和小说间接描绘出的女学生现象，我们就可以对当时女学生和自由结婚的关系有所认识。

在梁启超的译作《近世第一女杰罗兰夫人传》中，罗兰夫人的临终遗言便是"呜呼！自由自由，天下几多之罪恶，假汝之名以行！"[①] 虽然在这部传记中并未特指罗兰夫人呼喊的是何种自由，但是这句振聋发聩的名言却频频为各种社论和文学作品引用。白话小说《黄绣球》曾经借女医师毕去柔之口引用了罗兰夫人的这句遗言，并历数沪上女界种种怪相。沪上女生并不专心求学，而是借女学生之名吃喝玩乐，言行举止颇为放浪。更有甚者，有母女争抢同一位情人的闹剧，女儿竟然高谈阔论"自由"来反对所谓母亲的"压制"——

> 现在女权发达，平等自由，是世界上的公理。既然吸了文明空气，大家享自由的幸福，行平等的主义，他固管不得你，你也管不得他。那里有读了这些时的外国书，还讲那野蛮手段，拿娘可压制女儿的？[②]

---

① 中国之新民.近世第一女杰罗兰夫人传[J].新民丛报，1902（17）.
② 颐琐.黄绣球[M].曹玉校点.郑州：中州古籍出版社，1987：86.

这样变味的"自由"总是和言行欠妥的女学生相关。如果说毕去柔主要批判的是女界畸形淫靡的风气，还未直接牵涉到婚姻自由，那么1906年的《天义》曾经登载女学生消息三则，均取自社会新闻，反映出当时一些女学生婚嫁的情境，只是这婚嫁并非一般意义上的自由结婚——

> 湖南某女士，留学横滨，声誉甚著，有亚东女杰之称，男子垂涎者甚众，乃彼忽嫁粤商某为妾。有学界某男子，仍属怀疑，亲往横滨问之，彼竟直言不讳。某男子若有所失，乃拍案而大骂曰："无耻！无耻！"
>
> 上海某女学生，肄业某校，与某校男生举行婚礼。是日，宾朋甚众。乃结婚未一月，男生言："我已订婚，今欲归娶。"女生计无所出，遂对男生言曰："某甘为妾。"
>
> 江苏某女生，前肄业本省某校。嗣有男友数人，邀往东游，女生辞以无金。男友曰："是无妨。我必代君筹集。"乃同行赴东。及汽船甫离沪，男友忽易词以对女生曰："若许我为妻，实可代筹学费。否则前言作废。"女生进退两难，不得已而应其命。然彼男友已婚娶，今将以女生为妾云。
>
> 呜呼！学生者，至尊之名也；妾御者，至卑之名也。今也甘心为妾，外托至尊之名，内行至卑之实，吾诚不能为女界讳矣……①

若是给这三则消息起一个总标题，估计"女学生为妾"最为妥

---

① 志达. 女为人妾 [N]. 天义, 1907-6-10. 见万仕国、刘禾校注. 天义·衡报（上）[M]. 北京：中国人民大学出版社, 2016: 273—274.

帖。这三则消息最大的矛盾冲突在于，曾被寄予厚望的女学生，最后自愿或被迫地委身于男子为妾。仔细分析这三条消息，可以发现虽然都是"女生为妾"，但是情况各有不同。如果说第一条消息中的"亚东女杰"是自愿以"自由结婚"的方式成为富商之妾的，那么后两条消息中的女生则是被逼无奈才做出了为妾的选择。一个是"计无所出"，一个是"进退两难"，面对男友的突然变卦，女学生都一筹莫展。如果这些消息的主人公是普通女性，或者更明确一些，不是女学生的女子，那么报纸的编者不会如此愤怒，甚至不会将这三则消息罗列在一起登出。从编者的按语可以看出，使编者异常愤怒的并不是消息中厚颜无耻的男生，按语具体斥责的对象是消息中的女学生。对男生的指责似乎成为不言自明的隐性道德立场，而对女生的行为却要摆出鲜明的态度。简而言之，作为女学生的三人在这些消息中的表现并没有达到编者的心理预期，甚至没能印证编者的道德预判。《天义》曾态度鲜明地斥责留日女学生的婚嫁乱象，认为一部分女留学生留日的动机不纯，"近日东京有一恒语，谓今岁留学之女子，其目的有二：其未嫁者，则抱求婚之目的；其既婚者，则抱离婚之目的"[①]。女学生留学日本当以求学为重，但现实是尽管身处东瀛，仍以解决婚姻问题为第一要务。这和三则消息中的第一则如出一辙。再回来看这三则消息的按语，女学生在应对突发事件时的手足无措，女学生成为他人之妾，这两点中显然是后者更让报纸编者怒从心中起。虽然编者对女学生"奴性"犹在的批评有现实依据，但与此同时编者显然也忽略了女学生"无奈"为妾的原因和导致这类事件的女学背景。

[①] 留学界一分子. 东京来函[N]. 天义, 1907-6-25. 见万仕国、刘禾校注. 天义·衡报（上）[M]. 北京：中国人民大学出版社, 2016：346.

1908年7月，上海的改良小说社出版了一册《绘图女学生　社会小说》，著者朩夏，正是曾经帮助秋瑾在东京创立《白话》杂志的江苏无锡人沈翀①。沈翀曾用"强汉"为笔名，在《白话》上发表社论。他创作的社会小说《女学生》配有插画，一共十章，章名依次为"中秋""馈助""西渡""访旧""遭骗""被锢""遇救""入学""会友"和"偕归"。从章节名就可以看出一个完整的故事链。黄慧贞不幸丧父，母亲又病故。虽然双亲相继离世，她并没有就此消沉，还是一心想进女学堂念书。幸好有洪氏同情黄慧贞的遭遇，及时出资相助，才使她圆了入学梦。学成后黄慧贞执意赴美进修，独自一人登上了去他乡的轮船，小说至此完成了女学生留洋的背景铺垫。其中有一个细节值得留意，那就是父母双亡的情节预设。虽然小说中父母的离世激发了黄慧贞的求学意识，她认识到自己将一个人在世上生存下去，却没有生存的本领，所以才执意进学堂念书。如果将父母双亡处理成一个常见的小说叙事模块来看，这恰恰是摆脱"父母在，不远游"的伦理束缚、使小说主人公获得"自由"的方法。黄慧贞无疑是自由的，这不仅体现在她的求学道路上，更体现在她和彭志豪的相识相恋上，也就是说，《女学生》不仅是一部"自由求学"的小说，也是一部"自由结婚"的小说。黄慧贞、彭志豪二人在轮船上相识，后来得知两人同路，于是结伴而行。从这里开始，黄慧贞的"自由"被悄然转化为一种"依从"。正是这种女学生的"依从"，使她们并未将自己的知识转换成生存的技巧，而永远只是停留在传统意义上的"闺德""闺政"范围。由此可见，女学生和社会的接触是极为有限的。在《奏定女学

---

① 陈大康.中国近代小说编年[M].上海：华东师范大学出版社，2002：218.

堂章程》培养"母仪"规范的指导下，在"女主内"根深蒂固的思维定势影响下，成绩优秀的黄慧贞代表了一代女学生的榜样，那就是执着地求学，安心地嫁人，专心地相夫教子。和黄慧贞同船的钱鸿衍，早就盯上了这个独行的女学生，甚至在黄慧贞下船后还一路尾随，最后和黄慧贞、彭志豪二人入住同一个旅店。因为彭志豪一直陪伴在黄慧贞左右，钱鸿衍没能找到机会下手。直到有一天黄慧贞没有和彭志豪同行，钱鸿衍以参观女学堂为幌子将黄慧贞骗至地下妓院囚禁了起来。故事的结局自然是彭志豪想方设法解救黄慧贞，最后黄慧贞成功得救，顺利入学，与彭志豪双宿双飞。小说的结局虽然落入了鸳鸯蝴蝶的俗套，但是小说的情节展开无疑反映了晚清对女学生的种种想象。林晨在分析清末文学行旅与女性形象时指出，置身行旅的晚清女性在同时期文学作品中的呈现"并未与现实的女性生活、女性情感，特别是女性主体意识切实相同、紧密关联"[1]。对于这本女性留学的"行旅小说"而言，也只不过是换了一个"英雄救美"的场所。从被囚开始，黄慧贞除了等待，就基本放弃了任何自救的手段，或者说作者没有想到再为她安排任何自救的情节。沈翀无疑是极其赞同女学的，因此才会有钱鸿衍借口参观女学堂的诱饵，而一心求学的黄慧贞由此上当的情节设置。但是此处颇值得玩味的是，先不说成绩优秀的黄慧贞为何防范意识如此薄弱，参观女学堂的诱饵设计从侧面展示出了一个较为残酷的现实——那就是女学知识的积累和女学生自食其力的光明前程在某种意义上只是一个悬置的美好想象而已，如同根本不存在的女学堂，只具有吸引和号召女学生的作用，毕业后黄慧贞们的命运并不能彻

---

[1] 林晨.晚清末期的文学行旅与女性形象[J].南开学报(哲学社会科学版),2010(04).

底摆脱依附思想的残渣。这就是为什么《天义》上关于女学生的消息和《女学生》中黄慧贞有几分相似,只不过没有沦落到妓院,也就是为了避免这样危险的处境,现实中的那两名女学生还是选择了委身于人。就《女学生》而言,可以说这些情节安排是作者认识的局限造成的,但是现实生活中女学生的命运居然还是和小说中黄慧贞遭遇的相互影射,不禁发人深省。如果没有彭志豪的英雄救美,黄慧贞可能会为自己对女学堂的好奇心付出莫名其妙的代价,而现实中那位与男友东游却面临釜底抽薪的女学生并没有侠义人士出手相救,所以为了自保做出了为妾的选择。

女学生的尴尬处境在于,作为新女性的先锋,事先被赋予了许多光环,但是光环褪尽,现实在很大程度上依然如故,而当她们自愿或不自愿地做出"落后"的选择时,面临的是诸如《天义》那样猛烈的舆论炮火,也迎合了一部分市井狎邪想象。严复曾听闻"沈某办天足会女学,择其美者置第一,与以金时表,已而取之为第五房妾",虽然他明白道听途说不可信,但是仍抑制不住自己的愤怒,表示"果其有是,早晚当被参劾,非重办不足以挽颓风也"①。严复非常清楚如果传闻是真的,本来就已经举步维艰的女学和一直承受非议的女学生,更会给反对者落下口实。陈平原在考证晚清画报中的女学生形象时,提供了市井百姓看待女学生的生动细节②——既有女生上学放学由仆从接送的情形,也有女界和花界丝丝连连的种种"异象",若再加上"女学生为妾"的现象,女学生的自由婚恋恐怕还没开始就已经蒙上了阴影。然而,并非所有横遭非议的女学

---

① 严复. 与甥女何纫兰书·五[A]//王栻主编. 严复集(第三册)[M]. 北京:中华书局,1986:830—831.
② 陈平原. 女学堂的故事:从北京画报看晚清女子教育[J]. 看历史,2013(02).

生都是"委曲求全"的弱女子，晚清一些文字中也不乏行为举止异常"超前"的女性，包括女留学生的形象，其中自然也有"非比寻常"的婚恋观念。

1904年和1905年，东亚编辑局连出两册十六卷的《女娲石》，作者海天独啸子。虽然是独立出版的单行本白话小说，但是作为"闺秀救国小说"，可与晚清白话报中所涉及的女学生婚恋观互为佐证。《女娲石》借女留学生金瑶瑟之眼，见证了一个个女权至上的科幻乌托邦。这些科幻乌托邦虽然名称各不相同，但都有一个共同点，那就是黑白分明的男女二元对立。其中有坚持不近"雄物"的花血党，以完全拒斥男性为团体不可侵犯的守则，有以肉身姿色为诱饵、通过妓院勾栏策动暗杀的春融党，同样贱视男性却用舍弃肉身的办法除之而后快，开"洗脑院"的白十字社虽然没有说只"洗"男性的"脑筋"，但是给金瑶瑟看的"脑筋图"却清一色是男性的脑筋，更不用说专杀男性的魏姓三姐妹。金瑶瑟作为女留学生，留学日本，又赴美国学习数年，回国后却报国无门，无奈之下只能凭借姿色委身妓院，试图以歌舞身姿引发客人的爱国之情。好不容易混入宫中，却二度刺杀胡太后失败，金瑶瑟于是仓皇出逃，误打误撞加入了花血党。小说至此，有三点引人注意。第一，是金瑶瑟作为女学生报国的方式。金瑶瑟留学数年，在智识上应该无可指摘，然而却不得不以姿色作为诱饵实现报国的宏愿。这匪夷所思的情节在小说中的演说场景里得到了解释。金瑶瑟偶然路过一个"国民演说会"，进入会场后正碰到有迂腐保守派登台演说，台下听众无法理解；而主张革命的革命党人登台不久，就和台下的保守派发生争执，很快衙役出现把演说者拿下，而一直为革命党喝彩的金瑶瑟旋即遭到追杀。此处台上台下的互动从一开始的保守派与普通听众，转变为革命党与保守派，当然少不了夹杂其中的金瑶瑟做应和。但是令人费解的是，原先的普通听众此时却不再发声，似乎从文本中消失了，直到金瑶瑟逃跑时才提及"人闹"，提醒读者听众仍在。显然这里听众的立场是不证自明的，但是听众的反应除了说"不懂"以外，就没有其他反应了。也就是说，金瑶瑟试图以歌舞打动的对象，并不包括普通民众，而是付得起一定费用的上等阶层；而普通民众对于保守党和革命党，除了一种本能式地"被站队"以外，就没有其他复杂的反应。换言之，听众大呼"不懂"，在作者看来是对保守党的反对，但是文本的呈现却有歧义，那就是他们真的"不懂"，不是立场的问题，而是学识的局限。那么小说中女留学生自愿进妓院做妓女终于和一般的妓女有了区别，那就是女留学生因为智识尚高，所以可以做上等阶级的说客，这种价值赋予的方式意味深长。伦理因素在这里被完全剥除了，女学生从妓和女学生为妾成了不同层次上的问题。第二是女学生和学堂乃至妓院的关系。金瑶瑟逃跑途中被抓，被卖到天香园，结果这个外表是妓院的场所竟然是女革命党花血党的本部。花血党专门买下女子培养成革命党。这已经是金瑶瑟第二次进妓院了，但最后都"曲折"地实现了革命的夙愿。天香园内部完全是女学堂装设，"止见里面仪器、标本书籍、图志、美术画品、雕刻、刺绣，粲然满堂……"①。其中"刺绣"尤为显眼，对于完全抛却三纲五常的花血党来说，培养女革命党（女学生）的方式却仍离不开女红。这就牵涉到了第三点，即小说的视角问题。虽然全书的进程展开是借金瑶瑟的女性之眼看的，但是大多数情况下为了躲避政府的追捕，金瑶瑟必须女扮

---

① 海天独啸子. 女娲石［M］. 东亚编辑局，1904. 收录于章培恒等编. 中国近代小说大系　东欧女豪杰　自由结婚　瓜分惨祸预言记［M］. 南昌：百花洲文艺出版社，1991：472.

男装,而作者又是男性,也就是说小说中假冒的男性眼光其实却是真正的男性视角,而小说中真实的女性视角实际上是男性虚拟的。作为男性作家的海天独啸子虽然在小说中创造了激进的"厌男派",却不忘在学堂的摆设中加上刺绣,特别暗示这是一个"女"学堂。

可以发现,《女娲石》中没有正常的男女婚配,结婚和为妓一样,都只是一种女革命党借以靠近达官贵人的手段,成婚的目的自然也不是永结同心,而是实施暗杀。小说中有"中央妇人爱国会",专招绝色女子嫁予官员做妾,暗杀活动十分顺利,导致官府恐慌,出妻者居然有数万人。虽然这和女学生坚持自由意志、嫁给如意郎君的自由结婚版本相去甚远,但是这种以暗杀为宗旨的婚姻从某种程度上看也是"自由结婚",女革命党自愿嫁给达官贵人为妾,并非《天义》报道中因为形势所迫勉强答应婚事的女学生。更重要的是,这样的婚姻是为了更高层次的国民"自由"。从这个层面来看,女学生的自由结婚正因为其相对较高的教育背景而被赋予了更高层次上的"自由"期待,人们希望看到的不仅是女学生作为个体实现"自由",更是作为一个濒临亡国的爱国者帮助自己的国家民族实现自由。可惜的是在这个认识转换的过程中,女学生曾经倚赖的、最具标志性的知识,如同引诱黄慧贞误入淫窟的"女学堂"和金瑶瑟看到的"刺绣"一样,成了抽象的摆设。

《天津白话报》从1910年第201号开始连载小说《断肠花》,同样也是关于女学生自由结婚的故事。但与上述的作品不同的是,《断肠花》并不执着于描述婚前男女的自由结合,事实上对于婚前男女主人公的相恋小说只是一笔带过,作者着墨最多的地方是两者自由结合后的种种悲惨遭遇。但是这些遭遇和自由结婚无关,而是和弱国子民不得自由有关。故事中的娄女士，自幼被法国传教士收养，定居香港，肄业高等科，又精通法文，可谓女学生中的翘楚。她与传教士之子日久生情，传教士虽百般阻拦，但是不久即离世，所以两个年轻人结为夫妻，也算是自由结婚修成正果。不料婚后生活因为娄女士的中国人身份而屡屡受挫。先是在香港的法国人十分轻视夫妻二人，导致两人不得不回到巴黎，不料没过多久因为妻子的身份再次被公开，巴黎的房东将两人逐出，夫妻俩无奈只能求助于丈夫的叔父，但叔父也将他们拒之门外。绝望之余，丈夫写信给朋友希望在香港谋得一官半职，但也遭到无情拒绝。娄女士看到自己的"亡国奴"身份连累了丈夫，便割腕投海，死前还大喊着提醒船上的国人——"我同胞听着，我同胞听着，倘永远做梦不醒，恐怕将来打算给人做妾也不能够，还望什么强呀！"[1] 按照报纸编者所说，这本是沪上一报纸道听途说来的小故事，用文言登载出来，《天津白话报》再以白话演绎，希望能够警醒国人。因此，《断肠花》基本是一篇爱国小说，但如果用婚姻观的视角去剖析，可以发现更多有意味的细节。第一，纵观整篇小说，娄女士和丈夫的婚姻生活最大的压力来自外部的敌视，夫妻二人之间是没有矛盾的。也就是说，作者较为支持两人自由结婚的选择。但同时，小说还是虚构了传教士的亡故，这样才使自由结婚没有忤逆父命。第二，两人的生活艰辛，作者简单地将其归结为妻子的中国人身份，国家羸弱使得国民也没有尊严，这是作者再三强调的全篇主旨。第三，妻子最后自尽的原因有两重。一是自己连累了挚爱的丈夫，二是自己心痛国家衰败的现状。结合最后自沉前的呼喊（演说），可以发现

---

[1] 久镜.断肠花.（四续）[N].天津白话报，1910-8-14.

妻子的思想深处还留存着浓厚的女性"原罪"色彩。为妾本是极为低贱之事，而亡国甚于为妾，妻子时时以"妾"自称，又时时被人视为"亡国奴"而受到排挤。此处的"为妾"和"亡国"以一种扭曲的方式呈现出来，无意识中以"妾"自居的卑微感和意识到的为"奴"的耻辱感在文本中重合在一起，前者对应的是娄女士的个人身份认同，后者对应的则是国家形象和国民命运的脐带关系。虽然小说没有刻意强调娄女士的女学毕业生身份，但是她的遭遇都是以学识才情为基础的。正是因为自己的学识涵养，吸引了传教士的儿子，于是就有了之后一系列情节的展开。问题在于，当娄女士割腕自沉时，她的学识才情已经被国族危机消解了，没有人再去注意她女学生的身份，也没有人有兴趣了解她精通法文。"自沉"作为一种姿态，给女学生的自由结婚画上了句号，取而代之的是以国事为己任的爱国情怀。

虽然有人借"女学生"之名曲解"自由"，"女学生"的名号在一些社会场景中成了"自由谬论"的"遮羞布"，但是反过来特定历史语境对"自由"的理解也对当时的女学生形成了一定的限制和束缚。期待女学生在自己的婚姻大事上有更高的"觉悟"，也就是在某种程度上实现个人幸福和国家利益两者间的妥协。而此时，女学生区别于一般女子最大的标志——个人学养，也可以成为象征层面上依附于女性个体并且可以随时为了国家前途而被"再改造"甚至抛却的"细枝末节"。

第三节 "自由结婚"与"文明结婚"

马西尼考证"自由"一词早在1872年的一本旅行日记中就出现

了，日记的作者是当时出访俄国的中国代表团成员，满族人志刚①。在志刚所作《初使泰西记》中，确有"现在两国人民互相来往，或游历，或贸易，或久居，得以自由，方有利益"②之语。极具讽刺意味的是，志刚笔下这所谓"自由"，出现在大清同治七年六月初九日（1868年7月25日）中国与美国对十年前所签《中美天津条约》所做的补充条款中。众所周知，咸丰八年五月初八日（1858年6月18日）清政府在天津与美国驻华公使签订《中美天津条约》（又称《中美合好条约》），这是清政府被迫签订的一系列不平等条约之一。十年后美国政府不愿放弃既得利益，试图增加条款，他们的愿望再一次得到了满足。而志刚首次使用的"自由"，正是出现在当时不自由的中国在美国政府"自由"的幌子下签订的条款内容中。历史语境中"不自由"的"自由"，也为"自由"一词后来在中国的生根发芽做了微妙的铺垫。1895年严复《论世变之亟》和1899年《清议报》的《本馆论说》都在"国家自由"的语境中提到了"自由"。到了1903年，严复翻译的《群己权界论》历经波折终于面世。约翰·斯图亚特·密尔的原著 On Liberty，题目言简意赅，就是"论自由"。但是严复不仅将密尔的"论自由"扩展为群体与个体的相互关系，还执意将"自由"译为"自繇"，这就十分耐人寻味。虽说"繇"可以视为"由"的通假，但是"繇"的本意按照《说文解字》为"随从也，从系，䚻声"③。那么，"自繇"按照严复的意图，就带有"自我跟从"也就是"自治"之意。如果社群想要自治，那么每个人的自由权限就必须划分清楚。换言之，个人与

---

① ［意］马西尼. 现代汉语词汇的形成——十九世纪汉语外来词研究［M］. 黄河清译. 上海：汉语大词典出版社. 1997：64.
② 志刚. 初使泰西记［M］. 长沙：湖南人民出版社，1981：25.
③ ［汉］许慎. 说文解字. 徐铉校订. 北京：中华书局，2004：270.

群体的关系是互相牵制的，人的自由取决于人与人、人与社群之间权利的互相制衡。严复在译凡例中开门见山地解释道："人得自繇，而必以他人之自繇为界，此则《大学》絜矩之道，君子所恃以平天下者矣。"① 所谓"《大学》絜矩之道"，在《大学》中表达得十分形象——"所恶于上，毋以使下；所恶于下，毋以事上；所恶于前，毋以先后；所恶于后，毋以从前；所恶于右，毋以交于左；所恶于左，毋以交于右。此之谓絜矩之道。"② 上下、前后、左右的方位名词，在这里指的是人事关系的复杂网络，也形象地描绘出个体在这张大网中的得失进退与周围人都互有因果关联。严复舍弃了日本作者翻译密尔译著时使用的"自由"，坚持用古字"自繇"，又将"自繇"和"絜矩之道"联系在一起，可见其对"自由"的理解不仅仅只是"不为外物拘牵"的初义，更在于人与群体的制衡关系。

严复理解的群体自由，具体来看是指"国群自由"。黄克武在仔细比较了密尔原文和严复译文后指出，"对弥尔来说，有关群己权界之规则首先必须由法律来规定，而对于不适合运用法律的事情，则依赖舆论的力量"，所以法律在本质上是有限度的，但对于严复来说"重要的事情国家有'常典'来规定，其下若'刑宪'有鞭长不及之处，则付诸毁誉"③。注意这里的"常典"和"刑宪"鞭长不及之处，严复在根本上依然十分相信国家的法律权威，但是他认识的"法"终究和密尔的不同，严复的"法"更多来源于中国传统观念中的"国法家规"。他在翻译《法意》时，也多次提到"小己之自由"和"国群之自由"。有趣的是，"国群之自由"对应的是

---

① ［英］约翰·穆勒. 群己权界论［M］. 严复译. 上海：商务印书馆，1981：vii.
② 朱熹注. 大学·中庸·论语［M］. 上海：上海古籍出版社，1987：6.
③ 黄克武. 自由的所以然——严复对约翰弥尔自由思想的认识与批判［M］. 上海：上海书店出版社，2000：176.

political liberty，严复直接将"政治自由"引申为"国群之自由"，就是为了和"小己之自由"作对比，或者说形成"群"与"己"的固定模式。虽然将西方"自由"之论带入中国的不仅严复一人，梁启超、胡适等人在这方面都有贡献，但是严复在系统介绍西方自由思想时最大的特点就是有意无意间的"中西调适"。就是这样"中西调适"的"自由观"，影响了一大批国人对西方自由乃至自由结婚的认识和想象。这也就是刘禾所说的"翻译的现代性"，翻译成为"斗争的场所"，"客方语言在那里被迫遭遇主方语言，二者之间无法化约的差异将一决雌雄，权威被吁求或是遭到挑战，歧义得以解决或是被创造出来，直到新的词语和意义在主方语言内部浮出地表"①。裘毓芳的同乡许玉成曾大声疾呼女同胞自尊自爱，追求自由，同时指出男女均不自由的现象已经十分严重——"我们中国的女子固然是不自由的了，然而中国的男人是不是真正可以称得自由的了呢？不可以。为何不可以？就是因为他并没有自由的资格，并不知道什么叫自由，什么叫人家的自由，什么叫侵犯人家的自由，什么叫破坏人家的自由"②。许玉成用口语化的表述将严复深入人心的"群己权界"表达出来，虽然其中夹杂着复杂的民族情绪，但还是可以看出当时女界学人对"自由"观念的重视程度。严复解决"小己"和"国群"之间自由冲突的翻译策略，也给一心想改革现行婚姻制度的晚清知识分子提供了灵感。如何解决代表族群利益的"家法家规"和个人自由婚姻的冲突，那就是"新旧调适"和"因地制宜"，各让出一半的自由，在互相妥协、互相权衡和互相牵制中完

---

① 刘禾.跨语际实践——文学，民族文化与被译介的现代性（中国，1900—1937）[M].宋伟杰译.北京：生活·读书·新知三联书店，2008：36.
② 金匮许玉成女士对于女界第一次演说稿[N].中国新女界杂志，1907-6-5.

成和谐婚姻的改造。

事实上，与其说当时"自由结婚"争论的焦点集中在"自由"二字上，不如说集中在各方人马对以西方"文明"体系的不同接受方式上。在晚清的舆论宣传中，"自由结婚"和"文明结婚"交替出现。但与时常站在舆论风口浪尖的"自由结婚"不同，"文明结婚"并没有受到多大质疑。原因在于"文明结婚"对旧有程式的改造，并未从根本上触及"男女大防"和"父母之命不可违"的红线。不仅如此，它还可以放在移风易俗、革除旧习的框架内进行解读，无论是在哪方人士看来，都是有百利而无一害的改良，不存在"自由结婚"涉及的得失进退。这也可以解释《女子世界》在接连报道了上海几对文明结婚的新人后，还意犹未尽地议论道："吾国文明结婚之举，从未有闻。自去年海上廉君举行后，一年间已并此而四焉。吾国诸父老故旧，其亦知此举之出自贵族，出自学人，出自诸名誉人之赞成。或亦一洗繁缛节文之习惯，而造成自由完美之家庭，使吾国数年间风俗史上，骤现一新家礼，其亦家庭改革之先声矣。"① 在这里，文明结婚在礼节上的改良，超越了自由结婚带来的各方勃谿，甚至成了通向"自由完美家庭"的途径，记者显然将"文明"等同于"自由"了。繁文缛节的摒弃固然是实现婚姻改革的重要组成部分，但是"文明改良"虽然温和，却治标不治本。

曾有晚清报纸报道上海青浦巨绅叶张二氏文明结婚的礼节，介绍了当时文明结婚的流程②——"一行亲迎礼"，新郎在女方家向女方家人出示迎礼书，女方家人受书，新郎接到新娘，两人相见；"二行结婚礼"，即新人来到男方家，由"见证员"主持宣读证书，

---

① 文明结婚［J］.女子世界，1905（03）.
② 青浦巨绅叶张两姓文明结婚［J］.通学报，1906（06）.

交换信物;"三行见家属礼",新人向长辈叩拜,长辈回礼;"四行会亲礼",即家长率新人问候众亲属,代表人读颂词。交换指环和宣读证书,明显借用了西方婚姻仪式,所有这些文明结婚的流程已经非常接近中国当前的结婚仪式。可以说,文明结婚在形式上既有革新,也有保留。比如仍旧保留了一部分上下辈的往来礼节,甚至精确到新人向长辈叩首的次数,向平辈作揖的次数,以及长辈回礼的次数。1908年的《竞业旬报》也曾登文,详细介绍了余姚施久遂和东乡周桂玉的文明结婚场景——

> 当亲迎时节,不用平常的花轿。他用官轿将植物扎成新鲜式样,前用龙旗两面,又用婚礼改良旗两面、锣四面、排枪一对。余姚的习俗,凡使用的人,惯用堕民,他却不用堕民,用自家的工人,迎来的时候,先到祠堂行结婚礼,由学界同人致颂词,由施君的妹妹济民读答词,继由证婚人蒋君读证婚书,王君等为介绍人,邵君等为司仪员,末复由施君演说。礼毕,复撮一影,四方观礼者不下千人,没有一个不极口赞美。①

此处的施济民曾以"济民"为笔名在《竞业旬报》上连载《放足十论》,兄妹俩均为思想进步的青年。记述者接着又提到,哥哥施久遂编了一册《嫁娶新仪式》,宣传文明结婚。该书分三部分,第一部分讨论"崇实黜华",第二部分讲"破除迷信",第三部分则是"变通婚礼"。从章节标题来看,礼仪的改革其意义有一部分来自风俗之变。比较施、周二人和叶、张二人的婚礼流程,可以发

---

① 文明结婚[J].竞业旬报,1908(15).

现虽然都是"文明结婚",但是施久遂、周桂玉二人的婚礼显然更为"前卫"。施周大婚不仅少了乾宅坤宅男女双方的拜谒,直接去祠堂举办婚礼,还加入了演说留影,并且在婚礼过程中,使用了自家工人和新式花轿,让自己的妹妹致谢辞。所有这一切比起叶张二人依然计较辈分和叩头作揖数目的婚事,显得更为简洁。虽然文明结婚的礼节都只是婚姻仪式的简化和革新而已,但也在一定程度上化解了"自由结婚"可能带来的冲突,在移风易俗方面确实做出了贡献。至少从上述两个例子可以看出,新人渐渐成为婚礼真正的主角,双方家长的角色和地位开始弱化,原本旧有的辈分礼节被进一步简化。这些细微的差异也昭示着新人从旧礼中一步步解放出来的艰难过程,角色地位的转换也是一种反叛和抵触。但对真正的男女平等而言,这只是犹犹豫豫,权衡再三迈出的一小步,至于婚前结婚是否"自由",婚后生活又是否"平等",离婚又是否"自由",似乎都掩盖在了"文明结婚"的光辉下。

比起现实中"文明结婚"和"自由结婚"的进退关系,小说《女娲石》则更进一步,完全将"自由""文明"和"结婚"拆分了开来。小说中的金瑶瑟见证了种种婚恋观念,而这些婚恋观即便是现在的读者看来也是极为大胆的,尤其特别之处在于该小说还带有科幻色彩。金瑶瑟入会花血党之前,曾由会长讲述入会守则,其中有严禁男女交合的条款。当金瑶瑟询问繁衍事宜时,会长的解释中竟然包含了现代医学中人工授精的概念雏形——"女子生育并不要交合,不过一点精虫射在卵珠里面便成孕了,我今用个温筒将男子精虫接下,种在女子腹内,不强似交合吗?"[1] 会长又称女子为"文

---

[1] 海天独啸子. 女娲石 [M]. 东亚编辑局, 1904. 收录于章培恒等编. 中国近代小说大系. 东欧女豪杰 自由结婚 瓜分惨祸预言记 [M]. 南昌:百花洲文艺出版社, 1991:478.

明先觉",的确这人工授精的科学狂想在当时看来已然是最为"文明"的了。而这样的"文明"并不只是结婚形式的改变,而是完全独立在"结婚"之外,直接与"自由"相伴相生。

通过"婚姻"形式的改变,或多或少实现"自由"与"文明",还有另一种社会进化的含义。1908年,《杭州白话报》报道一本由日本元良勇次郎所著、麦鼎华翻译的教科书《中等伦理学》被禁,原因是其"意在调和中西学,牵合杂糅,与我国教育宗旨不和,书中载有蔡序一篇,尤多谬妄,各学堂应即禁用"[①]。禁书的命令由当时的杭州太守所下,又补充如有与此书类似者一律禁用。该书确切的书名应为《中等教育伦理学》,由上海广智书局印行,于光绪二十九年五月初十日(1903年6月5日)初版,至光绪三十二年三月初五日(1906年3月29日)已出第五版,可见此书风靡程度。报道中点名的"蔡序"乃是蔡元培于光绪二十八年九月(1902年10月)为此书所做之序言。蔡元培在序言中略述我国伦理之儒法源头,认为儒家过于专注"私德",而法家"蔑视个人之权利",各有欠缺。日本教育家用伦理学取代西方宗教学,元良勇次郎在该书中不仅调和东洋西洋之说,又佐以儒家之言,蔡氏以为甚善。至于该书正文,其中确有只言片语可为"排满者"所用,如"中国国民中,血族既先差异,从而异其历史,易其言语风俗思想,故动有摇动之虞"[②],此外立宪之论也随处可见。但是,清政府在1906年已下诏预备立宪,且该书早在1902年就出版了,书中排满立宪之论都不能解释为何引发太守怒火。太守禁书更大程度上是因为蔡元培的序,"尤多谬妄",蔡序短短几百字,几乎都在赞赏该书中西调和,"社会主义与个人主

---

① 本地新闻禁用教科书又见[N].杭州白话报,1908-10-26.
② [日]元良勇次郎.中等教育伦理学[M].麦鼎华译.上海:广智书局,1903:29—30.

义，国家主义与世界主义，东洋思想与西洋思想"[1]，本应相冲突的双方都被调和了，而反观当时我国教育宗旨的官方表述即1903年拟定1904年实施的"癸卯学制"，这种调和意味着对官方教育理念的反叛。根据"癸卯学制"，"人伦道德"这一科目出现在《奏定高等学堂章程》和《奏定优级师范学堂章程》中，内容均为"摘讲宋、元、明国朝诸儒学案"，虽然"章程"在对该科目进行解释时也提及外国高等学堂的伦理学科目，但是重点仍在宗法孔孟的理学论著。而《中等教育伦理学》虽借儒家言论解释伦常，但其主体仍是现代立宪国家的国民观念，并非孔孟之道，蔡序对儒家修"私德"的不满更是与"癸卯学制"所推崇儒家经典相悖，此时的人伦大义仍是清王朝治国的根本，不容有西学附丽。作为人伦中极重要的婚姻一环，在蔡元培力荐的这本书中自然也是不可缺少的篇章，其中观点可以从另一个侧面帮助我们了解婚姻制度与社会文明程度的内在关联。

元良勇次郎在《中等教育伦理学》的第九章《家族伦理　婚姻论》中专门展开了相关论述。虽然在全书共五十章的篇幅中，所谓特设一章也只不过是篇幅短小的五十分之一罢了，但是作者对社会文明秩序和婚姻自由的主要观点还是十分鲜明的。作者先指出"及社会发达愈进，夫妻之关系愈深。一家之中，上有祖先之祭祀，下有子孙之继承，及财产之分配，关系复杂，遂成习惯。此数事者，皆直接或间接，与婚姻大有关系者也"[2]，又指出虽然欧美一夫一妻制和东洋一夫多妻相比更加文明，但是在离异、续弦、再醮方面还是要谨慎行事，特别是以"自由"为名草率离异更不可取。"或谓婚姻者，自由相约而成，自由相约而散，有何不可？不知成立一家

---

[1] 蔡元培. 中等教育伦理学 [M]. 上海：广智书局，1903：2.
[2] [日] 元良勇次郎. 中等教育伦理学 [M]. 麦鼎华译. 上海：广智书局，1903：26.

之后，既生天然之关系，何不可思之甚耶？"① 元良勇次郎从家庭牵涉到的诸如财产分割、子嗣继承等角度出发，呼吁众人在"自由结婚"的口号下保持理智，这与晚清中国论者考虑的礼教风化虽有重合之处，但侧重各有不同。至于元良勇次郎提到的"自由相约而散"，实际就是"自由离婚"的另一种表述。先不论"自由"与否，"离婚"也是和"自由结婚"息息相关的新名词，作为体现"自由价值"结束婚姻关系的行为，在晚清的纸媒宣传中也常是夺人眼球的话题。只不过要等到民国时期，"自由离婚"才开始成为报纸上的常见社论，在晚清虽然常有"自由结婚"四字连用，"自由离婚"出现的频率却低了很多。

《申报》在1873年的一则社会新闻里也提到了"离婚"一词，但却是评论一起让人大跌眼镜的女抢男抢亲案，本质上并非一则关于离婚的报道，充其量是一则关于定亲、毁约又抢亲的饭后谈资②，但也可以由此看出当时的"离婚"只是定亲失败的一种可能，离现代婚姻制度中所谓的"离婚"概念还相距甚远。1886年，天主教纸《益闻录》刊登了关于一对奥地利天主教夫妇向法院申请离婚的消息，因法院判决与教规抵牾，此事闹得沸沸扬扬③。1905年有报纸报道同为留学日本学生的寿昌田和林复二人自由结婚，但因二人性情不合，林复主动提出两人"自由离婚"。寿昌田同意后还拜托林复对自己将要登报的离婚启示进行润色，两人和平且"自由"的离婚方式的确在当时并不多见，但这则简略的报道并未提及元良勇次郎所担心的离婚需要考虑的种种现实问题，应该是一则"非典型"的

---

① ［日］元良勇次郎．中等教育伦理学［M］．麦鼎华译．上海：广智书局，1903：27．
② 详录浦东女抢亲案件［N］．申报，1873-10-7．
③ 离婚志始［J］．益闻录，1886（577）．

"理想化"离婚案例①。比起总是和社会文明进步、人种进化相联系的"自由结婚"或是"文明结婚","自由离婚"这四个字在人们眼中,甚至是那些竭力提倡"自由结婚"的进步人士眼中显得有些尴尬。同样是 1905 年,还是上海务本女学堂学生的杨荫榆终于和丈夫离婚了,这也被《女子世界》报道为"离婚创举"。与通常洋洋洒洒好几个版面鼓吹"自由结婚"的报道或社论不同,对这个"离婚创举",一向支持女权态度鲜明的《女子世界》却出乎意料地进行低调处理,整个报道不超过两行文字。而陈志群和丁初我在报道后附上的按语,则提供了一部分晚清开明人士看待"自由离婚"或者仅仅是"离婚"的线索——

> 记者曰,此女子不依赖男子而能自立之先声也。此等事能多见,则婚姻自然改良。而男子自大之气、翁姑专治之风,或得从此而稍杀。女士其好为其难者欤?(志群)
> 此事闻之恶浊社会,鲜不骇且怪者。然专制之家庭不破坏,自由之家庭必不克建设。诸君不返视而家,曷不先外视而国?(初我)②

毋庸置疑,陈志群和丁初我都是支持杨荫榆离婚的。前者侧重于婚姻改良亦可成为伸张女权之先声,后者则从家国同构出发思考专制与自由的对立。但是丁初我所谓"此事闻之恶浊社会,鲜不骇而怪者"值得玩味。乍一看,丁氏的原意应该是欲扬先抑,毕竟离婚在当时世俗社会看来仍是"惊世骇俗"之举。但是结合《女子世

---

① 自由离婚[J]. 东京留学界纪实,1905 (01).
② 离婚创举[J]. 女子世界,1905 (03).

界》对此事的低调处理，又不能不解读出另外一重意味，那就是即便在丁初我看来，"离婚"一事也不适合过多宣传。毕竟，如果说"自由结婚"标榜的是男女双方情投意合，婚姻基石牢不可破，那么再出现"自由离婚"之语，处理不好可能会有自相矛盾的尴尬。虽然婚姻聚散重在"自由"，但是好不容易能够妥协为父母"开明专制"的婚姻改良，连结合尚且困难，更不用说离婚了。另外，正如前文所论，"自由结婚"向来与文明制度的想象勾连，"自由离婚"却还要提防"破坏纲常，世风日下"的指责，这样的麻烦事，显然也是包括丁初我在内的一班进步报人不得不有所顾忌的。

"自由结婚"从人种改良的角度为自己在古老的中国土地上找到了合理性，与礼教的碰撞在所难免，但是"国民之母"和"新中国之子"想要通过各种可能的方式加强自己在舆论中的存在感。通过见诸报端的"自由结婚"宣传来揣摩晚清男女追求"自由结婚"的个人动机显然难度很大，但是这些文字构建起的"自由"且"文明"的进步社会图景，无疑吸引了一大批青年男女。女学生在这股风潮中应该是天然的先行者和主角，但是现实永远比报纸上的理想化宣传要复杂得多。当一部分女学生非但没能享受到"自由结婚"带来的喜悦，反而因为种种原因背上了"软弱""落后"的骂名，她们可能从这时才真正体会到"自由结婚"的宣传其实在某种程度上并不是对个人价值的绝对肯定，她们自身的才情也不是被关注的重点，"女学生"这个身份只有在象征层面才和"自由结婚"代表的文明制度关联。当个人的"婚事"被作为"国事"议论，"结婚"就不再是个人男女之间的私事了。当"自由结婚"与"国族自由"同一，"自由"二字凸显了出来，"结婚"只不过是实现更高层次"自由"的千万种方法之一。斯宾塞曾在《社会静力学》里呼吁"最大幸福必须间接地去寻求"——"在这个社会性状态中,因为每一个个人的活动范围都受到其他个人活动范围的限制,从而要获得最大幸福数量的人们,必须个人能在他自己的活动范围内得到完全的幸福,而不减少其他人为获取幸福所需要的互动范围"[①]。这段话同样可以用来诠释清末宣传的"自由结婚",本来只是通过改良结婚制度追求个人的幸福,却因为牵动了更多人的政治抱负、思想主张,最终波及国家制度及其前途命运。正因为涉及的人事太多,更多徘徊彷徨在现实中的新人已然不是文本中义无反顾的男女主人公,他们在奔向"自由"的途中瞻前顾后,疑虑重重。

---

① [英]赫伯特·斯宾塞.社会静力学[M].张雄武译.北京:商务印书馆,1999:30—31.

第七章 "她者"革命：家国变革中的女性角色

晚清白话报章呈现出的女性意识萌芽，如同前几章论及的那样，几乎每一步的背后都有国家话语的影子。旨在培养"贤妻良母"的官方女学体系自不必说，就在官方文件下达之前，"国民之母"论就已频频出现在各大报刊上。对女性性别角色的想象，主要体现在对其生育的功能性、个人价值实现场域的刻板印象中。简言之，就是生儿育女的合格母体，以及具备一定智识、但还是以家庭付出为主的理想女性。在1907年《奏定女学堂章程》颁布后，《女报》主编陈以益愤然曰："夫贤母良妻也者，具普通之智慧，有普通之能力，而能襄夫教子之谓也。若是则女子之性质，岂仅能襄教而不能独立者乎？彼男子之教育，授种种之专门学问，今于女子则仅授以普通之学识而止，非重男轻女耶？非与男尊女卑之谬说相等耶？所谓平等者何在？所谓平权者何在？"[1]陈以益也是性情中人，仅因《奏定女学堂章程》所言"贤妻良母"宗旨、专设女校课程就拍案而起。事实上，男学女学之分和培养宗旨之异只不过是晚清"家国同构"体系中对于女性角色想象的一个缩影罢了。本章将顺延上一章关于晚清女性婚姻观的思路，从"国事"层面进一步观照

---

[1] 陈以益.男尊女卑与贤母良妻[A]//张枬、王忍之编.辛亥革命前十年间时论选集（第3卷）[M].北京：生活·读书·新知三联书店，1977：482—483.

女性个人的"婚事"。国家话语对女性意识的影响包括国民意识的宣扬以及对"英雌"形象的构建。晚清女性在家国革命中的地位，如同若即若离行进在具体革命事务边缘的"她者"。

第一节 "国事"与"婚事"

"自由结婚"和革命事业的结合成为晚清文学中特殊的"革命加恋爱"模式，晚清白话小说自然也不例外。革命进步人士笔下对婚姻的宣传虽然偏向"自由"，但这样的"自由"是有条件的，那就是只有当"婚事"与"国事"挂钩，志同道合的战友才会成为理想的人生伴侣。与其说为自己考虑人生大事，不如说是为国尽责。

白话小说《玫瑰花》从《中国白话报》1903年第1期开始连载，为"白话道人"即林獬所作。小说虚构了一个原本安静祥和的玫瑰村，因为虎患而延请相邻的兽居村人灭虎，不料兽居村的恶汉本就别有用心，以灭虎为借口霸占了玫瑰村，欺压百姓无恶不作，又想将玫瑰村的一半田产割让给别种的暴徒。这时，玫瑰村的热血青年钟国洪和深明大义的女杰玫瑰花，联合村内其他志士成立了革命暗杀团体光复会，痛击侵占家园的强盗并把他们赶出了玫瑰村。玫瑰村民终以得以谋自治，而钟国洪和玫瑰花也在保卫家园的过程中互生情愫。虽然《玫瑰花》因为报纸停刊而被迫中断连载，但是随报纸面世的九回已自成一个完整的爱国叙事体系。小说的现实影射十分明显，带有强烈的排满情绪，玫瑰村即中国，入侵的"恶汉"即清政府，清政府欲将本属汉人的土地割让给其他列强，激起了民愤。《中国白话报》上曾登载吴亚男的一篇文章，可与《玫瑰花》的情节互文，"就是那些□洲（原文如此——笔者按）游牧做我们中国的皇帝二百余年,杀了我汉种许多人,现在看见他们西人强盛,又把我汉人的地方,送把西人做礼物,想要保全子孙万世帝业"①。玫瑰花与钟国洪并肩作战,一起为革命事业贡献力量,然而文本中呈现的图景并非如此完美。在《中国白话报》上连载的小说《玫瑰花》里,有一段玫瑰花得知钟国洪杀贼成功的心理描写,她先是极其欢喜,接着又极其敬佩,随后联想到自己的婚姻大事,第一次想到要与钟国洪共度余生,心怦怦然——

> 唉,我生长村中,真正没有分毫之益,但我自己年已长大,还未许人生平,只因矢志复仇,所以无心及此。那钟国洪本是我第一敬爱的朋友,他心中爱慕我,也是不可言喻的了。如今他既然杀贼功成,我们光复会自然找不出什么奖功酬劳的礼物。倘他一旦不幸,前事败露,死于敌手,可不是冤苦了他么?罢了,我如今决计许嫁与他,奉此微躯,以酬义士。②

玫瑰花许嫁虽然是自由结婚,但是在想到嫁给钟国洪之前,她首先想到的是自己未能给玫瑰村的革命事业出力。事实上,通过小说前半部分的描述,可以发现虽然玫瑰花在整个革命过程中始终处于策应的边缘位置,但她几乎承担了玫瑰村革命活动的所有经济开销——是革命款项的主要提供者。无论是出钱还是出力,玫瑰花的作用并非自己所说的"毫无益处",这样自我弱化的心态也导致了自我物化,将自己作为一份献给革命志士的礼物。想到钟国洪因为参与了暗杀,随时有生命危险,万一遭遇不测,还未获得光复会半

---

① 吴亚男. 告中国教习 [N]. 中国白话报, 1904 (11).
② 白话道人. 玫瑰花 (第六) [J]. 中国白话报, 1904 (09).

点"酬劳"的他岂不是太过冤苦？此时玫瑰花并没有想到自己也参与了革命，更一度被关押，时刻处在危险之中，可此时她似乎完全忘记了这回事。作者在这里无意间流露出对女性革命的期待，即永远处于安全地带的"她"，化身一种革命成功的酬劳。玫瑰花虽然和钟国洪一起参加革命，一起承担了责任和风险，但是认为自己依然是卑微的、毫无贡献的人，只能够作为"奖赏"来"犒劳"劳苦功高的革命志士。国家大义永远高于个人的儿女情长，由革命战友到生活伴侣的过渡显得简单而苍白，钟国洪的杀敌成了引发结婚的契机，结婚并不是儿女情长到了一定程度后的自然结果，这样的结婚是否自由还有待考察。更值得玩味的是，当玫瑰花托父亲向钟国洪表明心意后，钟国洪想等革命成功后再议婚姻大事，不料玫瑰花态度坚决地表示"事不宜迟"，"想先生当以早知，现时此案结果何似，尚不可知，若幸而无事，则我两人从此可以共图大事，矢志复仇，且待光复奏功再议光复之事可也；若其万一不幸，前事败露，则吾所以报先生之功者，以名不以实，先生亦足以少慰于心矣"[①]。一旦将自己的恋情和民族大义挂钩，玫瑰花此时义正词严一改向来羞涩之情，连使用的语句也成了浅近文言。国事和婚事之间原本可能发生的冲突就这样被化解了，玫瑰花还说明了两者相辅相成的关系，即婚事有利于国事，因为国事而要促成婚事。婚事不再是属于私领域的个人决定，而是与公领域息息相关的重要决策。

在1903年自由社出版的白话小说《自由结婚》中也可以找到类似的"国事"即"婚事"、"婚事"即"国事"的逻辑。这本署名为"犹太遗民万古恨著　震旦女士自由花译"的小说是伪译之作。阿

---

① 白话道人.玫瑰花（第六）[J].中国白话报，1904（09）.

英明确其为"托名译本",并指出该书有两编共二十卷,但是他没有具体指出该书的实际作者是谁①。黄霖根据冯自由《革命逸史》中的记载,考证《自由结婚》的作者为清末文人张肇桐②,而《中国古代小说总目》也确认了这一点③。张肇桐,江苏无锡人,曾任《江苏》杂志记者。在《自由结婚》的《弁言》中,作者称全书有三编,但最终只有两编面世,由自由社分别于光绪二十九年七月三日(1903年8月25日)和同年十月十三日(1903年12月1日)出版。小说虽然题为《自由结婚》,却自称是"政治小说",这也暗示着小说中的情节展开和一般的言情小说不同。小说虚构了一个"爱国",假托犹太老翁之语,讲述了一对爱国青年黄祸和关关的相识、相知、相恋过程,只不过和《玫瑰花》一样,书中基本没有传统言情小说中花前月下的恋爱场景,而是由共赴学堂读书、为救国难共赴他乡等爱国情节构成。且小说的排满色彩异常强烈,完全盖过了英雄儿女的情意绵绵。在小说第六回,黄祸的母亲想为自己的儿子向关关提亲,关关并未因为两家人差别悬殊的经济状况而拒绝这门亲事。无论如何,相近的革命志向才是她和黄祸走到一起的原因,可尽管两人志同道合,关关还是提出暂缓婚事——

> 但是侄女从前曾经发过一誓,说一生不愿嫁人,只愿把此身嫁与爱国。现在伯母有命,侄女也不敢违,然亦不敢忘了那句话,所以侄女今天同伯母约,缔姻之事,请自今始,完婚之期,必待那爱国驱除异族,光复旧物的日子。④

---

① 阿英. 晚清戏曲小说目增补版 [M]. 上海: 上海文艺联合出版社, 1954: 75.
② 黄霖. 清末小说家琐记 [J]. 复旦学报, 1981(05).
③ 石昌渝主编. 中国古代小说总目·白话卷 [M]. 太原: 山西教育出版社, 2004: 541—542.
④ 犹太遗民万古恨. 自由结婚(第一编)[M]. 震旦女士自由花译. 自由社, 1903: 54.

正如这一回的回目那样,"异种未锄鱼水成欢待他日"。虽然关关推迟婚期和玫瑰花的急切成婚恰好相反,但究其实质,两人的决定大同小异,都是以国事为重。关关之所以没有马上答应黄祸母亲的提亲,还有更深一层的原因,这需要和玫瑰花的情况进行比较。玫瑰花和钟国洪的婚事有一个触发点,就是前文讨论的钟国洪杀敌成功。暗杀活动在《玫瑰花》中成为钟国洪的"革命洗礼",同时也是叙事者代玫瑰花进行的考验。钟国洪暗杀行动的成功,也意味着他通过了考验,接受了"革命的洗礼"。从此以后,在玫瑰花眼中,钟国洪和"玫瑰村"(国家)的希望成了一体,她嫁给钟国洪,和关关一开始发誓要嫁给爱国没有任何不同。反观《自由结婚》,此时的黄祸还没有实施过任何实质意义上的革命行动,换言之,他没有经受过"洗礼",这样作为个体的他和国家分属不同的象征层面。关关提出要"驱除异族,光复旧物",既是给自己定的目标,也是向黄祸提出的考验,只是《自由结婚》的文本展开始终没有一个合适的触发点促使黄祸和关关的婚事与国事融为一体。直到第二编的最后一章,也只是黄祸押送进京、众人一筹莫展。或许事情的转机出现在第三编,黄祸通过考验,与关关终成眷属,因为《弁言》中对第三编的预设是"末期以英雄之本领,建立国家之大业"[①],可惜整部小说到第二编就结束了。与《玫瑰花》直截了当地以女主人公的名字作为书名不同,《自由结婚》的书名和它的主要内容在现在看来似乎有些文不对题。但如果我们放弃有情人终成眷属的言情小说阅读期待,从"婚事"和"国事"的意识形态层面

---

① 犹太遗民万古恨.自由结婚(第一编)[M].震旦女士自由花译.自由社,1903:2.

上来阅读这部小说，可以发现《自由结婚》试图寻求的是个体自由到国家自由的升华。对于这一点，高燮也看得很清楚。《自由结婚》两编出版后，他曾题写长诗登于《女子世界》上的《攻玉集》。诗歌内容基本围绕着小说的情节线索，其中有"已分将身嫁国妻，莫教失节玷金闺"①之语。对应《自由结婚》的小说内容，这两句诗正契合了一飞公主对娘子军的一次演说——"我们对着丈夫，可以算守节，对着国家，只好算失节，少受乡邻几句唾骂，已经是万幸中之大幸了。但是我们虽然失了节，还有回头转身的日子"②。此处所谓"回头转身"的办法，无疑就是加入光复军，投入到排满运动中。《自由结婚》作为一部"政治小说"，它要完成儿女情长到家国大义的转换。小说既然有这样独特的节烈观，其婚姻择偶观必然也与"国事"相关。简言之，关关想要伴随一生的并非黄祸，而是那个想象中完整强大的国家，她自由结婚的对象不是个体，而是一个抽象的集体概念，这也就是高燮所说的"国妻"和张肇桐让一飞公主所说的"为国守节"。

  但是，结婚对象的转变是一回事，结婚的程序又是另外一回事。无论玫瑰花还是关关，在婚姻的程序上依然恪守着一些传统的规则。"父母之命，媒妁之言"已然不能适应时代的变迁，但婚姻制度的改革过程毕竟无法全然摆脱"过渡时代"的影响，即便革命婚姻也是如此。清末"自由结婚"的舆论浪潮将批评的矛头对准了旧式婚姻的不合理性，但是观念上的谬误是抽象的，想要有的放矢最好的宣传办法无外乎是找到几个具体的人当"靶子"。在声讨婚姻包办时，专制又糊涂的父母、两头欺瞒的媒婆无疑是最合格的"箭

---

① 吹万.题自由结婚第二编十首[J].女子世界，1904（09）.
② 犹太遗民万古恨.自由结婚（第二编）[M].震旦女士自由花译.自由社，1903：230—231.

靶"。然而，胡适在《婚姻篇》里认为媒婆应为无数婚姻悲剧承担主要的责任，父母之错不在"专制"而在"太过随便"。虽然胡适的文章观点有些刻意，但是他提出的儿女协商、父母做主，无疑也是当时婚姻改革的一种办法。这种"因地制宜"的过渡办法，给予儿女和父母各一半的自由，在晚清报刊的各种宣传中十分常见。依然以《玫瑰花》和《自由结婚》为例，可以看到这样的半自由结婚已然成为作者心目中夫妻结合的理想模式。这看起来确实令人费解，无论是英雄还是英雌，在追求国族自由平等时的态度都异常坚决、毫无保留，可一旦涉及人生大事的第一步——求婚，男女双方仍旧坚持着禀告父母并由父母提亲的传统。

首先是玫瑰花，一方面想将自己作为革命的"犒劳"奖励给钟国洪，另一方面确实和钟国洪两情相悦。她想向父亲王员外说明自己的心意，并让父亲替自己去提亲，但同时还担心如果父亲知道钟国洪正在革命排满，就不会答应自己的婚事。思前顾后，辗转反侧，玫瑰花最终还是向王员外提到了钟国洪。林獬加上大段玫瑰花的心理描写，不厌其烦地向读者表明自己对自由结婚的态度——

> 这等见理未明的人，正不独我父亲一个，而且他这思想，却不尽是坏的，大半还是根于恋爱儿女，不过他那爱的范围不能十分推广罢。这也何必去责备老人家呢？我今若私下与钟国洪结婚，知道的人就晓得我此举是出于光明磊落的，不知道的人还以为我是个不守闺训的女子。将来女人家若果都借口婚姻自由，私相授受，不肯禀明父母，则是文明的法律还没有懂得清楚。那伤风败俗的事体，多弄得层出不穷，这岂不是我一人

作俑之罪么？①

　　林獬的这段话可谓煞费苦心，一来想为"固执守旧"的父母开脱，二来以始作俑者的潜在罪名震慑"自由结婚"却不明其意的男女们。然而，这里玫瑰花的矛盾却得到了出人意料的化解。她还未向父亲说明钟国洪在光复会的作为，父亲就因为钟国洪的好名声一口答应为女儿提亲。虽然中间有些小波折，但当王员外对钟国洪的革命党身份有所顾忌时，玫瑰花立刻解释钟国洪对自己有救命之恩，却也只字未提暗杀一事。王员外最后被女儿"救命之恩"的言论轻易打动，终于答应出门提亲。面对下跪感激自己的女儿，王员外说道："你今能够这样明白有体，尊敬父亲凡事禀明，我真喜慰不尽。近来的人，喜欢说什么婚姻自由，都道父母不能做主。吾儿不为众论所惑，我心甚安。"② 林獬通过回避矛盾来化解矛盾，只为提醒想要"自由结婚"的男女。玫瑰花事实上并未事事禀明，因为如果这么做，王员外绝不会同意这门亲事。《自由结婚》中虽然没有这种理想化的矛盾化解，但是半自由的结婚程式也出现了。《卫生白话报》的主编陈继武也曾从生理学的角度讲述婚姻制度的改良应该将"古礼结婚"和"自由结婚"结合起来，认为这才是"最完备的结婚法"——

　　　　男女到了结婚的年龄，可以许他们自行选择。若有和自己性情相合的，就禀明父母。做父母的，就把子女所心爱的人，察访察访。如果然是个完善的人，将来夫妻们不至于有什么失

---

①② 白话道人. 玫瑰花（第六）[J]. 中国白话报，1904（09）.

和的事情，那就再和亲友们商量商量。如果大家都以为好的，就给他们结婚。如若他们不过一时的私恋，那就万万不可听顺他们，须要解散他们。①

虽然陈继武从一个医者的角度出发，详细说明了男女结婚的最佳年龄及其原因，但是现代医学知识和传统伦理相碰撞的结果只不过是寄希望于家长的开明。虽然在改良过的婚姻制度中，儿女和家长似乎都有了各一半的自由，但是家长的权威性依然不可动摇，他们享受的自由远高于只能提出意向的儿女。黄湘金在分析清末民初自由结婚现象时认为，"在婚恋过程中遵循'发乎情，止乎礼义'的守则以及服从'父母之命'的权威，期待爱情在礼教、理义的规范下徐徐而行，盼望开明的父母理解、支持儿女的意志，正显示了此种'自由结婚'的历史局限"②。进一步说，也正是因为这种"历史局限"使女性的性别角色于家于国都处于相对被动的地位，即便是"为国而婚"式的"主动"，也夹杂着弱化女性革命力量的心理因素。如此女性地位的文字呈现，又基于作者对启蒙晚清女性的心理优势和主观想象，即女性如孩童般"涉世未深"，一方面有无限潜能等待被挖掘，另一方面一旦涉及革命事务，女性又显得"能力有限"。

第二节 "一张白纸"对国家话语的吸收

"我的最亲最爱的诸位姊姊妹妹呀……如今中国不是说道，有

---

① 陈继武.婚姻谈[N].卫生白话报，1908-6-1.
② 黄湘金.史事与传奇——清末民初小说内外的女学生[M].北京：北京大学出版社，2016：241.

四万万同胞吗？……二万万的男子是入了文明新世界，我的二万万女同胞，还依然黑暗沉沦在十八层地狱，一层也不想爬上来"①——秋瑾的这番话，是清末白话论说中规劝女性觉醒时的典型语气和论说方式。将自己视为姐妹中的一分子，认为若要振兴国运，女性需要和关心时事的男性一样，主动求学、读书阅报、开阔眼界，从而进入"文明社会"。试图规劝女性同胞入学的论说不计其数，细微的差别可能在于并非所有的作者都像秋瑾那样羡慕男子有接受新知识的特权，有一类文章中掺杂了另一种情绪。"现在他们恭恭敬敬的，随着礼单，去做万国奴隶，不就又要把我们，转献到万国去"②，这里的"他们"，指的是"二百兆的男子"，而"我们"就成了"奴隶的奴隶"，这是晚清女性基于性别压迫和国族压迫的双重控诉。当然也有从比较客观的角度提出男女同学，共同进步的。比如一则报道内阁中书之子发奋读书只求智识与定亲女子匹配的新闻，"女子有了学问，不但女子自己有用，还可叫男子发奋"③。

　　无论是艳羡、憎恶还是力主客观的评论，都认为女子只要愿意入学，就是可塑之材。对于"尚未开蒙"的女性，论说者不仅痛斥其不求上进导致蒙昧愚钝，还对其"开蒙"后的前景寄予厚望，而这厚望来源于女性未曾沾染中国学堂的不良风气，"白纸一张，纯净无瑕"。至于"污染"女性求学之路的究竟是新学还是旧学，就是见仁见智的问题了。"男子有了这个思想（读书入仕——笔者按），学问不能长进，女子幸亏没有这种鄙陋的事，扰累他的心思，正可以认认真真，讲求学问，将来能远过于男子，亦未可知"④。这样的

---

① 秋瑾. 敬告姊妹们 [J]. 中国女报, 1907（01）.
② 汤雪珍. 女界革命 [J]. 女子世界, 1904（04）.
③ 女学可以鼓励男子 [N]. 直隶白话报, 1904-5-18.
④ 夜郎. 劝女子入学堂说 [J]. 女子世界, 1904（10）.

论说显然有意忽略了男子之所以有考取功名的心思，正是因为已经接受了启蒙开愚，科举制度尚未废除之前，这也是学以致用参政议政的必由之路；女性入学后也会遇到这样"鄙陋的事"，但论说者在潜意识中并不认为考取功名、参政议政是女学的范畴，所以女子可以不受科举功名困扰安心求学。如果说这篇苦口婆心的论说着力点在于批判旧学与科举的绑定，希望女学能够摆脱科举功名的桎梏，那么接下来《中国白话报》另一部连载白话小说《娘子军》中的论说者——女学校的戴总理，虽然也认为女学生更专注于学问本身，但其矛头所指却是新学带来的"污染"——"现在中国的学生，哪里有当学生的资格，他们闹事，随他罢了，吾不忍说，恐污我的口，我们现在，幸亏办的是女学校，想来我们这女学生当不至染他们那般丑习，今朝告自由，明朝告独立"①。这是作者之一的林獬借小说人物之口对新学的浮泛喧杂表达不满，女学校成了远离新学的一方净土。林獬对于"守旧"和"维新"有着独到的见解，"天下唯独真能守旧的，才会维新，倘是不能守旧，那维新是一点根底都没有，也不过都变成口头禅罢"②。他对口号式的假维新党充满了不屑，对没有旧学功底的新学心存警惕，这和他主办《中国白话报》时坚持雅俗栏目泾渭分明面向不同读者群体、提倡白话论说的同时力图保存国粹不无关联。《福建白话报》对于新学旧学的立场也和林獬相似——

　　倘使旧学没有根底，那新学必定都是皮毛，能够懂了旧学，一件件也就可以贯通彻悟的了，古今道理，总归是一样

---

① 爱国女儿述，白话道人记. 娘子军（第四回）[J]. 中国白话报，1904（13）.
② 白话道人. 读书问答 [J]. 中国白话报，1904（21，22，23，24）.

的。真能够守旧的，便是维新；真能够维新的，便是守旧，不在乎那名目上的新旧。①

无论是林獬在《中国白话报》上的主张，还是《福建白话报》章程中的论述，都对新学旧学进行了客观的辩证分析，但不难看出在林獬等人眼中，新旧相争，新学"劣势"在于易浮夸，而旧学"劣势"则被刻意回避。对于新学旧学的讨论落实在女学上，女子不受新学的污染，能够专心研习的就是旧学文脉了。撇开新旧之争，无论女子学什么，都要先学了才能有发言权，而男女平权的诉求也必定是女学兴盛到一定程度后的产物。这样的推论本也无可厚非，然而对于女学在先女权在后的坚持，在某些情况下会成为抑制女性发声的枷锁，男性居高临下的态度加之本已具有的知识优势，对刚开始萌芽的女性意识并不能起到积极的作用。但即便困难重重，一部分女性的声音还是顽强地成为报章铅字传播开来。

就在庆幸女学校尚是一片净土的《中国白话报》上，吴弱男发了一篇"敬告体"的白话论说文，用激烈的语言号召同胞姐妹团结起来，革命排满，不畏强权②。这样的"敬告体"演说带有强烈的鼓动性和带入感，文章用语并无美感，但女子报国无门的憋闷和委屈跃然纸上，对于只愿留守闺阁之中的同胞姐妹，"哀其不幸，怒其不争"。和该文主旨类似的演说不胜枚举，至于女性是否先要入女学扎实学问后才能革命排满，在民族大义面前成了一个无关紧要的问题。如果说林獬等人面对被时代风潮裹挟着前进的近代女权意识表现得过于保守谨慎，那么顽强发声的女性先驱们，其态度则过

---

① 章程[J]. 福建白话报，1904（01）.
② 吴弱男. 告幼年诸姊妹[J]. 中国白话报，1904（12）.

于乐观豪放了。但试想当时得以发声的女性先驱，如果不讨论国家民族的宏大话题，她们的声音可能会被无情地过滤，因此也就不难理解为何绝大多数涉及国族命运的演说文，即便出自女性之手，也是豪气万丈。只是她们并不一定要将女学、女权分出前后，女权意味着"国权""族权"，要使国族强盛，求学是必然的，但与救国图存的实践并行不悖。比如下面这篇开学演说，将女子入学后所学分为文、武、德三脉，彻底打破了女学、女权（国权、族权）的先后顺序——

> 我期望我们校中的姊妹，总要握定一个坚贞激烈的宗旨，做他日女军人的预备功夫。一面研究国文，开通智识，发达这爱国的思想；一面注重兵操，练习体魄，提倡这尚武精神；而且还要保存公德，扶助爱情，教那校中二十余个姊妹，结成一个人似的，互相磋磨，互相激励……①

求学与实践齐头并进，比起强调先后次序的论说，更为实用。值得注意的是，该文还设想了女校几十名女生结成互帮互助的小团体，进而扩大影响，为国出力，这显然是对女性团体力量的一种乌托邦想象。在张肇桐所著的白话小说《自由结婚》中，有一位一飞公主，为了排满救国在一个偏僻无名的山上暗中组建了女光复党，装备精良，训练有素，号称已有五千余人，可以说是对英雌乌托邦极端化的想象。小说为了彰显演说的重要意义，经常让人物进行长篇演说。一飞公主虽然在书中出现次数不多，但是她在一次

---

① 苏英. 苏苏女校开学演说［J］. 女子世界，1904（12）.

面向女光复团的演说中论及女性救国的优势,其论述的展开引人注目:

> 你们可晓得如人被那野蛮贱种强奸,比被强盗强奸还要不值得吗?……第一层,强盗虽然来得凶狠可怕,却还像个人,那野蛮贱种没有一点儿人气,真是同禽兽一般。我们与其失节于禽兽,宁可失节于恶人。第二层,强盗采花,大半因为爱花的缘故,那野蛮贱种,肉欲十分厉害,真情一点都无,我们与其失节于无情人,宁可失节于少情人。第三层,强盗强奸,女人虽然恨得要死,当时肉欲却也爽快,后来倘若服从了他,还可以得些好处。那野蛮贱种,只顾强奸,不顾死活,就是你服从了他,他还要弄得你至死方休。我们与其失节于残酷的人,宁可失节于有些好处的人。咳!现在我国那些女人,就是喜欢卖淫,巴不得有人来强奸他,也应该避了野蛮贱种跟着强盗,哪有情情愿愿脱了衣裤去迎接那野蛮贱种的道理呢?……宗总之,我们女人有了这守节的好性质,却只会用在一人身上,不会用在一国身上。①

一飞公主的言论即使在今天看来也令人咋舌,对于清政府的仇恨超过了对其他列强的仇恨,甚至可以为此牺牲女性的节义。由于时代的局限,作者张肇桐对女性守节的理解虽然和顽固守旧的道学家不同,却也充满了偏见。借一飞公主发声,作者希望女性保持已有之特质,即恪守贞节,看似颇像保守主义的观点,但保持特质的

---

① 犹太遗民万古恨. 自由结婚(第二编)[M]. 震旦女士自由花译. 自由社,1903:12.

目的是为了国家民族大义,这样的升华虽然牵强,却也可以看到对女性的想象"由旧及新"的演变轨迹。只不过这样的演变轨迹因为极端的民族情绪而显得扭曲,此时国家话语的强行介入不仅对女性意识的萌芽无益,还暗暗培植了一种对强权的向往。一飞公主的演说虽然都是针对女性受辱,但此处的女性已经不再是纯粹的肉身,而是当时中国的象征。三层理由归纳起来就是与其被外厉内荏的异族统治征服,不如屈服于更强大的敌人。女性守节让位于强权膜拜,这一切都以爱国的名义出现,这里个人话语被国家话语轻松置换了,而且还设下了文字机关,守节若只用在个体上恰恰反映出女性不关心国事、目光狭隘,只有为国守节才是真正深明大义。此处观点偏颇,却在特殊的时代背景下和对女性乌托邦之力的想象共存,构成了一幅古怪的画面。

　　同样是讨论女性特质与国家兴亡的联系,另一位现实女界中的活跃人物杜清持,也曾撰文分析男性眼中女性的柔弱。她认为"柔弱"实际上对女子自身而言并不是一种缺点,对于国家治理来说,女性的"弱"在某种程度上成为她改变国族命运的优势。杜清持先是假设男性知识分子看到女子身体和智识均贫弱,感叹女子可怜,"我何不同他平权呢?我何不同他平等呢?但是我怕他孱弱到这个样子,愚蠢到这个样子,就是把权还他,也怕他没有行权的资格;同他平等,也怕他未得平等的才能"[①],被赋予的女权其实不是真正的女权。杜清持反驳认为,女性的权利乃是天赋,生来就有,并不是男性所赋予的,男性也没有这个资格谈赋权。因为若不谈"后起的人格",也就是后天学习的结果,只讨论"固有的人格",也就是

---

① 杜清持.文明的奴隶[J].女子世界,1904(09).

与生俱来的特质，女性柔弱的性情和一颗"仁心"，要远胜过男子。杜清持举"妇人孺子之仁"为例，认为妇人从小到大如同孺子一般率真，心思又极为细密，柔弱成为一种"沉忍的性情"，也就是妇女的坚忍。至此，杜清持一直在为女子弱不经事而辩解，从女性的角度肯定了自己的性别特质，并且这特质自有价值。吕碧城曾经也撰文专门论及女性"坚忍"的特质，在《兴女权贵有坚忍之志》一文中，提到兴女权的道路荆棘遍布，"其何以能成此宏功，偿此大愿哉？则曰'贵有坚忍之志'而已。使吾二万万同胞，各具百折不挠之定见，则阻力愈大，进步愈速"①。显而易见，吕碧城认为女性百折不挠的性格有助于在伸张女权的道路上知难而上。再来看杜清持的演说，似乎和吕碧城的行文思路是一致的，都是为了突出女性坚忍的优点，并且认为这正是女性不弱于男子的证明。可是杜清持并未继续从女性本体出发进一步分析"坚忍"性格，而是话锋一转，号召真正愿意为女学出一臂之力的男子，当"竭力为妇女做奴隶"，为了避免歧义，杜清持仔细界定了此"奴隶"非彼"奴隶"——"乃是奔走服役于千万的公群，做主人翁的最多，故当奴隶的义务也最重"②。不难看出，她所说的"奴隶"，指的是为女性事业奔走的公仆，一种新型的"文明的奴隶"，与屈膝谄媚的"野蛮的奴隶"不是同一个概念。那么，该文之前为女性之柔弱所做的辩解，无疑是为了提出"文明的奴隶"而做的铺垫。再看文章结尾处的关键论述，杜清持假设有男子不愿意成为无知无识的愚蠢妇人的奴隶，认为这有碍其尊严。对此，她劝说道，男子做妇女的奴隶已经很久了，妇女足不出户无法自养，男子在外奔波劳累，对此大

---

① 吕碧城.兴女权贵有坚忍之志［N］.大公报，1904-6-13.
② 杜清持.文明的奴隶［J］.女子世界，1904（09）.

家也习以为常，何妨继续做女子的"奴隶"呢？她又进一步说道，"以大总统的尊贵，也不过是服役于一国的股东"①，男子应该能做"自由的""文明的奴隶"。

　　杜清持分析"妇人之仁"和张肇桐分析"妇女守节"一样，都是想为妇女做"翻案文章"，挖掘属于女性的力量以应对颓败的国势。以相对弱势的姿态抵御强者，本来可以巧取，也可以有一种知其不可而为之的悲壮，但是张肇桐用的却是一种话语转化的策略。他从"为私"到"为公"，设想出和"女军人""女丈夫"等女性雄化想象相匹配的应对逻辑，那就是以国家的名义向更强力的臣服。而仔细分析杜清持的言说，也可以清晰地看到女性话语是如何一步步被国家话语同化吸收的，只不过她强调的不是女性守节，也不是继续秉承"妇人之仁"的柔弱之气，而是女子入学。她认为面对危如累卵的国族命运，男性和女性在救亡话语体系中承担的角色是完全不同的。杜清持对于女性特质的分析，并未独立发展成一条女性依靠自己的特质承担救亡使命的逻辑线索，而是成为证明其入学有价值的铺垫。而这也使她的演说本身充满了矛盾，和吕碧城态度鲜明地从自身性别优势出发、扬长避短争取自己的权益还是有所区别。归根到底，杜清持之所以要证明女性自有价值，是要号召有志于推动女学发展的男性，能够全力以赴、心甘情愿地成为服务于女学事业的"公仆"。面对可能会遭受的质疑，杜清持劝说的关键在"自揭伤疤"式地侧面谴责女性"坐食分利"。男子若要成为人民的公仆，女学事业固然也是重振雄风的国家大事，那么为女性服务就并不是有碍体面的事。杜清持的这篇演说以"觉醒者"的态度

---

① 杜清持.文明的奴隶[J].女子世界，1904(09).

登场，却以"示弱者"的身份谢幕。用"天赋人权"反驳"男性赋权"也好，将女子的柔弱引申到坚忍也罢，这一切只不过是向男性（国家）证明自己有"被拯救"的价值。至于国族危机分摊到每一个个体，包括女性在内的直接责任，在这篇演说中成为一个空白。显然，直接的使命和女性还很远，从这个层面上看，杜清持的想法与从"为一人"到"为一国"的张肇桐相近，都是将个人放置在群体中，然后用改变或者置换整个群体特性的方式找到救国的出路。因为这样的置换，个人属性被完全抽空，所以当我们还原到每一个女性个体的责任时，会发现当时鼓吹国民意识的论说模式，就是可以推己及公，却无法由公及己，如此抽象化、理想化、有时还极端化的话语逻辑，其说服力自然也打了折扣。杜清持可能自己也没有意识到，自己在无意中又把"女权"的话语权交还到了一开始为自己所不齿的"赋权者"手中，这不是她个人的疏忽，而是晚清女性自主意识在觉醒阶段被国家话语吸收的常态。

在晚清白话报的女性演说者（或者是模仿女性口吻的演说者）笔下，对想象读者常见的称呼有"我的最亲最爱的姊妹们""姐姐妹妹们""兄弟姐妹们""二万万同胞"，等等。除了行文时的必要性，使用这些"我们"的同义词，并不只是为了拉近与读者的距离，更是唤醒个人经验并将其引导融入国家话语的策略。在这样的转换融合过程中，从新旧学到女学，由女性特质到国家兴亡，性别问题成为政治话语的一部分。这样的方法还可以引导读者进行自我检查，如果自己的情况或是想法和演说文中的不一致，是否就不属于"二万万姊姊妹妹"中的一分子？是不是就成为一个游离于群体之外的异数？汉娜·F. 皮特金（Hanna F. Pitkin）认为，"语言提供了一种伙伴关系的模式，展示着如何学习、习得各种规范，而且这个过程别无选择，没有实际替代物，最后它成了一种义务"[①]。在演说者强调"二万万同胞"的同时，也在潜移默化地提醒着听者，想要成为同胞中的一分子，就要用文中提到的标准自我检验，也就是"习得规范"。而"语法和个体说话者紧密相连，即便他们都没有明文宣称自己承认了这些语法；我们遵循语法因为它已然是我们自己的一部分"[②]，演讲者之所以偏好"我们"这个复数的自我指称，不仅仅是简单地追求认同最大化，还是对自己主张的又一次梳理和自我肯定，这种自我肯定在当时成了演说者变相的情感宣泄。在女性先驱利用演说文号召同胞增强脑力和体力的过程中，恨铁不成钢的自卑感、为国分忧的使命感和改革迫在眉睫的焦灼感，三者交织缠绕在一起。这样复杂的情绪又被男性先驱带有强烈导向性的论说催化，于是一个带有男子气概的"英雌"形象逐渐站立起来，并且在国家话语的扶持下迅速融入救亡宣传中。无论是对男子的失望还是对自己的失望，当时的中国女杰都毫不避讳对"尚武精神"的认同，对男子的失望是因为他们苟安于向外强示弱的地位，而对家中的女子却横眉竖眼，带着向更弱者发泄的戾气。女性作为"奴隶的奴隶"，却因为自己极为有限的智识，弱柳扶风的体格，既无法反抗也意识不到需要反抗。更何况还有由来已久的成见作祟。如同昔日汉将李陵攻打匈奴，将军中士气不振的怒气发泄在了军中女子身上；唐代杜甫作诗"妇人在军中，兵气恐不扬"。撇开一些女性"另类"的声音，"英雌"和"女丈夫"们在当时的新闻媒体传播体系中无疑有利于女性获得最大程度上的权利话语支持，客观上加速了现代女性意识的觉醒。但对男性的艳羡和鄙视、对自身的认可和

[①②] Hanna F. Pitkin.Wittgenstein and Justice [M]. Berkeley, CA: University of California Press, 1972: 199.

背叛，都建立在以"雄强"为准线的判断上，这其中的悖论在当时没有时间也没有条件进行冷静细致的分析和讨论，由此也付出了消除性别差异的代价。

第三节　家国革命中的"她者"

晚清家国一体的概念被推崇到了极致，家国革命的互补和联动渗透进公共领域和私人领域的方方面面，女性无疑是家国革命中不可或缺的一环，晚清白话报上的相关论说和小说作品有助于对革命进程中的"她者"形象进行更全面的分析。

1904年，上海爱国女学校里的几十名女生俨然成了女学的代言人，张竹君又在蔡元培的帮助下在该校中教授女工，通过报纸媒介的宣传，有学问且能自立的新女性形象已经不止"跃然纸上"，而是成为触手可及的现实。纵观各方涉及"国民之母"的报道，家国革命一体的逻辑显而易见。女性在优生和母教两方面成了改良社会的主要力量，而一些白话报创造出的"新祸水论"从反面论述女性对于革命的意义。在义和团运动被称为"拳乱""拳匪"的论说中，女性必须承担母教不当的责任，即迷信导致教子失败——

> 因为中国妇女，向来就是愚顽无知的多，素日并没有真正的家教，说出来的话，十句总有九句半属于迷信。孩子们从小时候听惯了，所以顶到大了，也是一味的迷信。人人既都迷信，故此遇见这种迷信的拳匪，性质相近，臭味相投，这就一

唱百和的闹起来,几几乎把国闹亡了。①

这是一种新瓶装旧酒的"祸水论"。对女子愚昧迷信的责备放大到教子无方导致国家动荡,虽然作者旨在鼓励更多的女子入学破除迷信,却也给女性造成了无法承受的舆论重负,另一反面又是一种无法言说之轻,即对现实中女性家庭教育一笔否定的轻慢。"要想去小孩子迷信的心,总得从妇女们起头,要想先去妇女们迷信的心,然后小孩子迷信的心才能够去,非从家庭教育上大加改良不可"②,对家庭教育的改良在这里意味着对现实家庭教育的全盘否定。这些论述不仅抹杀了女教传统,还忽视了这样的事实,即当时迷信的国人有男有女,家庭教育也不都是母亲一方的责任。然而,可能是为了更有力地劝说女子入学而矫枉过正,也可能是对女性家庭作用的认识并不全面,这些言论未免失之偏颇。

再看同样是为改良社会建言献策而提到"国民之母"的林獬,却又态度暧昧地把女性从国家革命场域中剥离了出去,无意中打破了家国一体的联系:"你们做父兄的,怕子弟进了学堂,就变成革命党。我想女子进了学堂,总不会即刻变革命党,也没有杀头的祸害。何妨叫他读一点书,学一点实实在在的本事,将来也好自谋。"③此时男学与女学并重的呼吁和"男女平权"一样,只是舆论造势,实际上仍未实现。上海等地因为风气更为开通,女校已不算少,内地的女学却还处于相对落后的状态,但好歹也有爱国志士竭力创办维持。然而,和其他提倡女学的知识分子一样,林獬发现即

---

① 刘孟扬.天津失城于妇女的关系[N].天津白话报,1910-7-25.
② 洁忱.劝迷信的人及早回头[N].直隶白话报,1905-6-17.
③ 白话道人.国民意见书[J].中国白话报,1904(12).

便有了女学堂，一些家长出于各种考虑，仍不愿让家中的女性入学，其中的一大顾虑就是面对当时的革命风潮，入学和接受革命思想总有千丝万缕的联系。如何打消这样的顾虑，惯常的论说套路似乎是从"公德""私德"入手劝说家长们不要因为一己私心而误了"国家大事"，家中有无教妇女拖累，会导致"国家大事"不遂。然而，林獬虽然在该文中也提到了母教的重要性，但是这短短两行引文却从一个完全不同的角度开导想象中顽固的家长们，那就是即便让女子入了学，她们也不太会变成革命党，既然与革命发生关联的可能性很小，那么自己被害乃至连累家族的危险性就更微小了。那么，又是什么原因让革命倾向强烈的林獬提及妇女与革命的关系时，显示出这样一种淡然甚至可以说不屑的态度？

由于林獬在文中竭力推崇上海爱国女学校，所以分析这个问题不妨先从该校章程入手。"本校以增进女子之智识体力，使有母师仪范，而能铸造国民为宗旨"，其初级科目为"修身、数学、国文、习字、裁缝、体操"，其"二级科目"为"修身、数学、国文、历史、地理、理科、家事、裁缝、手工、体操"，又有"随意科"两门，分别为"音乐、图画"[①]。这是预备科的课程，预备科毕业后方可入本科，本科分文科、实科二部。文科课程有"伦理、心理、论理、教育、国文、外国史、数学、历史、地理、法制、经济、家事、图画、体操"，实科课程有"伦理、教育、国文、外国文、数学、博物、物理、化学、家事、手工、裁缝、音乐、图画、体操"[②]。且不论有多少女生通过了两年的预备科升入本科继续学业，也不论有多少女生完成了本科学业，预备科两年均有修身、数学、

[①②] 爱国女学校第三次改良章程[J].女子世界, 1904 (06).

国文、裁缝、体操和图画,本科无论文科实科均有伦理、教育、国文、数学、家事、图画、体操。也就是说预备科和本科的学习除了国文和数学以外,修身(伦理和教育)、裁缝(家事)、图画、体操是该女校的课程设计中一以贯之的科目。修身伦理类、图画和体操并不是女校的专门科目,1904年清政府颁布实施的"癸卯学制"虽未对女学加以规定,但已将这几个科目作为正式的课程排列在常规学制中。那么根据上海爱国女学校的章程,惟有裁缝(家事)是授课时间最长、学生规模最大的课程了,让女学生掌握一技之长实现自力更生的良苦用心不言而喻,此时裁缝与国家民生大计相关,对此前文论述也有所涉及。然而对于针线活的论述还有另一重维度,"你看那,弱女子,受辱不轻。只晓得,绣龙凤,女工斗巧。全不知,中外事,大祸将临"①,妇女沉迷女工与不关心国事同样相关。也就是说,在报纸媒介的宣传中,足不出户在家中刺绣缝补的旧式(现实)女性对国事总是漠不关心,而进入女校上学的新女性虽然换了一个场地继续做针线活计,但因为还接受了其他新知识,满足了一系列"知书达礼"的"贤妻良母"的新想象,所以不存在对其充耳不闻天下事的指责。再回到林獬对于入女学不太会成为革命党的论述。的确,女校培养的重点仍是有"母师仪范"的"国民之母",走出女校的女性缝纫技艺更精湛了,也懂得了一些基本的文学知识和数理常识,但是这些都不脱离柴米油盐的生活日常,持家有方与抛头颅洒热血的革命憧憬还有很大距离,尤其是对于林獬这样主张暗杀的革命人士而言。简言之,在林獬看来,女子不妨入女学,因为女学里教授的那些课程在他看来与革命血腥毫不沾边。

---

① 龙眼女士.叹五更 伤国事也[N].安徽俗话报,1904-3-31.

虽然在林獬主笔的《中国白话报》上，先后连载了两篇白话小说，《玫瑰花》和《娘子军》，还是塑造了参与革命的女性形象，但这些女性与家国革命的关系总是若即若离，多少呼应了他自己一贯的革命主张和对革命"她者"的想象。

　　玫瑰花的人物设定是深明大义的女杰，这当然没有问题。但令人遗憾的是，作为员外之女的玫瑰花除了仗义疏财外，并没有直接参与任何革命行动，而是在战时自命参谋，在后方兼管财政，战后她任"收支委员长"，亦是管理村中财务。其间由于叛徒告密，玫瑰花被捕，赎金竟由钟国洪等人变卖家产临时募得，作为玫瑰花父亲的王员外竟对赎救女儿一事完全不知，可见为了迎合"英雄救美"的套路，玫瑰花的女杰形象"褪色"了不少。在第四回中，壮士刺杀侵略者在村中扶植的爪牙未遂，被捕就义，玫瑰花闻讯悲痛万分，取小刀当众刺胸取心血以奠英雄，这个情节固然凸显了女主角刚烈的性格。赵园曾分析明代士大夫自虐行为的酷烈，是以"苦节"回应现实困境，这种苦修式的道德实践行为在明亡之际更加突出。当年"畸形政治下的病态激情"① 在清末"排满"的民族情绪中又一次达到高潮，小说中玫瑰花的行为也是一种酷烈的仪式，充斥着极端的革命激情。暗杀未遂的壮士已经就义，完成了道德的修炼之路；而之前对暗杀一事毫不知情的玫瑰花，通过"取心血"的自残仪式，继续她的道德苦修。然而小说同时将"取心血"处理为钟国洪为玫瑰花疗伤两人感情升温的契机，玫瑰花的形象从一个壮志凌云的女豪杰一下子成为一脸羞涩让钟国洪疗伤的弱女子，毫无过渡的性格变化使自取心血的行为在革命叙述的主线上更像是一个

---

① 赵园. 明清之际士大夫研究［M］. 北京：北京大学出版社，1999：10.

归于"她者"的姿态。也就是说，作者理想的革命伴侣是"拥髻代佩剑"的支持者，是一种抽象意义上的"英雌"，回到现实生活中，玫瑰花仍是有礼有节温文尔雅的大家闺秀，有时还迫切需要未婚夫钟国洪的帮助。这样"分裂"的女性人物在《娘子军》中也能找到。这部小说从《中国白话报》第3期开始连载，署名为"爱国女儿述　白话道人记"，小说连载到第四回后因报纸停刊而成残篇。小说中的"余"是一位识文断字热心教育事业的小姐，在卢太太等一干志同道合的朋友支持下办了女校。女校的原型是中国教育会在上海办的爱国女学校，而女校主要资助人卢太太的原型是一位来自福建的罗迦陵女士，其他如女校总理等都有现实原型对应①。小说中卢太太坚持找一名男子总管学校，并未说明具体原因，只是说"要想造就大国民。定要先兴女学。但是现在要请一位很靠得住的男人。代我管理。我才放心"②，并表示只要是经费的问题尽管可以向她开口。这不禁使人联想到主动退居幕后要求协助管理财务的玫瑰花，事实上当时提供经费的女性资助人并不只是个例，和《中国白话报》以及爱国女学校一样隶属于中国教育会的对俄同志女会，设有一个红十字会，同样由来自福建的郑素伊女士出款捐助③。无论现实原型和小说虚构各占几份，卢太太的话语都意味深长。她和玫瑰花一样是表现得"有礼有节"，即实际操作层面的事宜尽量少干涉，但是对革命的热忱和信心还是表露无遗的。

高彦颐在分析明末清初江南的才女文化时，特别指出当时江南的上层文化中，存在一种看上去十分美好的"伙伴式婚姻关

---

① 中国教育会[J].中国白话报，1904（07）.
② 爱国女儿述，白话道人记.娘子军（第一回）[J].中国白话报，1904（03）.
③ 对俄同志女会[J].中国白话报，1904（08）.

系"。在这种婚姻关系中,妻子一般是一位知书达理的持家者,而她也因为这点特别受到丈夫的赏识。然而"不管家中唱和得多么和谐,她仍是一位家内良伴,从未被请去参加他的公众职位领域中的活动"①,因此这样和谐的夫妻关系背后实际上还是对社会以及家庭中"男女有别"的强化。如果将这种"伙伴式婚姻关系"用到《玫瑰花》和《娘子军》的分析中,可以发现虽然前者强化了男女主人公自由恋爱的过程,而后者根本没有婚姻关系的情节安排,但是两部小说中的男女主人公都遵从着一种表面上和谐的"协同伙伴关系",也就是说玫瑰花和钟国洪、"余"和戴校长之间有着默契的"男女分工"。一旦涉及公共领域中的具体操作事宜,女主人公的心理都出现了某种程度的不自信,她们的行动也变得迟疑。因为"男女有别"的思维惯性犹在,想要迈过这道无形的坎,对作者、读者都是巨大的挑战。虽然在重重顾虑下,作为小说主人公的"余"还是做了女校的学监,主要协助戴佛证先生管理学校,意味着女主人公终于开始打破"男女有别"的无形屏障,开始接触一些原本不属于"她"的领域的人事。但有趣的是,开学典礼上,"余"和卢太太仓促应景的演讲居然比戴先生旁征博引的精妙演讲获得了更多的掌声,原因是绝大多数的女学生学问尚浅不能领会戴先生演讲的内容。这个细节也从侧面证实,大部分的女子依然处在被启蒙、被教化的阶段,理解稍有难度的演讲还有困难,基本不太会成为引来杀身之祸的革命党。

家国革命也"男女有别",女性于国于家的作用可以"分而治之",如果不从"国民之母"人手,女性对于国的革命意义远不如

---

① [美]高彦颐.明末清初江南的才女文化[M].李志生译.南京:江苏人民出版社,2005:195.

其对家的实际意义。但无论如何，玫瑰花和"余"虽不能像木兰那样上战场，至少可以在革命的边缘和后方做一些策应活动，而不是做一个完全沉默的"她者"。玫瑰花这样热心革命事业的女英雄形象在晚清白话小说中并不少见。就在《玫瑰花》面世之前，罗普以"岭南羽衣女士"为名所作的《东欧女豪杰》，在《新小说》第1至5期连载（1902.11—1903.7），其中的俄国虚无党女豪杰苏菲亚和同道挚友晏德烈，同样为了俄国革命事业奔波。有趣的是，《玫瑰花》的情节和《东欧女豪杰》有多处极为相似。比如，苏菲亚和玫瑰花同样忧国忧民，热衷革命，后来也因为革命而入狱；晏德烈和钟国洪都千方百计想要营救女主人公。只不过，比起"后来者"玫瑰花，苏菲亚在狱中还直接参与了营救自己的计划，明智地阻拦了工人们不成熟的劫狱计划。而玫瑰花基本只是化身为被动等待营救的传统"美人"。至于营救苏菲亚的经费从何而来，罗普和林獬都不约而同地用一个仗义疏财的理想"富户"来解决，只不过前者是通过多少有些匪夷所思的"募捐"来筹钱，后者则是直接安排了一个向往革命的富家女及时出现，解了晏德烈的燃眉之急。罗普虽然因为时刻顾及"岭南羽衣女士"的笔名和《东欧女豪杰》的小说名，试图以"女豪杰"作为小说的主人公，但是苏菲亚除了在工厂演说和劝阻劫狱两个部分亲自"发声"以外，在小说的其余部分都只是行为受限等待解救的美人。罗普显然发现晏德烈的行为更加"方便自如"，于是叙述重心渐渐从身处瑞士担心苏菲亚的众姊妹，转移到了晏德烈、鲁业等身处俄国忙于营救苏菲亚的男性同胞身上。无论是《东欧女豪杰》《玫瑰花》还是《娘子军》，其中的女子无不是"美目盼兮"的美人，而男子均是器宇轩昂的大丈夫，虽然以女性为重点叙述对象，可是展开行动的往往都是男性角色。很难说林獬创作《玫瑰花》是否直接受到《东欧女豪杰》的影响，因为这样的人物设置也并不算罗普的专利。可是这种叙事重心和人物行动力的偏差，多少也印证了当时由男性想象的革命图景中女性的从属地位。

除了做革命策应并且"行动不便"的女英雄外，晚清白话报上还随处可见拥髻代佩剑的妻子送夫"祈战死"的宣传场景，但是当妇女们解开发髻、收起佩剑后，对于生活该如何继续并没有答案。梁启超在日本时，有一日见满街红白标帜，有人将书有"祈战死"三字的标帜送入军营，梁氏遂"矍然肃然，流连而不能去"[①]，并联想到日人作诗常言从军乐，国人作诗却言从军苦。妻子期盼丈夫早日归来似乎成了另一种羞于启齿的拖累行为，丈夫期盼回家与妻儿团聚更是一种不能言说的软弱心态，于是便有了对日本"祈战死"风尚的鼓吹——

> 日本新潟县有个小林久二郎，娶同村某女子为妇。刚好正行婚礼时候，日本将官召他去当兵，和俄国打仗。他便不慌不忙的说道，奉令出征，一刻也不能缓，这合欢酒就当做离别酒吧，说罢自己先喝一杯，劝新妇喝一杯，便得意洋洋，摇摇摆摆的出门去了。[②]

这条短小的新闻里，毫无新婚出征的不舍和悲壮，只有无畏洒脱的新郎。至于那位连姓名也没有的新娘，对她唯一的间接叙述就是"被"劝饮一杯酒，至于在她的眼里这酒是合欢酒还是离别酒，

[①] 任公. 饮冰室自由书·祈战死[N]. 清议报，1899-12-23.
[②] 为国弃婚[N]. 直隶白话报，1905-2-18.

并不重要。在报道者眼里，她也只是众多无条件支持（不管她们本人是否有支持的意愿）丈夫出征的妻子而已。相较于这位作为配角的无名妻子，下面这位"无泪的烈女"成了新闻报道的主角——

> 烈女名叫多计子，现年三十五岁，乃步兵少佐大庭景一的夫人。少佐出征之时，夫人多计子在家专心教育子女，不幸少佐在分水岭阵亡。夫人得报大惊，又寻思道，军人之妻，见良人死于战场，稍有悲伤，便是军人的大辱，自此发誓不叫人看见他有一滴哭夫眼泪，仍是教育子女，一如平日。①

对于多计子来说，流露悲痛是可耻的，是对战死沙场的丈夫的不敬，继续教子才是遗孀应该做的事，这样的报道对于宣扬尚武精神的晚清来说无疑是极具导向性的。杨联芬曾对晚清的"贤妻良母主义"进行了详尽分析，指出"贤妻良母"一词作为新名词由日本介绍到中国时，一度成为一种文明的象征——

> "贤妻良母"这一词汇，可谓日本现代化过程中东方儒教传统与西方文明博弈和融合的产物，体现了日本现代化的"调和"特征：一方面，近代日本有强烈的"脱亚入欧"愿望，努力学习西方，十九世纪末女子教育被纳入国民教育体系，女子教育便由先前的识字、裁缝、插花等家政教育，变成了既包含家政，又与普通教育接轨的国民教育。另一方面，日本历史上形成的对儒教伦理的尊崇，又使其女子教育并不全盘西化，儒

---

① 无泪的烈女[N].安徽俗话报，1904-7-27.

教伦理仍被视为女子道德的根本。因此，传统与西方、儒教与现代化，在国家主义的前提下竟融合为一体。于是，便产生了既"旧"又"新"，既能贯彻国家主义政治，又不偏离男外女内、男尊女卑传统的"新"概念——为国家效力的"贤妻良母"。①

对古代女英雄花木兰的宣传，借由日本的"贤妻良母主义"发生了变形。花木兰毕竟是亲身上马杀敌的女性楷模，但她并非代表"自己"出战，因为女扮男装的情节安排已经帮助"她"完成了性别角色的转换。木兰决心从军报国，但先要征求父母意见，正当她惴惴不安时——

> 谁知木兰的父亲，听了木兰的话，很是喜欢，就对木兰说道："你有这般大志，真不愧皇帝的子孙了（皇帝是我们开辟中国的祖宗），但是还有一件，你还得去问了你的母亲，你母亲若悦意，你方才可以去得。"木兰听毕，又跑到他的母亲跟前，说了一番，他母亲听了也不觉欢喜起来，说道："我们身为女子，不能替国家出力，吃死饭，睡死觉，真真惭愧！女儿，你能去替国家出力，当兵打仗，杀退北边胡人，这件事，不但做母亲的，脸上生了许多光彩，就是我们皇帝老祖宗，也要在地下含笑了！"②

---

① 杨联芬.浪漫的中国：性别视角下激进主义思潮与文学（1890—1940）[M].北京：人民文学出版社，2016：286.
② 蘧照.安徽名人传·木兰[N].安徽俗话报，1904-6-29.

显然，木兰的父亲要求女儿去征询她母亲的意见，一方面可以理解为对妻子的尊重，另一方面也可以视为作者为了推崇"从军乐"而做的铺垫。木兰的母亲并没有呼天抢地阻止女儿出征，没有像那些在潜在的现实中束缚丈夫雄心壮志的家庭妇女那样，也就是木兰母亲口中"吃死饭、睡死觉"的无用女子。在这则白话传记中，木兰母亲为无数假想中拖累丈夫报国的妇女们树立了榜样。但是就木兰传记而言还有一个问题，那就是现实中的女性多是鼓励男子出征，但是木兰是女儿身，母亲鼓励女儿出征的叙事似乎还要修整得更合乎常理一些。于是便有了木兰母亲接下来的顾虑，"你是个女孩儿，如何能够夹在男人兵队里？常言道，女在军中，士气不扬，倘若被他们男人晓得，岂不要陷害你么"[①]。对此木兰胸有成竹地表示因为自幼习武，自己言谈举止和男人并无二致，让母亲大可不必担心。这样一来，木兰在叙事中的性别从"女"变成了"男"，承担了传统逻辑中母亲（妻子）送子（夫）出征的角色功能，而木兰的母亲依然可以归位于理想中送子（夫）出征的家庭妇女形象，木兰也不必按照常理为"女主内"的伦理位置再做出更多的解释，还可以完成"祈战死"的宣传。总之，在这三个故事和《玫瑰花》《娘子军》一样，通过各种策略不仅把家国革命中的女性固定在相对被动的位置上，还为阃外的女子设定了一条看不见的"门槛"，女性在有限的范围内从事革命活动（或者只是具有革命象征意义）。"门槛"以外的革命活动则不足与其道也，因为"她们"连稍精妙的演讲理解起来都有困难，女学未兴，只求其不"吃死饭、睡死觉"，不成为夫婿的负担。

---

① 蕐照.安徽名人传·木兰[N].安徽俗话报，1904-6-29.

晚清白话报最突出的特点就是其创办伊始预想的读者群与其他文言为主的报纸不同，尽管当时的白话文尚未成熟，但与文言相比这种更生动更日常的语言对于"引车卖浆者"显然更有吸引力。各地开办的白话讲习所和阅报栏，也尝试通过将报纸作为讲稿，向更多的百姓传播新知识和新观念。这些白话报的办报主旨也基本类似，不出"启愚开蒙"四个字。而女性则成为双重被启蒙的对象，被国家权力话语启蒙，被"他者"启蒙。有学者指出，当时能够"发声"的女性，也主动融入国家话语中，"为鞭策女同胞觉醒，她们更怀着一种类似原罪的心情，忏悔女子对于国家衰亡的罪愆"[1]。《广东白话报》甚至建议女同胞与其受辱不如战死，这样还可以扭转因为男子多战死导致的女多男少局面，"出仗打死，重得个好名声喇，故此女子果然实行革命。事平左之后，女子人数，必定同男子相等"[2]。何震先是在《天义》创刊号[3]上提出这个观点，接着《广东白话报》以"天义"为名将该文演绎成白话。《天义》第二号上登有陆恢权的来稿《平权论》，再次鼓励女子参加革命并做好流血牺牲的准备，认为这不仅有利于女性，更有利于"人群"——

> 所谓"出死力以争"者，即凡革命之事，必我女子效死于军前，以着男子之先鞭，庶几倾囊昔之压辱，回复日后之自由，此则女子应尽之职也。况吾等所以争权利者，非独有利于女界，亦且有益于人群。盖天之生人，非必男少女多也。此既有余，则彼必有所不足。设万人之中，百人有妻有妾，则必有

---

[1] 杨联芬.晚清女权话语与民族主义［J］.中国文学研究（辑刊），2009（01）.
[2] 天义.叫醒女同胞［J］.广东白话报，1907（05）.
[3] 何殷震.女子宣布书［N］.天义，1907-6-10.见万仕国、刘禾校注.天义·衡报（上）［M］.北京：中国人民大学出版社，2016：43.

鳏夫百人。苦乐失平，害莫甚焉。①

陆恢权原名陆守民，小说家陆士谔之妹，曾经赴日本留学。在这篇文章中，女子死于军前被陆恢权视为以"矫枉过正"的方式争取男女平等，而且还能为男女人口比例的平衡做出贡献。这与何震的观点不谋而合，陆文文末有编者加按语道"若女子从事战争，则女子之数，必与男相平"②。不仅如此，更为荒谬的是陆恢权还认为女多男少导致的结果是男子妻妾分配不均，也就是妻妾成群之男子和鳏夫的矛盾，可是编者将此轻描淡写地略过。如此激进的建议似乎是在为女同胞寻找和男子一样报国的机会，但其背后是"坐食分利"的羞耻感和为国"守节"的信念，还有隐藏更深的、以苦乐均等和男女平权为名的机械平等观。晚清女杰吕碧城曾经简短有力地阐明了"男女同权"的意义，"男女同权，共趋文明之途，而非争权"③。然而对包括陆恢权在内的《天义》发起人而言，将男性和女性视为压迫和受压迫的两个阶级，并用这样的观点看待成长中的女权，已经成为论说的常态。诚然这样的观点有其合理性，甚至还可以反过来质疑"男女共趋文明之途"的观点过于理想化，看不到冲突和鲜血。但当女性的血肉之躯成了简单的数字，人和普通的物品一样可以增删，数量上的加减平衡竟然也成为平权的一种表现时，一个充满危险的乌托邦就此诞生了。更令人不安的是，如此狂热而危险的观点竟然还得到了女性自己的应和。究其根本，女性带着身体（缠足）和智识（女学不兴）的"原罪"，带着对自身和对家国

---

①② 恢权. 平权论［N］. 天义，1907-6-25. 见万仕国、刘禾校注. 天义·衡报（上）［M］. 北京：中国人民大学出版社，2016：345.
③ 吕碧城. 论提倡女学之宗旨［N］. 大公报，1904-5-20、1904-5-21，又见李保民笺注. 吕碧城诗文笺注［M］. 上海：上海古籍出版社，2007：125.

现状的强烈否定，把自己定义成了"她者"。对于家国变革，她们想参与其中，却又自觉不自觉地置身事外。如同效死军前也是女子复权一样，参与其中的女性献出了生命，可这样做在为自己争取权利的同时，也把自己变成了没有生命的参数。

波伏娃说："女人的不幸就在于她受到几乎不可抗拒的诱惑包围，一切都促使她走上容易走的斜坡：人们非但不鼓励她奋斗，反而对她说，她只要听之任之滑下去，就会到达极乐的天堂；当她发觉受到海市蜃楼的欺骗时，为时已晚；她的力量在这种冒险中已经消耗殆尽。"① 晚清白话报章对女性独立、男女平等的宣传，固然在阻止女性走"下坡路"，但这可能意味着晚清女性陷入了另一种耗人心志的"海市蜃楼"。纵观晚清白话报对女性性别角色的假想，知识者们一方面希望女性能够吸收新知识，主动承担国民义务；另一方面，学成女性将来的活动范围和实现自己价值的场域却并没有和昔日的"贤妻良母"有太大不同。纵使身体得到解放的晚清女性也获得了真正（或想象中）参与救国革命的机会，她们在舆论宣传中却始终不是真正行进在革命最前线的革命者，更多的时候她们成为在大后方策应甚至"等待"的"她者"。家中等待夫君征战归来的妻子，最后成为在国家革命后方被动等待的消极角色。国家话语点染"一张白纸"，既推动了女性意识的成熟，也给她们戴上了看不见的枷锁。诚然，这只是报章文字呈现给我们的女性样态，现实生活中还是有一批女性大胆地"戴着镣铐跳舞"，走出了一条和温柔贤淑"女国民"不一样的道路，而这就是另一个故事了。

---

① ［法］西蒙娜·德·波伏瓦.第二性Ⅱ［M］.郑克鲁译.上海：上海译文出版社，2011：499.

结　语

　　戊戌年间，裘毓芳白话演绎《〈女诫〉注释》，迂回曲折的笔墨在女教传统和女性自主意识之间的狭缝中游走。而白话创作《孟子年谱》时，裘毓芳毫不犹豫地将"孟母三迁"的"母教"经典范例放在文首。"母亲"和"妻子"的角色对于当时的中国女性来说，再熟悉不过了。可以说，裘毓芳和《无锡白话报》的命运不仅表明晚清女性和白话报章的联系，也预示着在白话被刻意强调为启蒙工具的时代，女性无论是有意识地加入到白话报章的撰写队伍中，还是作为被启蒙的无声大众中的一员，都和启蒙自己的工具一起被纳入民族救亡的运动中。此时，书写白话的女性和被白话书写的女性一起，成为抽象的宏大书写符号，当"'妇女／女性'无论是在社会实践中还是在文化象征的意义上，都成为晚清以来'中国'的代言符码的时候，那么，经由对'妇女／女性'的启蒙和改造通往'现代中国'，也就必然成为晚清以来的知识界在处理妇女问题时心照不宣的潜在价值指向"[①]。

　　在"救国保种"大潮中裹挟而生的女性自主意识尚具雏形，还远不能"自力更生"。从以《女四书》为代表的传统女学，到《奏

---

① 董丽敏. 从文化政治到知识生产——对20世纪早期几种"女性文学史"的考察[J]. 中国现代文学研究丛刊，2011（05）.

定女学堂章程》提倡的"贤妻良母",还有晚清学人频频呼唤的"国民之母",无一不在教导女性如何"为妻""为母",只是新旧文章的差异罢了。但是,女子教育一旦开始课程革新,开蒙后的女性注定要学习如何"为人",而这"为人"的道理也被"女国民"的想象改造了。晚清白话报刊用更加贴近女性的白话文写出各类"敬告"文字,用各种各样的演说方式向自己假想中的女性推行自己的"劝诫主义"。在铺天盖地的"女丈夫""女豪杰""女军人"的宣传和劝导中,女性似乎可以凭借意志克服缠足(或者放足)带来的痛苦。演说者们费尽心思证明自己盒子中的"甲虫"和她们盒子中的一模一样,"我们"理解"你们"的痛楚。反缠足、兴女学、破迷信的白话歌本,唱的也是上马杀敌的"英雌",但是"蛮靴绣甲桃花马"的花木兰却不如时调小曲里有着各种"陋习"的缠脚妇鲜活。同时,劝导妇女不要迷信的歌本却用因果报应来"震慑"女性。看似铁板一块的"国民之母"宣传背后,隐藏着无数缝隙,提供了其他的阐释空间。晚清改良新戏与女学的联动,虽然在事实上推动了女学的发展,有助于女性意识的萌芽,但是《惠兴女士传》上演前对女性观众如临大敌般的"约法三章",无时无刻不在提醒着当时的女性,这次得以出入戏园这样的公共场所,是难得的经历,也是一种对女性礼仪的"僭越"。在这样的背景下也就不难理解,用"男女分权"解读"男女平权",虽然能够平息女子"争权"的谬论,但也悄然固守了"阃内阃外"的场域划分。女性实现自身价值的领域还是被限制了,"为人"的多种可能性此时只能在"为母""为妻"的家庭范围中存在,而花木兰之类的征战,永远只存在于戏台和唱词之中。至于作为一个自由个体享受自由婚姻,对于大多数晚清女性来说还只是美好的愿望罢了。因为就连小说里的

"自由结婚",也只是升华到国家话语层面的象征性报国行为。还没有充分认识到"人妻"权利的女性,直接跳过了这一阶段的认知过程,在报章宣传里成为"国妻"。

1904年,《俄事警闻》曾经连载过白话社说《六女喻》,被《中国白话报》和《女子世界》转载。文章以六位女性不同的婚后生活,暗示国民与国家的相互关系。文章作者虽然已经用了较为流畅的白话,但还是担心读者不能明白其中的深意,于是用括号加注的方式把原本暗示的内容"明示"了出来。六位女性,前五人分别是"姘头的女人,比喻现在吃教吃洋饭的","改嫁的女人,比喻现在预备做顺民的","愚蠢的女人,比喻中国不知爱国的愚民","明白畏祸的女子,比喻现在的厌世派冷血派红顶八座思想派","偷人的女子,比喻现在的新党",第六位才是作者理想中的国民——"义烈的女人,比喻将来的热心爱国独立自由党"①。这六位女性都不是一般意义上的女子,而是作为"国妻"的抽象化的国民代表。她们的丈夫,根据作者的注释,都是老大中国,只不过病症不同,而她们对待丈夫的行为,则指向不同国民对待国家的不同方式。作者期盼的爱国精神,并没有因为这六个具象化的故事而得到任何升华,反而因为匪夷所思的性别指向,使读者陷在荒唐的生活剧情中无法自拔——泼妇、愚妇、痴妇的家庭闹剧,以及最后那唯一的贤妇刀削庸众。以"国"为夫,如果跳开了女性"为人"的阶段,对女性意识的觉醒只能起揠苗助长的作用。有学界识者指出,"女权启蒙在初期所取得的最醒目、最辉煌的成就就是:原本像一盘散沙的女性

---

① 六女喻[N].俄事警闻,1904-2-21、22、23.又见《中国白话报》1904年第6期,《女子世界》1904年第4期。

被集结在民族救亡和振兴国家的旗帜下"①。虽然女性群体从来不是"寂然无声",但正因为有国家话语的助力,女性获得了"发声"的可能,并且真正作为一个群体呈现在公众面前,这是女性主体觉醒的关键一步。在民族振兴的旗帜下,女性因为"国民之母"的身份而受到万众瞩目,但如果以《六女喻》这样的方式唤醒包括女子在内的中国国民,无论采用何种语言形式,都只会沦为抽象空洞的说教,或者连说教气息也变得淡薄的荒诞喜剧。

斯皮瓦克在《属下能说话吗?》(Can the Subaltern Speak?) 用"知识的暴力"来形容知识者对知识匮乏者的压迫,"超越阶级谱系的一般非专家、非学者,对他们来说,知识起着沉默的编码作用"②。白话报作为开通民智的阵地,对作者的知识储备、行文能力以及对舆情民意的揣摩和预判,都提出了特殊的要求。学富五车、旁征博引还远远不够,深入浅出的"劝诫"才是关键,不然容易形成"消音"式的"知识暴力"。当晚清女性声音通过白话报这样的特殊载体传达出来的时候,"过滤"和"变形"在所难免。问题在于,这种声音的"变形"并不一定是被动的,也不一定来自"知识的暴力",而是有多种不同的形态。到底谁被代言了?答案不止"女性"两个字那么简单。一方面,正如笔者已论,现代女性意识萌芽适逢救国保种运动如火如荼之时,女性先觉在男性的帮助和引导下消化吸收当时流行的救亡观点,并在白话写作时加以应用发挥。此时无法用简单的性别二元对立来分析当时的启蒙样态。另一方面,能够独立写作的女性,基本上都是有条件接受过一定教育的

---

① 刘慧英. 女权、启蒙与民族国家话语 [M]. 北京:人民文学出版社,2013:64.
② [美]佳亚特里·斯皮瓦克. 从结构到全球化批判——斯皮瓦克读本 [M]. 陈永国、赖立里、郭英剑编. 北京:北京大学出版社,2007:102.

女子，女性内部的阶级分层若隐若现。与其用男性替代女性发声这样机械化的观点分析白话报上的女性意识流变，不如用知识阶层启蒙未受教育阶层的视角来看更加有效。只不过白话报章的工具性凸显了缺乏知识群体中最特殊的一部分——基本未受教育的女性。在整个白话报章的启蒙过程中，虽然笔者讨论的启蒙重点在于女性，但需要注意的是，如果将白话报章启蒙放置在晚清白话文运动，乃至整个清末历史中观察，会发现报章所宣扬的观念革新，不论其实际效力几何，是一次包括知识分子在内的全民观念更迭，不单单只对被启蒙者的知识储备有效。因此，目前为止的所有讨论虽以现代女性意识的萌芽为切入点，但试图避免陷入性别本质主义的争论，仅考察针对女性的启蒙或者仅分析来自男性的启蒙都是无效的。然而，晚清知识阶层掌握话语主动权带来的居高临下的压迫感，随时可以和根深蒂固的封建父权联合起来，导致晚清白话报章在某种程度上继承了文言的"权威"。而这种"权威"先天带有专制父权的阴影，甚至影响了国民话语对女性意识的改造和重塑，这才是值得继续深入挖掘的关键所在。孟悦和戴锦华在讨论五四女性文学创作时，有一段当代学人都耳熟能详的经典表述——"五四新文化和新中国诞生便如同两条轴线，一条标志着妇女们浮出历史地表，走向群体意识觉醒的精神性别自我之成长道路，一条则标志着妇女从奴隶到公民、从非人附属品到自食其力者的社会地位变迁"[①]。

简言之，女性意识"浮出历史地表"依托精神层面和经济层面的双重独立。而笔者讨论的肇始于晚清的现代女性意识，同样包含了这两个层面的内容。只不过在五四女性创作"浮出历史地表"之

---

① 孟悦、戴锦华.浮出历史地表——现代妇女文学研究[M].郑州：河南人民出版社，1989：263.

前，无论是精神层面的独立，还是经济层面的自主，中国女性的"发声"都只是逼近"地表"的酝酿。诚然，"裹挟而生"的现代女性意识由于国家话语的强势介入，在个体性方面存在着诸多缺憾。但是，如果没有国家话语的支撑，那个时代的女性更难"发声"。在我们讨论一部分性别话语被"遮蔽"的同时，不能忽视正是因为中国现代女性意识在萌芽阶段与国家话语的"共生关系"，才使中国新女性走上了与西方女性不同的道路，并逐步形成了属于自己的特质。晚清女性在国族为其代言的阶段，还在艰难地寻找属于自己的声音，缓慢积累着冲破历史临界点的力量。

附 录

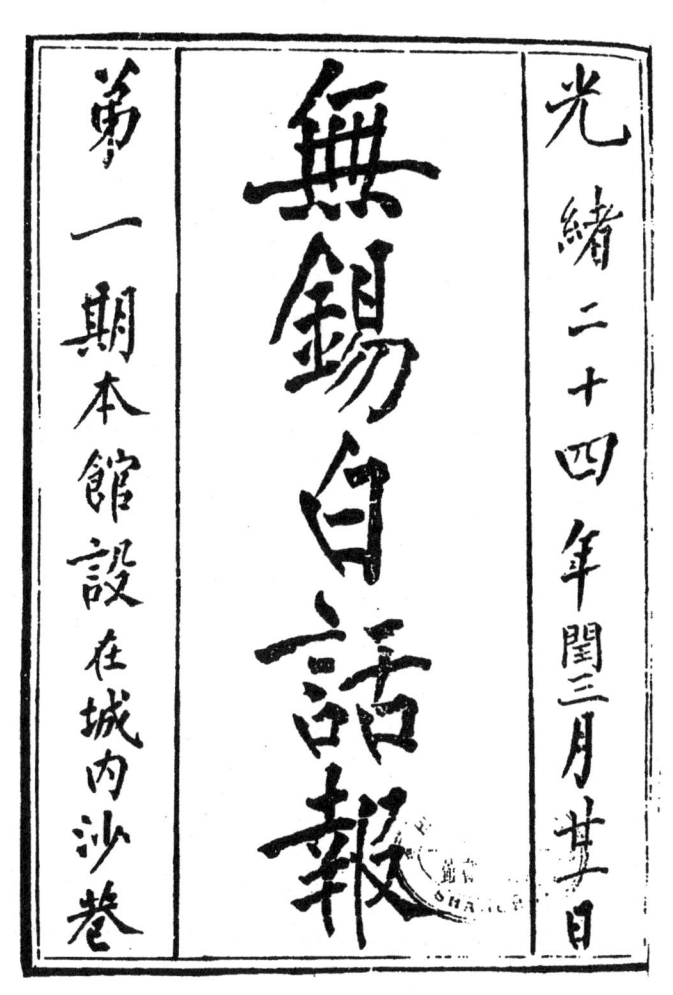

图 1 《无锡白话报》创刊号报头

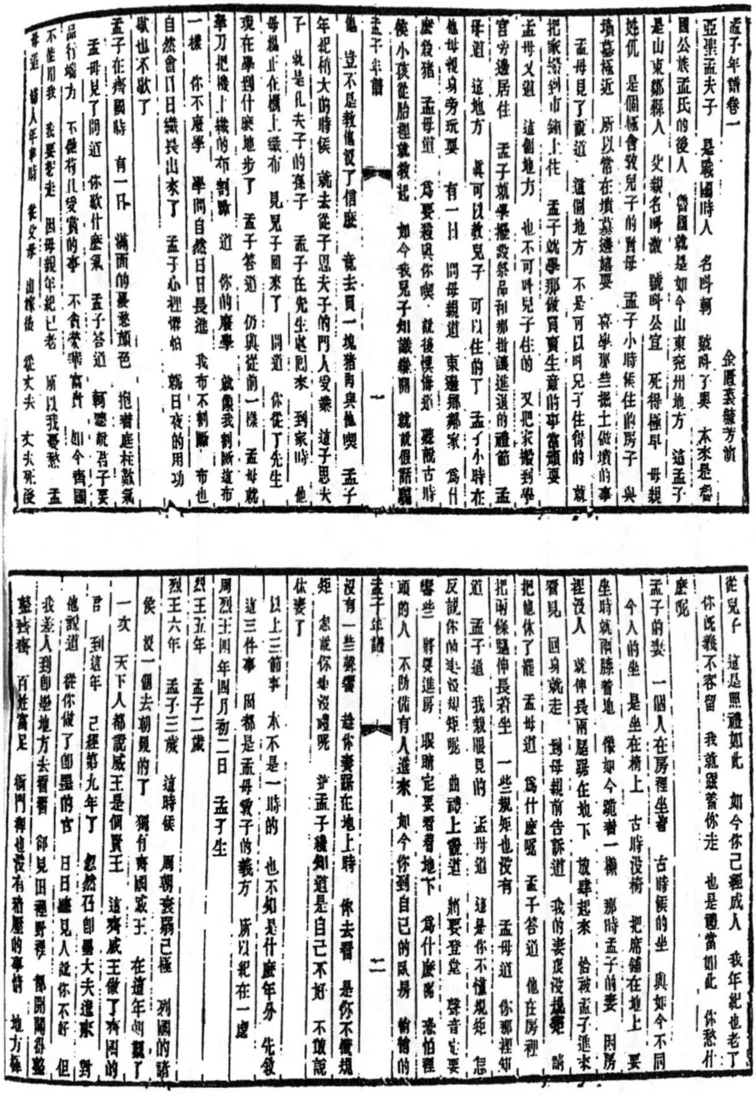

孟子年譜卷一　　　　金匱裘毓芳演
亞聖孟夫子　是戰國時人　名叫軻　號叫子輿　本來是魯
國公族孟氏的後人　魯國就是如今山東兗州地方　這孟子
是山東鄒縣人　父親名叫激　號叫公宜　死得極早　母親
姓仉　是個極會教兒子的賢母　孟子小時候住的房子　與
墳墓極近　所以常在墳墓邊嬉耍　容學那些掘土做墳的事
孟母見了說道　這個地方　不是可以叫兒子住得的　就
把家搬到市鎮上住　孟子就學那做買賣生意的事當頑耍
孟母又道　這個地方　也不可叫兒子住的　又把家搬到學
宮旁邊居住　孟子就學擺設祭品和那揖讓進退的禮節　孟
母道　這地方　真可以教兒子　可以住的了　孟子小時在
他母親身旁玩耍　有一日　問母親道　東邊鄰舍家　爲什
麼殺猪　孟母道　爲要殺與你喫　說後懊悔道　聽說古時
候小孩從胎裡就教起　如今我兒子知識纔開　就說假話騙
孟子年譜　一
他　豈不是教他沒了信麼　竟去買一塊猪肉與他喫　孟子
年紀稍大的時候　就去從子思夫子的門人受業　這子思夫
子　就是孔夫子的孫子　孟子在先生處回來　到家時　他
母親正在機上織布　見兒子回來了　問道　你從了先生
現在學到什麼地步了　孟子答道　仍與從前一樣　孟母就
拿刀把機上織的布割斷　道　你的廢學　就像我割斷這布
一樣　你不廢學　學問自然日日長進　我布不割斷　布也
自然會日日織長出來了　孟子心裡懼怕　就日夜的用功
歇也不歇了
孟子在齊國時　有一日　滿面的憂愁顏色　抱着庭柱歎氣
孟母見了問道　你歎什麼氣　孟子答道　軻聽說君子要
品行端方　不做苟且受賞的事　不貪榮華富貴　如今齊國
不能用我　我要要走　因母親年紀已老　所以我憂愁　孟
母道　婦人年幼時　從父母　出嫁後　從丈夫　丈夫死後

從兒子　這是照禮如此　如今你已經成人　我年紀也老了
你既義不容留　我就跟着你走　也是禮當如此　你愁什
麼呢
孟子的妻　一個人在房裡坐着　古時候的坐　與如今不同
今人的坐　是坐在椅上　古時沒椅　把席鋪在地上　要
坐時就兩膝着地　像如今跪着一樣　那時孟子的妻　因房
裡沒人　就伸長兩腿踞在地下　放肆起來　恰被孟子進來
看見　回身就走　到母親前告訴道　我的妻很沒規矩　請
把他休了罷　孟母道　爲什麼呢　孟子答道　他在房裡
把兩條腿伸長着坐　一些規矩也沒有　孟母道　你那裡知
道　孟子道　我親眼見的　孟母道　這是你不懂規矩　怎
反說你的妻沒規矩呢　曲禮上說道　將要登堂　聲音定要
響些　將要進房　眼睛定要看着地下　爲什麼呢　恐怕裡
頭的人　不防備有人進來　如今你到自己的臥房　偷偷的
孟子年譜　二
沒有一些聲響　趁你妻踞在地上時　你去看　是你不懂規
矩　怎說你妻沒禮呢　於是孟子纔知道是自己不好　不敢說
休妻了
以上三節事　本不是一時的　也不知是什麼年分　先敘
這三件事　因都是孟母教子的義方　所以紀在一處
周烈王四年四月初二日　孟子生
烈王五年　孟子二歲
烈王六年　孟子三歲　這時候　周朝衰弱已極　列國的諸
侯　沒一個去朝見的了　獨有齊國威王　在這年朝覲了
一次　天下人都說威王是個賢王　這齊威王做了齊國的
君　到這年　已經第九年了　忽然召即墨大夫進來　對
他說道　從你做了即墨的官　日日聽見人說你不好　但
我差人到即墨地方去看看　卻見田裡野裡　都開闢得整
整齊齊　百姓富足　衙門裡也沒有積壓的事情　地方極

图 2　裘毓芳所著《孟子年谱》第一期，《无锡白话报》1898 年 4 月第 1 期

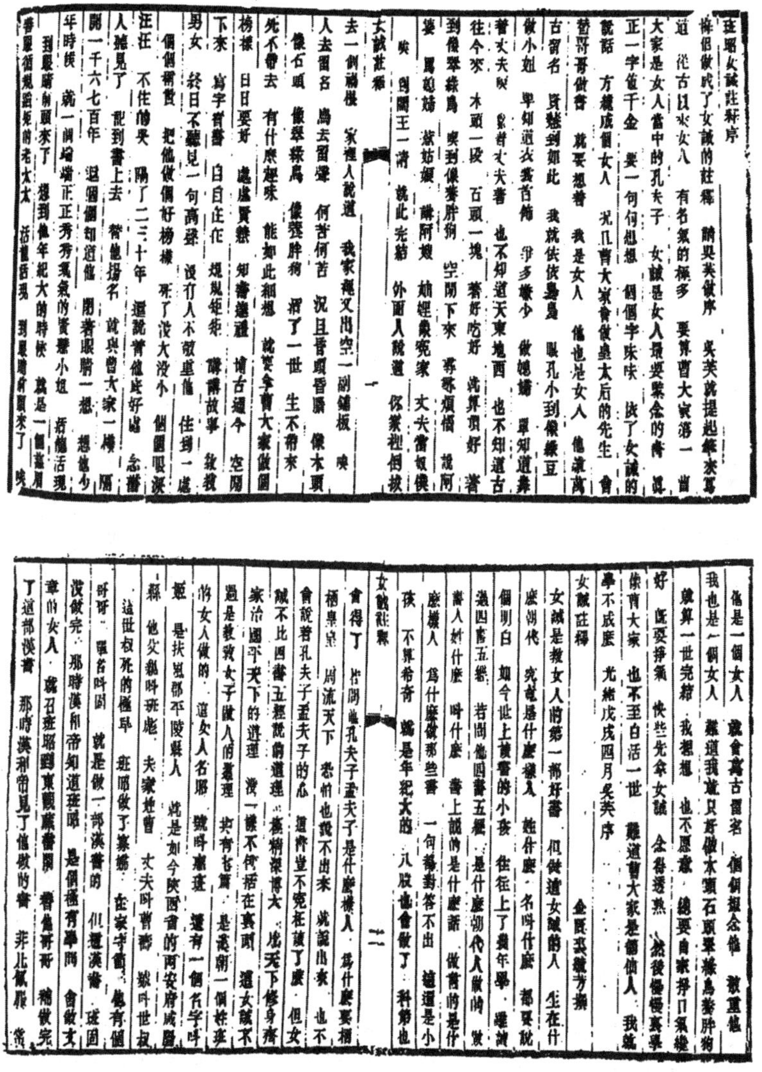
班昭女誡註釋序
梅侶做成了女誡的註釋 請吳芙做序 吳芙就提起筆來寫
道 從古以來女人 有名氣的極多 要算曹大家第一 當
大家是女人當中的孔夫子 女誡是女人最要緊念的書 眞
正一字值千金 要一句句想想 個個字咪咪 讀了女誡的
說話 方纔成個女人 况且曹大家會做鄧太后的先生 會
替哥哥做書 就要想着 我是女人 他也是女人 他就萬
古留名 賢慧到如此 我就依依鳥鳥 眼孔小到像綠豆
做小姐 單知道衣裳首飾 爭多嫌少 做媳婦 單知道靠
着丈夫喫 穿着丈夫着 也不知道天東地西 也不知道古
往今來 木頭一段 石頭一塊 着好吃好 就算頂好 着
到像翠綠鳥 喫到像養肸狗 空閑下來 尋尋煩惱 說阿
婆 罵姑娘 說姑嫂 講阿嫂 妯娌氣冤家 丈夫當奴僕
唉 到閻王一請 就此完結 外面人說道 你家裡個披
女誡註釋 一
去一側滿樣 家裡人說道 我家裡又出空一副舖板 唉
人去留名 鳥去留聲 何苦何苦 况且昏頭昏腦 像木頭
像石頭 像翠綠鳥 像養肸狗 混了一世 生不帶來
死不帶去 有什麼趣味 能如此細想 就要拿曹大家做個
榜樣 日日要好 處處賢慧 知書識禮 博古通今 空閑
下來 寫字看書 自自在在 規規矩矩 講講故事 教教
男女 終日不聽見一句高聲 沒有人不敬重他 住到一處
個個稱贊 把他做個好榜樣 死了沒大沒小 個個眼淚
汪汪 不住的哭 隔了二三十年 還說着他的好處 念着
人聽見了 說到書上去 替他揚名 就與曹大家一樣 隔
開一千六七百年 還個個知道他 閉着眼睛一想 想他少
年時候 就一個端端正正 秀秀氣氣的賢慧小姐 活他活現
到眼睛前頭來了 想到他年紀大的時候 就是一個蒼眉
皤眼循規蹈矩的老太太 活龍活現 到眼睛前頭來了 唉
他是一個女人 就會萬古留名 個個想念他 敬重他
我也是一個女人 難道我就只好做木頭石頭翠綠鳥養肸狗
就算一世完結 我想想 也不願意 總要自家掙口氣 纔
好 既要掙氣 快些先拿女誡 念得透熟 然後慢慢裏學
像曹大家 也不至白活一世 難道曹大家是個仙人 我就
學不成麼 光緒戊戌四月吳芙序
女誡註釋 金匱裘毓芳撰
女誡是教女人的第一部好書 但做這女誡的人 生在什
麼朝代 究竟是什麼樣人 姓什麼 名叫什麼 都要說
個明白 如今世上讀書的小孩 往往上了幾年學 還讀
過四書五經 若問他四書五經 是什麼朝代人做的 讀
書人姓什麼 叫什麼 書上說的是什麼話 做書的是什
麼樣人 為什麼做那些書 一句都對答不出 這還是小
孩 不算希奇 就是年紀大的 八股也會做了 科第也
女誡註釋 二
會得了 若問他孔夫子孟夫子是什麼樣人 為什麼要稱
聖 周流天下 恐怕也說不出來 就說出來 也不
會說着孔夫子孟夫子的心 這樣豈不冤枉讀了書麼 但女
誡不比四書五經說的道理 極精深博大 凡天下修身齊
家治國平天下的道理 沒一樣不包括在裏頭 這女誡不
過是教女子做人的道理 共有七篇 是漢朝一個姓班
的女人做的 這女人名昭 號叫惠班 還有一個名字叫
姬 是扶風郡平陵縣人 就是如今陝西省的西安府咸陽
縣 他父親叫班彪 夫家姓曹 丈夫叫曹壽 號叫世叔
這世叔死的極早 班昭做了寡婦 在家守節 他有個
哥哥 單名叫固 就是做一部漢書的 但這漢書 班固
沒做完 那時漢和帝知道班昭 是個極有學問 會做文
章的女人 就召班昭到東觀藏書閣 替他哥哥 補做完
了這部漢書 那時漢和帝見了他做的書 非比尋常

图 3 裘毓芳所著《〈女诫〉注释》第一期，友人吴芙作序，
《无锡白话报》1898 年 4 月第 3 期

图 4 《白话》，1904 年第 1 期，由秋瑾于东京创办

图 5 《包脚受辱》图,《安徽俗话报》1904 年第 13 期

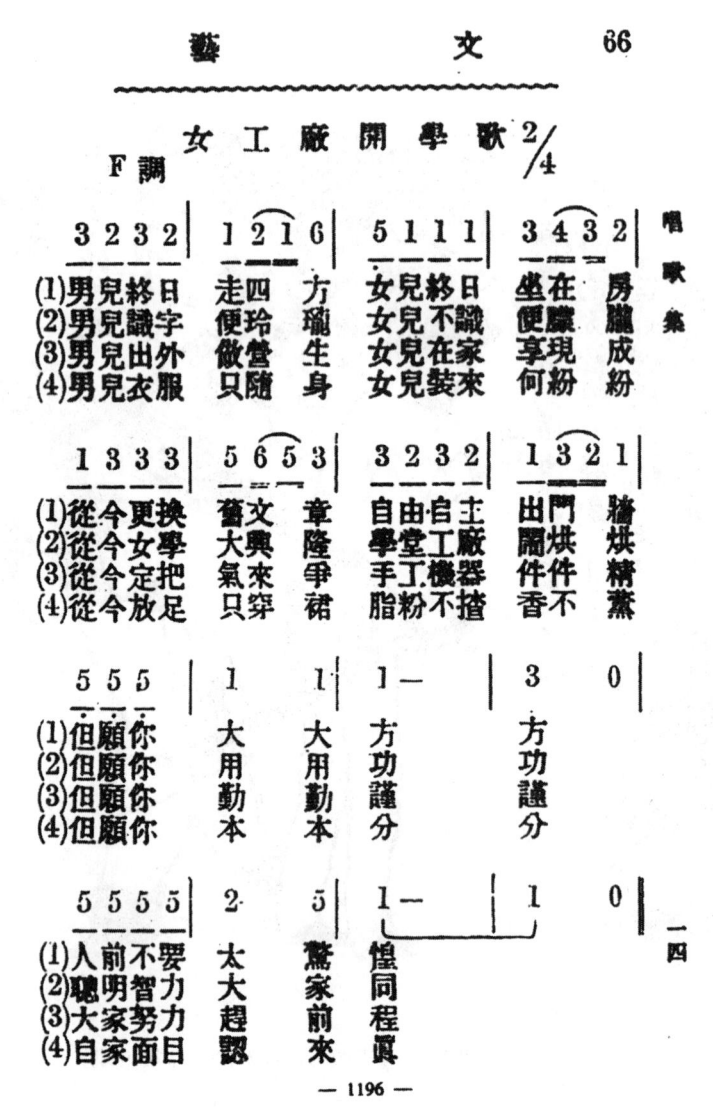

图 6 《女工厂开学歌》,《女子世界》1905 年第 1 期

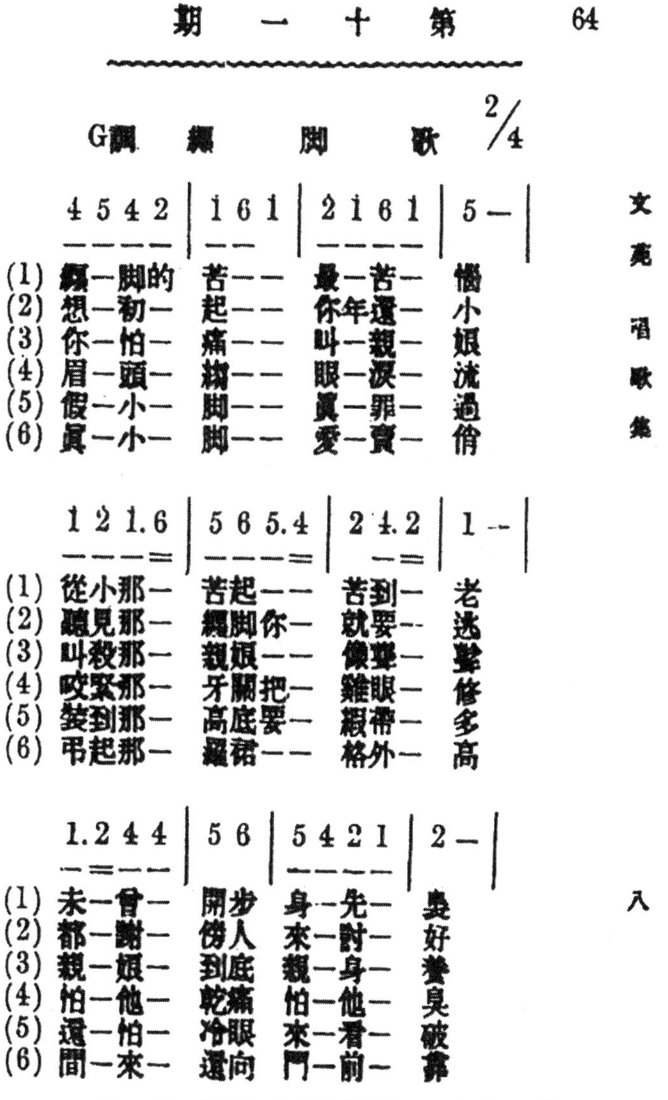

图7 《缠脚歌》,《女子世界》1905 年第 11 期

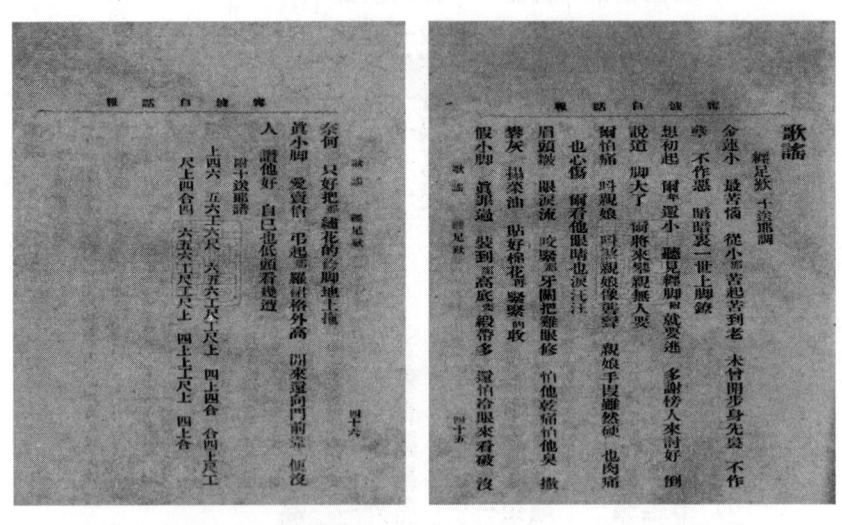

图 8 《缠足叹·十送郎调》,《宁波白话报》1904 年改良版第 1 期

图9 阿尔德赛女士所建女校一景
Noel B. W. History of the Society for Promoting Female Education in the East:
established in 1834, 1847年版

京話日報　第六百三十五號

新戲

（年前有人來稿撰此戲已經出臺排演　外城總廳傳諭嘉獎並賞給銀牌一面本館將原本逐日排登以供同志共賞並擬約幾個人每[illegible]專利年限他班切勿排演是幸（另印單本登舉出售））

女子愛國

正生扮知縣蟒袍紗帽上　雜扮家人隨上　生引　身受皇恩寵。心憂國事艱。白　下官卞良法、表字知時、在震旦國爲臣、官拜漆室縣的縣令、想要與國家立些功業、奈這震旦國從來是受周公孔子的教化、都講究仁義忠厚、却不會那戰爭機巧、因此敵國欺凌、剝削我國的錢財、侵佔我國的土地、眼看是衰弱難存、我今身爲縣令、思想把我國變成富强、無奈我職小官卑、從何下手、也不過是做得一分事、盡我一分心、自從昨日到任、正想到鄉間採訪事情、不免將我兒喚出、將此意告他知之便了、家院喚你少爺前來、內應介　小生扮少爺上　引　家傳守禮訓。常抱救時心。白　爹爹在上、孩兒拜揖、喚孩兒有何訓教、生白　爲父到了漆室縣任上、想起國事艱難、特有幾句要言、告與我兒知道、你且坐下聽了、小生坐介　生唱　告我兒世間事忠孝爲大。莫忘了父母邦最好中華。你休要、把世界當作了太平天下。這四面强鄰敵、都把我中國欺壓。做官的只貪戀頂上烏紗。爲民的困窮到斷絕生涯。我本當出死力爲國計畫。怎奈我官職小、空抱著一片心沒有辦法。小生白　爹爹既知道國事艱難、就該想法補救纔是、生白爲父特意告你知道、如今國事、比古時大不相同、叫我兒趕緊學習抵制外人的韜略、將來也好報効國家、小生白　孩兒想起古人云、十室之邑、必有忠信、百步之地、必生香草、看天下荒荒、必有豪傑英雄、埋沒風塵之內、爹爹何不訪求賢士、與他商量救國的事情、生白　我兒此言、正合爲父之意、我正要改扮下鄉、一來訪聽這一縣的風俗利弊、二來要求那高隱奇才、倘若遇有眞能治國之人、也未可知、就此改扮下鄉去者、家人拿改裝　還下　各分下　正旦扮青衫上　引　國破衰難起。民窮力不支。寸心嘗不惑。那有時人知。白　奴家姓秦名至道字亞發、是震旦國漆室縣的人氏、不幸父母早亡、只有長兄一人、是個寒門秀士、因見外國富强、我國十分受害、特意籌備資斧、赴外洋留學去了、只留奴在家中、奴身雖是女子、却想作那出人頭地的事情、最恨人常說女流之輩、下賤不堪、我想女子也是一樣的五官四體、一樣的材力聰明、怎麽就該在裙釵脂粉之中、偷生度日、不能像男子們立些大功大業、（未完

图 10 《女子爱国》,《京话日报》1906 年第 635 期

图 11 《绘图女学生》第七章"遇救"插画,上海改良小说社,1908 年 7 月

图 12 《绘图女学生》第十章"偕归"插画,上海改良小说社,1908 年 7 月

参考文献

一、报纸期刊[*]

白话报	创办年份、地点、主办人
《安徽俗话报》	1904年 安庆 陈仲甫
《白话（东京）》	1904年 日本东京 秋瑾
《敝帚千金》	1905年 天津 英敛之
《潮声》	1906年 汕头 曾杏村
《福建白话报》	1904年 福州 主办人待考
《广东白话报》	1907年 广州 黄世仲等
《国民白话日报》	1908年 上海 李铎等（同年10月改名《安徽白话报》）
《杭州白话报》	1901年 杭州 项兰生、胡修庐
《湖南演说通俗报》	1903年 长沙 湘东渔者
《吉林白话报》	1907年 吉林 安镜全
《江苏白话报》	1904年 常熟 琴南学社
《京话报》	1901年 北京 黄中慧

---

[*] 该部分参考文献经由胡全章《清末民初白话报刊简目》、陈万雄《五四新文化的源流》、蔡乐苏《清末民初的一百七十余种白话报刊》等作整理，同时参考了《中国近代期刊篇目汇录》以及晚清期刊全文数据库上的影印电子版内容。

报刊名	创办时间	地点	主办人
《京话日报》	1904年	北京	彭翼仲
《竞业旬报》	1906年	上海	傅君剑、谢诮庄等
《宁波白话报》	1903年	上海	陈屺怀
《绍兴白话报》	1903年	绍兴	王世裕
《苏州白话报》	1901年	苏州	包天笑
《天津白话报》	1910年	天津	李镇桐
《卫生白话报》	1908年	上海	陈继武
《无锡白话报》	1898年	无锡	裘廷梁、裘毓芳（同年第五期改名《中国官音白话报》）
《直隶白话报》	1905年	保定	吴樾
《智群白话报》	1903年	上海	唐孜权、砭俗道人
《中国白话报》	1903年	上海	林獬、刘师培

其他报刊	创办时间、地点、主办人
《春柳》	1918年 天津 李涛痕
《大公报》	1902年 天津 英敛之
《东京留学界纪实》	1905年 日本东京 "清国留学生会馆"
《俄事警闻》	1903年 上海 蔡元培、叶瀚等
《复报》	1906年 上海 柳亚子、田桐等
《广益丛报》	1903年 重庆 朱蕴章、杨庶堪等
《国闻报》	1897年 天津 严复、夏曾佑等
《惠兴女学报》	1908年 杭州 中权居士
《江苏（东京）》	1903年 东京 秦毓鎏
《教育世界》	1901年 上海 罗振玉
《教育杂志》	1909年 上海 陆费逵

《立言画刊》　　　　　1938 年　北京　金达志
《鹭江报》　　　　　　1902 年　厦门　英人山雅各（Rev・Jas Sadler）、冯葆瑛等
《女学报》　　　　　　1898 年　上海　康同薇、薛绍徽等
《女子世界》　　　　　1904 年　上海　丁初我、陈志群
《清议报》　　　　　　1898 年　日本横滨　梁启超
《申报》　　　　　　　1872 年　上海　英人安纳斯脱・美查（Ernest Major）、蒋芷湘、何桂笙等
《时务报》　　　　　　1896 年　上海　汪康年、梁启超
《蜀学报》　　　　　　1898 年　成都　宋育仁、杨道南、吴之英等
《四川官报》　　　　　1904 年　成都　陆钟岱、钱锡宝等
《四川学报》　　　　　1905 年　成都　龚道耕、邹宪章等
《通问报》　　　　　　1902 年　上海　美国传教士吴板桥（Samuel Isett Woodbridge）、陈春生
《通学报》　　　　　　1897 年　上海　主办人待考
《新民丛报》　　　　　1902 年　日本横滨　梁启超
《新世纪》　　　　　　1907 年　法国巴黎　张静江、吴稚晖等
《新小说》　　　　　　1903 年　日本东京　梁启超
《学部官报》　　　　　1906 年　北京　学部主办
《益闻录》　　　　　　1878 年　上海　李杕
《浙江教育官报》　　　1908 年　杭州　浙江学务公所
《中国女报》　　　　　1907 年　上海　秋瑾、陈伯平
《中国新女界杂志》　　1907 年　日本东京　燕斌
《中西教会报》　　　　1891 年　上海　美国传教士林乐知（Young J. Allen）

《中西闻见录》　　　　1872 年　北京　外国传教士组建的"在华实用知识传播会"

《重庆商会公报》　　　1905 年　重庆　重庆商务总会

二、国内著作

［汉］班固.汉书［M］.曾宪礼标点.长沙：岳麓书社，2008.

［汉］许慎.说文解字.徐铉校.北京：中华书局，2004.

［汉］郑玄注，［唐］孔颖达疏.礼记正义［M］.十三经注疏整理委员会整理.北京：北京大学出版社，2000.

［明］程登吉.幼学琼林［M］.合肥：黄山书社，2007.

［宋］朱熹注.大学·中庸·论语［M］.上海：上海古籍出版社，1987.

［唐］欧阳询.艺文类聚［M］.汪绍楹校.上海：上海古籍出版社，1995.

阿英.晚清戏曲小说目增补版［M］.上海：上海文艺联合出版社，1954.

阿英.晚清小说史［M］.南京：江苏文艺出版社，2009.

陈大康.中国近代小说编年［M］.上海：华东师范大学出版社，2002.

陈东原.中国妇女生活史［M］.上海：上海书店，1984.

陈平原、王德威编.北京：都市想象与文化记忆［M］.北京：北京大学出版社，2005.

陈平原、夏晓虹编.二十世纪中国小说理论资料（1897—1916）［M］.北京：北京大学出版社，1989.

陈奇.《俄事警闻》《警钟日报》篇目汇录［M］.贵阳：贵州人民出版社，2005.

陈万雄.五四新文化的源流［M］.北京：生活·读书·新知三联书店，1997.

陈长蘅、周建人.进化论与善种学［M］.上海：商务印书馆，1923.

丁守和.辛亥革命时期期刊介绍［M］.北京：人民出版社，1987.

复旦大学中文系1956级中国近代文学史编写小组编著.中国近代文学史稿［M］.北京：中华书局，1960.

郜元宝.汉语别史——现代中国的语言体验［M］.济南：山东教育出版社，2010.

戈公振.中国报学史［M］.长沙：岳麓书社，2010.

顾颉刚.吴歌甲集［M］.上海：上海文艺出版社，1990.

何晓夏.教会学校与中国教育近代化［M］.广州：广东教育出版社，1996.

胡君复.女子新唱歌·第二集［M］.上海：商务印书馆，1907.

胡全章.清末民初白话报刊研究［M］.北京：中国社会科学出版社，2011.

胡适.白话文学史［M］.上海：上海古籍出版社，1999.

胡适.尝试集［M］.合肥：安徽教育出版社，2006.

胡适.胡适留学日记［M］.合肥：安徽教育出版社，2006.

胡适.胡适文集［M］.欧阳哲生编.北京：北京大学出版社，1998.

胡晓真.才女彻夜未眠：近代中国女性叙事文学的兴起［M］.北京：北京大学出版社，2008.

黄金麟.历史、身体、国家——近代中国的身体形成（1895—1937）[M].北京：新星出版社，2006.

黄克武.自由的所以然——严复对约翰弥尔自由思想的认识与批判[M].上海：上海书店出版社，2000.

黄天鹏.新闻文学概论[M].上海：光华书局，1930.

黄湘金.史事与传奇——清末民初小说内外的女学生[M].北京：北京大学出版社，2016.

黄遵宪.黄遵宪全集（上、下）[M].陈铮编.北京：中华书局，2005.

金一.女界钟[M].上海：大同书局，1903.

康有为.大同书[M].沈阳：辽宁人民出版社，1994.

李国彤.女子之不朽——明清时期的女教观念[M].桂林：广西师范大学出版社，2014.

李家瑞.北平俗曲略[M].上海：上海文艺出版社，1990.

李伟，陈湛绮.中国早期白话报汇编[M].全国图书馆文献缩微复制中心，2009.

李孝悌.清末的下层社会启蒙运动：1901—1911[M].石家庄：河北教育出版社，2001.

李又宁、张玉法.近代中国女权运动史料（1842—1911）（上、下）[M].台北：龙文出版社股份有限公司，1995.

李又宁、张玉法.中国妇女史论文集[C].台北：台湾商务印书馆，1988.

梁启超.饮冰室合集[M].北京：中华书局，1936.

刘慧英.女权、启蒙与民族国家话语[M].北京：人民文学出版社，2013.

刘坚编著.近代汉语读本［M］.上海：上海教育出版社，1985.

刘巨才.中国近代妇女运动史［M］.北京：中国妇女出版社，1989.

鲁迅.鲁迅全集［M］.北京：人民文学出版社，2005.

罗苏文.女性与近代中国社会［M］.上海：上海人民出版社，1996.

吕碧城.吕碧城诗文笺注［M］.李保民笺注.上海：上海古籍出版社，2007.

马君武.马君武集［M］.莫世祥编.武汉：华中师范大学出版社，1991.

孟悦、戴锦华.浮出历史地表——现代妇女文学研究［M］.郑州：河南人民出版社，1989.

钱仁康.学堂乐歌考源［M］.上海：上海音乐出版社，2001.

裘廷梁.可桴文存［M］.无锡裘翼经堂藏，1943（铅印）.

璩鑫圭、唐良炎编.中国近代教育史资料汇编［M］.上海：上海教育出版社，1991.

全国妇联妇女运动研究室编.中国妇女运动历史资料（1840—1918）［M］.北京：中国妇女出版社，1991.

沈云龙.近代中国史料丛刊（第九十一辑）［M］.台北：文海出版社有限公司，1966.

施廷镛.中国丛书题识［M］.北京：北京图书出版社，2003.

石昌渝.中国古代小说总目·白话卷［M］.太原：山西教育出版社，2004.

丝竹研究社编.时调工尺谱［M］.上海：沈鹤记书局，1939.

孙桂燕.清末民初女权思想研究［M］.北京：中国社会科学出版社，2013.

谭彼岸.晚清的白话文运动［M］.武汉：湖北人民出版社，1956.

万仕国、刘禾校注.天义·衡报［M］.北京：中国人民大学出版社，2016.

汪晖、陈燕谷主编.文化与公共性［M］.北京：生活·读书·新知三联书店，1998.

王绯.空前之迹（1851—1930）：中国妇女思想与文学发展史论［M］.北京：商务印书馆，2004.

王风.世运推移与文章兴替——中国近代文学论集［M］.北京：北京大学出版社，2015.

王利器.元明清三代禁毁小说戏曲史料（增订本）［M］.上海：上海古籍出版社，1981.

王云五主编.丛书集成初编：尚书郑注［M］.上海：商务印书馆，1937.

文贵良.文学话语与现代汉语［M］.上海：华东师范大学出版社，2009.

夏晓虹.晚清女性与近代中国［M］.北京：北京大学出版社，2014.

夏晓虹.晚清女子国民常识的建构［M］.北京：北京大学出版社，2016.

夏晓虹.晚清文人妇女观（增订本）［M］.北京：北京大学出版社，2016.

许并生.中国古代小说戏曲关系论［M］.北京：文化艺术出版

社，2002.

严复.严复集［M］.王栻主编.北京：中华书局，1986.

杨联芬.浪漫的中国：性别视角下激进主义思潮与文学（1890—1940）［M］.北京：人民文学出版社，2016.

杨天宇.礼记译注（上）［M］.上海：上海古籍出版社，2004.

颐琐.黄绣球［M］.曹玉校点.郑州：中州古籍出版社，1987.

犹太遗民万古恨.自由结婚（第二编）［M］.震旦女士自由花译.自由社，1903.

袁进.新文学的先驱——欧化白话文在近代的发生、演变和影响［M］.上海：复旦大学出版社，2014.

张枬、王忍之编.辛亥革命前十年间时论选集［M］.北京：生活·读书·新知三联书店，1977.

张中行.文言和白话［M］.北京：中华书局，2007.

章培恒等编.中国近代小说大系［M］.南昌：百花洲文艺出版社，1991.

赵园.明清之际士大夫研究［M］.北京：北京大学出版社，1999.

震泽杨千里.女子新读本［M］.上海：文明书局，1904.

郑国民.从文言文教学到白话文教学：我国近现代语文教育的变革历程［M］.北京：北京师范大学出版社，2000.

郑晓霞、林佳郁.列女传丛编（全十册）［M］.北京：北京图书馆出版社，2007.

志刚.初使泰西记［M］.长沙：湖南人民出版社，1981.

中华教育改进社.中国教育统计概览［M］.上海：商务印书馆，1924.

周宁.想象与权力：戏剧意识形态研究［M］.厦门：厦门大学出版社，2003.

周作人.中国新文学的源流［M］.上海：华东师范大学出版社，1999.

朱自清.中国歌谣［M］.长春：吉林人民出版社，2013.

三、国外著作

［奥］维特根斯坦.哲学研究［M］.李步楼译.北京：商务印书馆，1996.

［法］西蒙娜·德·波伏瓦.第二性［M］.郑克鲁译.上海：上海译文出版社，2011.

［法］卢梭.社会契约论［M］.何兆武译.北京：商务印书馆，2005.

［美］白瑞华.中国近代报刊史［M］.苏世军译.北京：中央编译出版社，2013.

［美］本尼迪克特·安德森.想象的共同体——民族主义的起源与散布［M］.吴叡人译.上海：上海人民出版社，2005.

［美］高彦颐.缠足："金莲崇拜"盛极而衰的演变［M］.苗延威译.南京：江苏人民出版社，2009.

［美］高彦颐.明末清初江南的才女文化［M］.李志生译.南京：江苏人民出版社，2005.

［美］佳亚特里·斯皮瓦克.从结构到全球化批判——斯皮瓦克读本［M］.陈永国、赖立里、郭英剑主编.北京：北京大学出版社，2007.

［日］元良勇次郎.中等教育伦理学［M］.麦鼎华译.上海：广

智书局，1903.

[日]佐藤竹藏.女学生[M].赵必振节译.上海：广智书局，1903.

[意]马西尼.现代汉语词汇的形成——十九世纪汉语外来词研究[M].黄河清译.上海：汉语大词典出版社，1997.

[英]赫伯特·斯宾塞.社会静力学[M].张雄武译.北京：商务印书馆，1999.

[英]赫胥黎.天演论[M].严复译著.北京：华夏出版社，2002.

[英]麦肯齐.泰西新史揽要[M].李提摩太、蔡尔康译.上海：上海书店，2002.

[英]约翰·穆勒.群己权界论[M].严复译.上海：商务印书馆，1981.

胡缨.翻译的传说——中国新女性的形成（1898—1918）[M].龙瑜宬、彭姗姗译.南京：江苏人民出版社，2009.

刘禾.跨语际实践——文学、民族文化与被译介的现代性（中国，1900—1937）[M].宋伟杰译.北京：生活·读书·新知三联书店，2008.

[美]曼素恩.张门才女[M].罗晓翔译.北京：北京大学出版社，2015.

Charles Benedict Davenport. Heredity in Relation to Eugenics [M]. NY: Holt, 1923.

Elisabeth Kaske. The Politics of Language in Chinese Education, 1895—1919 [M]. Brill Academic Pub., 2007.

Hanna F. Pitkin.Wittgenstein and Justice [M]. Berkeley, CA:

University of California Press，1972.

Michael W. Apple. Education and Power［M］. NY：Routledge，1995.

Noel B. W. History of the Society for Promoting Female Education in the East：established in the year 1834［M］. London：Edward Suter，1847.

Otto Jespersen. Language：its nature，development and origin［M］. London：George Allen & Unwin Ltd.，1922.

Thomas H. Huxley. Evolution and Ethics and Other Essays［M］. London：Macmillan and Co.，Ltd.，1985.

四、期刊论文

陈大康．晚清小说与白话地位的提升［J］．文学评论，2011（04）．

陈平原．女学堂的故事：从北京画报看晚清女子教育［J］．看历史，2013（02）．

陈平原．有声的中国——"演说"与近现代中国文章变革［J］．文学评论，2007（03）．

邓伟．试论晚清白话文运动的文化逻辑——以裘廷梁《论白话为维新之本》为中心［J］．东岳论丛，2009（03）．

董丽敏．从文化政治到知识生产——对20世纪早期几种"女性文学史"的考察［J］．中国现代文学研究丛刊，2011（05）．

董丽敏．民族国家、本土性与女性解放运动——以晚清中国为中心的考察［J］．南开学报（哲学社会科学版），2008（04）．

封磊．文明史·性别史·东亚史·博览会的集结展示：再审

"人类馆"事件[J].妇女研究论丛,2020(1).

郭冰茹.女性解放话语建构中的悖论——关于现代女性写作的一种考察[J].文艺理论研究,2010(05).

何怀宏.试析《天演论》之双重"误读"[J].北京大学学报(哲学社会科学版),2013(06).

胡全章.白话文运动:没有晚清何来五四[J].贵州社会科学,2012(1).

胡全章.被遮蔽的风景:清末民初北京白话报刊演说文[J].中国图书评论,2011(8).

胡全章.清末白话文运动之理论建树[J].山西师大学报(社会科学版),2011(05).

黄霖.清末革命派小说家琐记[J].复旦学报(社会科学版),1981(05).

乐黛云.中国女性意识的觉醒[J].文学自由谈,1991(3).

李春梅.女性主体建构的初步尝试——论《中国新女界杂志》的女权思想[J].社会科学家,2010(03).

李静.晚清报刊上的音乐书籍史料——中国近代稀见音乐史料钩沉[J].人民音乐,2014(03).

李静.娴雅勇健——近代歌乐文化对"新女性"的塑造[J].文艺研究,2011(03).

李秋菊.清末民初时调的常用修辞手法[J].中国韵文学刊,2009(01).

李舜华."女性"与"小说"与"近代化"——对明以来迄晚清民初性别书写的重新思考[J].明清小说研究,2001(03).

林晨.晚清末期的文学行旅与女性形象[J].南开学报(哲学社

会科学版），2010（04）.

刘禾、瑞贝卡·卡尔、高彦颐等. 一个现代思想的先声：论何殷震对跨国女权主义理论的贡献［J］. 中国现代文学研究丛刊，2014（05）.

刘人锋. 晚清女性关于女学的探讨——以第一份妇女报纸《女学报》为例［J］. 中华女子学院学报，2008（03）.

刘筱红. 中国古代妇女的经济地位［J］. 中国史研究，1995（04）.

柳和城. 清末民初女子教科书巡礼［J］. 上海滩，2007（05）.

倪伟. 清末语言文字改革运动中的"言文一致"论［J］. 杭州师范大学学报（社会科学版），2016（05）.

聂心蓉、谢真元. 阐释学视野的花木兰与女性解放的维度［J］. 重庆大学学报（社会科学版），2002（02）.

乔以钢、刘堃. 晚清"女国民"话语及其女性想象［J］. 中山大学学报（社会科学版），2010（01）.

施栋琴. 语言与性别差异研究综述［J］. 外语研究，2007（5）.

石鸥、廖巍. "通俗是贵"——陈子褒课本之研究［J］. 湖南师范大学教育科学学报，2013（05）.

王鸿莉. 清末京师阅报社考察——基于空间和族群的视角［J］. 近代史研究，2020（05）.

王家平. 鲁迅译作《造人术》的英语原著、翻译情况及文本解读［J］. 鲁迅研究月刊，2015（12）.

王美英. 晚清的女子教育与女性意识的觉醒［J］. 武汉大学学报（哲学社会科学版），2014（01）.

王平. 论晚清白话文运动的"认同意识"困境［J］. 中国现代文

学研究丛刊，2011（11）.

王引萍.从《女狱花》与《黄绣球》中的新女性形象看晚清时期的女性意识［J］.北方民族大学学报，2013（05）.

魏兵兵."风化"与"风流"："淫戏"与晚清上海公共娱乐［J］.史林，2010（05）.

吴科达.清末教科书审定［J］.井冈山大学学报（社会科学版），2010（03）.

夏晓虹.晚清白话文运动的官方资源［J］.北京社会科学，2010（02）.

夏晓虹.晚清女报中的国族论述与女性意识——1907年的多元呈现［J］.北京大学学报（哲学社会科学版），2014（04）.

夏晓虹.晚清女性典范的多元景观——从中外女杰传到女报传记栏［J］.中国现代文学研究丛刊，2006（03）.

夏晓虹.晚清女性女报中的乐歌［J］.中山大学学报（社会科学版），2008（02）.

夏晓虹.王钟声与《惠兴女士》新戏［J］.文艺研究，2007（10）.

夏晓虹.作为书面语的晚清报刊白话文［J］.天津社会科学，2011（06）.

杨联芬.晚清女权话语与民族主义［J］.中国文学研究（辑刊），2009（01）.

杨兴梅.缠足的野蛮化：博览会刺激下的观念转变［J］.四川大学学报（哲学社会科学版），2012（06）.

杨早.启蒙的新形态——晚清启蒙运动中的《京话日报》［J］.中国文学研究，2003（03）.

张天星.裘廷梁与梁启超交游考述［J］.沈阳师范大学学报（社会科学版），2008（03）.

张天星.中国最早女报人裘毓芳卒年考证［J］.江苏地方志，2008（01）.

赵林.晚清启蒙运动的媒介镜像与认同困境——从《杭州白话报》到《中国白话报》［J］.中国现代文学研究丛刊，2013（02）.

周慧玲.女演员、写实主义、"新女性"论述——晚清至五四时期中国现代剧场中的性别表演［J］.戏剧艺术，2000（01）.

周乐诗.晚清小说中的"新女性"［J］.社会科学，2011（06）.

［日］神田一三.鲁迅《造人术》的原作·补遗——英文原作的秘密［J］.许昌福译.鲁迅研究月刊，2002（01）.

Cheng W. K. Enlightenment and Unity: Language Reformism in Late Qing China［J］. Modern Asian Studies，2001（02）.

Freed, A. F. Epilogue: reflections on language and gender research［A］//The Handbook of Language and Gender［M］. J. Holmes & M. Meyerhoff, ed. Oxford: Blackwell, 2003.

五、学位论文

杜学元.社会女性观与中国女子高等教育（先秦至晚清）［D］.华中科技大学，2004.

段炜.晚清至五四时期女性身体观念考［D］.华中师范大学，2007.

蒋功成.优生学的传播与中国近代的婚育观念［D］.上海交通大学，2009.

靳志朋.文体、国体与国民：近代白话书写研究［D］.南开大学，2014.

刘堃.晚清文学中的女性形象及其传统再构［D］.南开大学，2010.

刘茉琳.论晚清至"五四"的白话文运作［D］.暨南大学，2010.

王瑶.卢梭与晚清中国思想世界（1882—1911）［D］.华东师范大学，2014.

邬岩姣.晚清白话文热潮研究［D］.辽宁师范大学，2009.

张秀娟.《中国白话报》研究［D］.北京师范大学，2005.

后　记

本书是在我博士学位论文的基础上修改而成,有幸受上海社会科学院文学研究所"青年丛书"的资助得以面世。所领导徐锦江、王光东、郑崇选诸位老师对青年教师的扶持,诸多前辈的谆谆教诲,对于我这个文学所的晚辈而言,既是鼓励,更是鞭策。

校订书稿时,回想自己四年前在华东师范大学的博士生涯,更像是一场自觉自愿的"补习"。当时熟习西方女性主义理论和中国当代女性写作的我,发现自己对并不遥远的清末民初知之甚少——那是一个文白掺杂、章法混乱的时代,那时还没有"她",连"伊"也很少出现,那是男男女女都是"他们"的时代。我常常接触到的丰富而生动的女性写作,在这场追根溯源的学术"旅行"中逐渐"褪色",化为字体各异的报章铅字,带着时代的"粗粝"感。但,这便是她们,不,是我们"发声"的源头。

对白话报相关资料的研读极其耗费时间和耐心,本书有相当的篇幅是我在杜克大学访学时完成的,这就意味着这段学术"旅行"有时孤独而枯燥。感谢我的导师文贵良教授,他长期研究近现代文学的语言流变,不仅对我的研究给予了极大的支持,还让我逐步形成了"性别"加"语言"的双重研究视角,为我继续性别研究的道路提供了源源不断的能量和动力。更重要的是,他的文风扎实而朴素，让我意识到有时去除华丽的辞藻，更能贴近历史的"真实"。

感谢陈思和、陈子善、张新颖、郜元宝、杨剑龙、段怀清等诸位老师，在我博士论文的开题、写作、预答辩和答辩阶段，不断给予我指点和帮助，让我深受启发、获益良多。感谢我赴美联培时的导师、杜克大学的 Carlos Rojas 教授，让我有机会亲身体验丰富多元的海外汉学研究。感谢乔以钢老师和刘堃老师对我研究的认可，虽然相识于北方的冬天，开启的却是一段非常温暖的缘分。感谢邱爱园编辑耐心、细致的工作，为本书拂去不少"落叶微尘"。

感谢一路相伴的师友和家人，有你们，我才能成为一个成熟但并不乏味的人，希望我的研究亦能如此。

曹晓华

2021 年 6 月 21 日于沪上

图书在版编目(CIP)数据

晚清白话报章与现代女性意识的萌芽：1898—1911 / 曹晓华著 . — 上海：上海社会科学院出版社，2022
（上海社会科学院文学研究所青年学者研究系列 / 徐锦江主编）
ISBN 978-7-5520-3733-3

Ⅰ. ①晚… Ⅱ. ①曹… Ⅲ. ①白话文—文学史—研究—中国—清后期②妇女文学—文学研究—中国—清后期 Ⅳ. ①I209.52

中国版本图书馆 CIP 数据核字(2021)第 234427 号

晚清白话报章与现代女性意识的萌芽(1898—1911)

著　　者：曹晓华
责任编辑：邱爱园
封面设计：周清华
出版发行：上海社会科学院出版社
　　　　　上海顺昌路 622 号　邮编 200025
　　　　　电话总机 021-63315947　销售热线 021-53063735
　　　　　http://www.sassp.cn　E-mail：sassp@sassp.cn
照　　排：南京理工出版信息技术有限公司
印　　刷：上海新文印刷厂有限公司
开　　本：890 毫米×1240 毫米　1/32
印　　张：9.5
插　　页：1
字　　数：225 千
版　　次：2022 年 8 月第 1 版　2022 年 8 月第 1 次印刷

ISBN 978-7-5520-3733-3/I·443　　　　　定价：58.00 元

版权所有　翻印必究